We read the world

出品人	许知远　于威　张帆
主编	吴琦
编辑总监	罗丹妮
编辑	刘婧　沈雨潇　张頔　何珊珊　鲍德月
英文编辑	Allen Young
设计	李政珂
特约编辑	阿乙
	Eric Abrahamsen
	Filip Noubel
	胡赳赳
	Isolda Morillo
	孔亚雷
	索马里
	刘盟赟

书中影像部分来自 2018—2019"水手计划"五位入选者：
刘子超　柏琳　曾嘉慧　冯孟婕　郭爽

"水手计划"由单向街公益基金会发起并资助，致力于支持青年创作者的调研与创作。联系方式：foundation@owspace.com

在溺水中游泳

手机提示我一天超过 10 个小时都在看它的时候，我就知道事情不对了。问题不是所谓的电子产品依赖症，而是我们的生活走到了这样山穷水尽的一步，就连特殊时期的紧张和激动，除了手机以外也已经没有别的出口。听到危险的消息，想要拉别人一把，都不知道从哪里伸手。

从 2020 年 1 月 20 日开始警惕起来，已经不算早，但还是比一些更该警惕的人早很多。灾难面前的心理保护机制，首先会把自己放在它的外部，认为可以小心地绕着它走。非典时期的记忆对我来说就是这样。2003 年，还没有进京上学，老家小地方像隔了一层玻璃罩，危机在外面发生，很难体会到强烈的程度。

第一反应是还要不要回家，这次偏偏是在最需要回家的时刻。传染病发生在春节，就像炸药包丢在了地雷阵。如果说中国人还剩下什么信仰，春节大概是其中一个，只有在这段时间，人们不需要外力推动，自觉进行机械性的仪式和流动。当然也包含一些日常比较少见却突然汹涌起来的善意和热络。我轻易不会去撼动它,过去只有一次因为在国外学习而错过这个节日,甚至尊重它在这个无情年代里成为情感最后的图腾,尽管对新一代中国人来说,它也时常意味着难以承担的负重。

家人不能理解,觉得我提出的劝告言过其实,当时流行的说法是,抽烟喝酒即可杀死病毒,仿佛连疾病都是来给春节助兴似的。是我爸电话里流露出的不舍,让我知道自己手里还没有足够的证据,证明我可以留在北京不动,而我也得老实地承认,在物质和情感上都没有任何储备,足以让我在这个家国价值被推到最大的时刻一个人度过。我延后了启程时间,更改了交通工具,还是回到了南方的家中。

一切还没有紧张起来,只是微微颤抖。直到大年三十这天,消息终于在全国范围传开,之前流传的许多说法得到确认,亲戚们才后知后觉地决定相信这个从北京回来的"外来者"。而我心中的担忧,还是漫过了团圆的欢喜,在唯一一次家庭聚会上(往年这样的聚会一直要持续到正月十五),连努力融入的尝试都没怎么做,始终紧张地刷着微博。这一次,外面的大新闻,可能就要到达家乡门口。

大年初一前后,情况依然不明,既有的信息都指向了更坏的方向,但没人有把握做出判断。判断现在是一种特权,把握更是一种忌讳。更普遍的情绪仍是侥幸，既然第一块石头没有砸中自己，接下来可能也不会，但寒冷的空气中，不安的分子在加速运动。也是在焦虑和侥幸之间，我决定提前回京，因为节后要出差澳大利亚，还要面对可能的复工，武汉封城让一往无前的交通网络突然可疑起来，赶在人流最少的时候出发，似乎是风险较低的方式。

以前，我从未见过那些平时剑拔弩张的交通枢纽在春节的正日子突然放松下来的样子，也没见过据说会在这几天变得恬静的大都市，原本以为逆峰出行是一件酷且叛逆的事，一路上体会到的却是千金散尽的冷清和寂寞。

而在疫情之外，最有标志性的事件其实是春节联欢晚会，作为符号中的符号，图腾上的图腾，过去几年不断流失观众、遭遇嘲讽的这场盛会，如昙花一现，不再反复播出，它终于无法概括我们此刻的生活。

一周之后，我几乎是坐着澳大利亚政府颁布旅行禁令前的最后一班飞机，降落在了悉尼金斯福德·史密斯机场。许多朋友为我欢呼鼓掌，说这是逆境中的勇士，应该尽情享受逃离的自由。离奇的是，我也真像走了运一般，享受到酒店提供的特别优惠，被安排在顶层的房间，还附带早餐和酒。心里其实和电梯里偶遇的外国大哥的反应差不多——他看着我寒酸的打扮，惊讶地问候："你住顶楼啊？"

但距离越远反而越把我拉回危机之中,在我们这代人获得了完整教育和现代体验之后,它是我们迎面撞上的一座冰山、一场大火。我一面心急如焚地继续守着手机,仿佛那才是我的本体,只有它能带我接近此刻最牵动人心的事物;一面看着窗外陌生的悉尼,这座沿海港、沿地势起伏流转的城市,错落之间有一种自得和镇定——几周前它刚刚经历山火的威胁,据说市民们也都戴着口罩,躲避在城里四散的烟雾。但我没有感到庆幸,也丝毫不能放松,一个新的玻璃罩好像漂洋过海出现了,一场瘟疫在我的国家蔓延,而我竟然出现在此处,这真令人恍惚。

与此同时,"封锁"、"东亚病夫"、"中国制造"这些词语在国际媒体上重新出现,被赋予明显的歧视性意涵。在世界政治重新保守化、深度世俗化的今天,它并不令人意外,标榜开放的全球化时代,本来就极少兑现它在价值观上的诺言。只是当我确切地知道就在他们发出这些容易的指责的时刻,无数人的生命正在煎熬和危险中,便再难忍受这样的冷漠。

我在个人层面上感受到耻辱,不是因为这种来自外部的批评,而是因为每一次它的无效都会有效地勾连起内部的病痛。传染病本身是现代社会在逻辑上的例外,或者说它携带着强烈的反现代、前现代的记忆,让它不仅仅是一种生理病症,身体和物体表面的不洁,而且根本上指向的是整体生活的落后。这种落后如今正被一股虚热所包裹。但我此刻偏偏就在外部走，走在悉尼高高低低的路上，夏日的阳光过早地晒在身上，有体温升高的风险，而内心正进行着一场激烈甚至神经质的辩论。那个迎面走来的悉尼人为什么不戴口罩就在大街上咳嗽，他的长柄雨伞是不是用来打人的棍子？

澳大利亚政府的通告看起来严厉，执行却并不严格，还有航班陆续起降，我也没有被限制人身自由。但工作的行程缩短了一半，公开活动和会面全部取消，勇敢的朋友只能冒着风险私下和我见面，更多人通过邮件和电话发来了他们的抱歉和担忧，甚至专门下载了微信联络我。酒店前台开始收到他们送来的杂志、书、鲜花和巧克力，明明不是个人能够左右的决定，却都用个人名义向我道歉，这些意外的问候，让我怀疑自己是不是真的病了。

"自我隔离"其实是一个残忍的词，因为自律和自由一样，都是一个人可能对自己提出的最高要求，尤其还多少带着惩罚的性质。戴着这个紧箍咒，我一时竟不知道该不该出门，还能去哪里走走，最后如鬼使神差一般，不断走到那些和中国有关的地方，仿佛执意要寻找或证明些什么。

悉尼移民很多，亚洲风味细密地嵌入了整个城市。在达令港、环形码头的海滨一线，布置了许多十二生肖的灯饰，蛇形的顶灯、巨大的牛头马面、长得像猪的老鼠……这些传统的中国元素和海外当代艺术一经结合，立刻会产生一种错位而奇异的美学效果。高楼大厦之间突然出现了一座建制完整的古代园林，象征着广州和悉尼的友谊，有餐厅有茶室，却很少人买票进入。中国城倒是热闹依旧，在"四海一家"的牌匾下，戴口罩的人骤然增多，气氛凝重起来，提醒我应该感到尴尬，仿佛一只刚刚逃走的野生动物，一不小心又路过了动物园的门口。

几天的联络和等待之后，合作伙伴告诉我，最稳妥的办法是提前结束这趟旅程。我心里也这样想。转头看微博，就看到在武汉的二环路上，突然奔跑着一只野猪。

从悉尼回国的飞机竟然满员。前排一对情侣一副沙滩装扮，操着京片子，显然刚刚度过一趟快乐的旅程，他们一路说笑不已，没戴口罩，用行动来嘲笑周围的人反应过度，却在漫长的 12 小时过后飞机开始滑行时，突然争吵起来，仿佛这争吵是不戴口罩的后果。落地后北京又是雾霾，路上人车稀少，都不再令人意外，我们好像已经在迷雾中走了好久。

我终于孤身一人，得以全情投入"战斗"。以前我看不上微博，觉得社交媒体都充斥着个人主义式的表演，读书人嘛，最需要的是与众不同。可是即刻的、众人的危机，首先打碎的就是对个人力量的执着。我们早该知道的，人类需要彼此，社会需要协作。

被许多学者批评的互联网，并不仅仅是一个赛博虚空，它也是社会的第二现场，潜伏着人与人之间真实的情感联结和可供调动的力量和组织。2008年汶川地震时，我和同学除了组织捐款，只能去北京的血液中心做志愿者，负责接答突然猛增的献血咨询电话，分担彼此救人心切的焦灼。而现在，素不相识的网友自发形成了各种行动小组，有人整理来自各个医院、家庭和个人的求援、求助；有人致电核实，或者陪伴他们，帮助老人填表；有人把信息统一汇总，传递给相关各方，在本地的人可以参与运输；更有能力的人就捐助、筹款、穿越层层障碍把物资运进湖北……眼前好像真的出现一张大网，专家、媒体、官员和基层干部的意见都能看到，医生、护士、病人、快递员、网红、博主都在发声，环卫工人、医院护工、非肺炎的病患、家禽瓜果的养殖户这些容易被忽视的群体也都被关注到了。情况错综复杂，却不能简单用混乱和徒劳来形容，更严肃的看法是，无论如何变化，人们依然可能做出正确的选择，那些看似虚拟的信息流动，可以落实到行动中。

这是微博对我最大的教育，和2008年相比，也是真实的进步。一方面个体依然重要，因为涉及言论的来源、语境和可信度，但更广泛地看，它又不是最重要的，因为事件本身的进展，就是一个信息互相筛选的过程，任何意见都会被反对被推翻被印证,随时可能要调整。与其躲入书斋,背对现实,在过去的立场和遥远的概念中自我满足,不如参与力所能及的实践,在挑战中更新自己的认识。如果今天的世界如临深渊,此刻就开始拯救它。

就这样好几天没有下楼,像困在碉堡里的狙击手。洗漱的频率大大降低,胡子不用每天刮,衣服也不再来回换,现代社会对仪容的要求全部取消,终于不用再应付别人的眼光了。离群索居,原本是我们这类人最爱过的日子,但一场严重的公共危机会让人看清,世上哪有真正的孤独。现代人为了掩饰自己崩溃的个人生活找了太多借口。非要在这人人坠入孤岛的时刻,重新发现团结的可能。

我想到约翰·伯格在《幸运者》里写的那个乡村医生,他用尽自己的全力,去治疗村里人的疾病,也维持他们的尊严,最终却死于自杀。也想到雷蒙·阿隆这样彻头彻尾的现代主义者,他说政治从来不是道德,"人类的历史始终是在嘈杂和愤怒中行进的",在各种社会方案的选项中他永远选择最可行的那一种,个人只能对自己负责。都是把自己选择的那条路走到尽头的人。伯格在书里引用了一位陌生的匈牙利诗人 Attila Jozsef,他有一句诗准确地概括了我在 2019 年体会到的那种苦闷——"在溺水中学会游泳"。当方向前所未有地清晰起来,道路却几近塌陷了,个人的虚浮,行业的萎缩,公共生活的崩解,是每天呼吸的空气,但希望也必须从这里重建起来，人不能不往前走。没想到的是，2020年竟比它更惨烈许多。

最终我还是在北京独自过了几天春节。把家里剩下的物资全部搜刮出来，我妈带来的鸡蛋，我爸留下的茶叶，贪便宜囤下的杏仁和松子，朋友从福建带回的落花生、米锥子和红薯干，澳大利亚的巧克力，以及闲置了半年的油和大米，这些本来要被忘记被浪费的食物都派上了用场，竟也能凑出一桌像样的年货来。连朋友急忙从英国寄来的口罩也到了，就更显得齐全。远方的世界再远，其实也只够打捞眼前的生活。

雾霾和大雪，在北京的上空也形成了层层屏障，直到一场寒潮降临，空气才恢复透明和冷冽。这个冬天，这座城市不再能完全体会武汉的痛苦，但2003年的记忆还依稀停留在这一年到头少有的空旷中。很多人说大家戴着口罩都显得更好看了，我想了想，大概是善于伪装的五官被遮住，只剩下眼睛，不得不流露出一点真实。小区里的灯亮了又灭，电梯变得更容易等，人与人相隔很远，说话都轻声起来，突如其来的礼貌和克制，简直像另一个社会，一天很平静就过去了。偶尔有老人出来活动腿脚，小孩紧紧牵着父母的手，平日里飞也似的快递员，独自穿过花园，如同散步一般，看上去都是毫无负担的样子。这些瞬间让我平静，生出一种前线战事已有缓和的幻觉。对这个日新月异的国

ix

家来说,这些寥落稀少的景象,是另一种怪诞美学。此刻我们怀疑一种集体叙事,又被另一种共同的情感调动。

城市陷入死寂,很多人难以入眠,心是滚烫的。

撰文:吴琦

日记

003　疫区日记　　　　　　　　　　　　　　　　　　　晓宇

水手计划

029　帕米尔公路和瓦罕山谷　　　　　　　　　　　　　刘子超
115　萨拉热窝无消息　　　　　　　　　　　　　　　　柏琳
185　没音没字歌　　　　　　　　　　　　　　　　　　曾嘉慧
189　摩鹿加消逝　　　　　　　　　　　　　　　　　　冯孟婕
237　泅渡　　　　　　　　　　　　　　　　　　　　　郭爽

澳大利亚文学专栏

265　瑜伽课　　　　　　　　　　　　　　　　克里斯特尔·索尼尔

诗 歌

295　你看见我妈妈了吗？　　　　　　　　　　　　　　杨键

随 笔

319　仅你可见　　　　　　　　　　　　　　　　　　　巫昂
345　瞬间五则　　　　　　　　　　　　　　　　　　　唐棣

日记

003　疫区日记

晓宇

Notes from the Outbreak Zone

武汉不是一个论据,生命也不是。

疫区日记

撰文 晓宇

瘟疫进行时　1月23日

一月十七日，我去车站接朋友。她是车站里唯一戴口罩的人。当时的通告仍是可防可控。我同她说，华南海鲜市场可就隔着一两条街。夜宵店，玻璃箱的海鲜生龙活虎。人比平日要少，老板仍在门口喊，几位。吃过蟹脚面，转去花园道。热闹不减，结束年会的人喝得醉醺醺，抢着打车。一姑娘，指着蹲着在吐的男子说，叫你给老子喝。这和我记忆里的武汉很像。

彼时的恐慌，限于养生的中老年人，他们警惕每一场冬春时节的疾病。但是，未戴口罩或定期消毒，只是增添管束晚辈的理由：少出门，多喝水。还有常年的阴谋论，习惯性地质疑官方，也没有可靠的信息。很多人觉得不戴口罩才是理性客观的，谁愿意和中老年的猜疑或是阴谋论的"凡事必反"扯到一起。戴口罩成了非常外地的事情。

说起武汉人为什么不怕。我想不起来武汉恐惧的时候。九八年洪水，决堤危险，小区淹到了齐身，公交停了，麻木替代成为公共交通。一楼淹了，孩子们聚在二楼，用BB弹打水中浮游的动物。我记得，那时候大人还在上班，我们度过了水中的暑假。恐惧都是我长大后，看资料补齐的。兴许有革命的缘故，革命都不怕，天灾地难也淡然。总之喜欢斗狠，越是碰到烈的东西，越要去硬碰。这和北京不一样，北京认为经的事多了，还能怎么样，但是不会缠斗，武汉是要斗下去，直到一方服软。

送她走的时候，气氛紧张了些。我说开车好了，避开地铁。从汉口站的广场绕过，海鲜市场目光可及。形势随后急转直下。先是各省的通报，确认这不是针对武汉和国外的病毒，又说可能人传人。超市内买年货的人，仍然络绎不绝。全国开始对武汉及卫生系统的声讨，我开始给学校写延长假期的邮件。

一月二十日，我有感冒的症状，即刻去了诊所，陆陆续续有人进出。大夫一人戴了口罩，给所有人开的药不过是抗生素、退烧药和金银花。等候中，读墙上的传染病报告准则：医护人员是法定责任人，甲类2小时报告，乙类丙类24小时，非典型肺炎又按甲类病流程。我如此看了两遍，药单递出来了。我把水银温度计递回去。医生说，没发烧啊。记下名字、年龄，然后对我和后面的人说，口罩都没有了，去旁边的药店看看。有人伸出头问，怎么预防。医生摘下口罩说，心理预防。大家也都笑了。

我开了医用酒精，去药店，都是买口罩的队伍。货架上摆出来各类，七嘴八舌地议论，哪一种管用。老板说，医生说哪一种，你们就买哪一种。犹豫时候，口罩眼看快被抢空了。便有人进来说，哪里哪里还有。又有人进来，拖着蛇皮袋收口罩。不止一个人安慰说，别人都戴了，我不戴也安全了。上海北京的口罩已脱销，武汉一直还能买到。从这一天起，街上出现口罩，变白，好像冬日初至。

二十一日，朋友中饭约在了市中心。我说，有些感冒。得回复，正好过来酒精消毒。身边都有感冒的人，或真，或精神过敏。没人说要取消中饭，反倒因为企业年会的取消，餐厅里腾出了位置。大家都吃得快，待喝尽酒，只剩我们一桌。临近解放公园，我们掏出口罩，穿园而过，渺无人烟。我没有见过安静的解放公园。是因为今天下雨了，朋友拉拉衣领，说道。出租车司机戴了口罩，说你还不走吗，今天我送的全是去车站的，汉口、武昌、武汉。能去哪里呢，我说。不说实话，病人要跑，司机说。

他的话让我想起阿马蒂亚·森（Amartya Sen），专权导致饥荒。言论自由是肉麻的话题，太正确，太义正辞严，只有在危机中，才变得有意义。能不能发声是一回事，真话能不能胜出又是一回事。我盲目地寻找大小不一的信息，又对信息的无法验证烦躁不已。不敢大意往好处想，也不愿往坏处想。一会儿很好，一会儿很糟。回到家，电视滚动钟南山的采访。集体决定明日采购后，再不出门。亲人取消了来汉的计划。

公共争论把戴口罩变成了素质问题，继而又是体制优劣。社交圈分裂，既有的立场没有变化，只是武汉成了新的案例，新的论证，用来歌颂，或者批评。在此之前，可以是澳洲，香港，汶川，卡特里娜（Hurricane Katrina）。当切身之境成了案例，我完全失去了介入的欲望。一个字也不想写。武汉不是一个论据，生命也不是。疫区的人，也不关心此刻得出了孰优孰劣的结论。

空气里，整日都是冷冰冰的雨。

父母在讨论集中病患的金银潭医院究竟有多远，是否步行距离。小区里变得荒芜，尤其在晚上，连狗也变得安静。我睡得异常好，把旧书搬出来，做长期的打算。邻居提醒我们要囤积食物，又说其他小区有发现高烧即被送医的人，害怕自己哪一天突然地消失。新闻让人生气，不是喜庆的过节问候，便是壮士断腕的烈士医护。为什么要迷恋"悲壮"，灾难要成为颂歌？他们并不需要以悲壮来证明自己。人见到牺牲，热泪盈眶，对防患于未然，心存侥幸。偏偏要在一场天灾中，寻找人的神性。

二十三日，武汉封城。我们取消了扫墓。姥姥说，活人见不到死人了。父母冒险去做一场购物，传说的物价上涨没有碰到，因为货品一出便被抢空。超市经不住，上午关了门，择期再开。门口出现持温度计的保卫，赐福般点向每人额头。蜂拥而至的问候信息。我想起数天前，有人对我说，恐怕要封城。我说，这是多么久远的想象。扔下泡腾片，在一阵气泡中，启动一日。街上再也见不到人脸，口罩的颜色通通变成白色，像是梨花挨到了季节的变化。

他们说，要在六日里建一所医院。比七日还少一天。

又活了一日　1月27日

封城以后，唯一没有改变的，是姥姥每日清晨的遛狗。她戴上口罩，五六点的时候出门，待到早饭，给我们新闻通报。今天又没有碰到一个人，她说。到了一月二十五日，大年初一，她说，今天我没走到桥就返回来，在桥上，红袖章的人，直晃晃地盯着我，我想，这是不让过去了吗。这一天，我们得知，封城加紧，各区隔断，江也过不去。邻居去亲人的小区，在门口被拦下。不一会，传来消息，中心城区禁止私家车。湖北的城镇，一个个封锁，沦陷。沙堆和路障出现在高速路口。有的乡镇，公路被生生挖断。

我们快要习惯这样的传播方式：先是传闻，再是辟谣，最后是证实。无法在第一时间，相信所有的传闻。它们像洪水，从早到晚，淹过头顶。庞杂，冲突，一团淤泥。我们时刻查看确诊和死亡的人数，往往隔上几个小时，等到一次更新。企业和街道在统计确诊病人的信息，职工每日上报身体状况。密切接触病人的，要仔细回忆见面的情景，十四天里记录体温。一个消息，一个举措，拉扯出无穷问题。为什么凌晨2点通知封城？封城之后发热看病怎么去？中心城区禁行机动车，车主遵循短信通知，又是什么车禁止，什么车通行？小区安排车辆，应急和购物，谁来负责和使用？一天，在这样无效的追问里度过，像是在爬循环往复的螺旋梯。

　　禁行打乱了方兴未艾的自助运动。封城初始，公共交通停摆。志愿司机组成运输队，接送医护人员上下班，从城市边界接手捐献的物资，酒店为医院员工提供免费住宿，餐厅保持外卖畅通。现在，民间自助运动丢了腿，大街陷入与日俱增的静默。想要尽力的人，找不到可以施展的地方。官方说，待在家最负责任，轻症的病人也一样。潮水般的信息询问，武汉状况怎样。没人知道，武汉人也一样。没人再敢轻易上街，没人敢轻易去医院。"当地"消失了。我们还活在这片土地上，又悬浮在空中，不着地。我们和外地人一样，要从社交媒体上，揣度真假，了解一公里外的事态。

　　当外界的愤怒、同情、漠然，隔空传来，本市的人们尽力把生活过出正常的样子。除夕当日，我们清点家里的余粮，统计大米和面粉、水果和蔬菜，把存货挪到冰凉的露台和地下室。起码够两周了，姥姥说。本来准备过年聚餐，亲戚都没来成，倒成了幸事。自从听说父亲工作的企业有两百多回不去家的工人，姥姥每天在吃饭时，便念叨这些人过年的伙食。除此之外，她的心情尚好，北方老家的电话不断，多年未联系的亲戚，连她记不得的，都打来电话问候。她才相信，自己没有被忘。

家庭群内，大家分享年饭的照片，缩减了规模的饭菜。母亲说，我们的就别照了。父亲说，我们摆几个空盘子，给他们发过去。下午包饺子，姥姥说，拿两个花生来，看谁来年的运势好。我说，今年特殊，多放几个花生。姥姥说，那还有什么意思，坚持要按照往年的传统。我和父亲自下午打赌，今晚能不能听到鞭炮。我们每隔一会，就像是怕对方忘了似的，就要再说一遍，我们看，今晚能不能听到鞭炮。母亲说，这样也好，已经很久，一家人没有在同样的空间里，待这么长时间了。电视里播放节目，大家密切地低头看手机。

讨论之后，家里决定，可以喝一点酒。母亲说，你去地下室拿酒。我换上拖鞋，走进黑暗的地下室。打开灯，灯的亮度不够，地下室仍是一片昏暗。杂七杂八的东西堆着，挪不开脚，这边是一箱白菜，那边是一捆蒜苗，我默默说，这都可以抵御核冬天了。怔的一刻,我想不起到地下室的目的。双脚焊在那里。一股奇怪的感觉从后背爬上来,我像是到错了地方,身处异地。昏暗无光,被打蔫的蔬菜和大米环绕的空间里,我意识到我们的不自由,生活在事实上的不正常。我们在坐监牢,看不见的狱吏,不择期的审判。等走到有光的台面上,生活又要恢复正常的样子。酒来了,我拿着酒走到饭桌前。家里没有为喝酒统一意见,每人开一瓶自己想喝的。

还是没能坐到春晚敲钟的时刻。父亲一直说,开车去市里看看,不下车。趁着大年三十,人少,给车加油。家中的女性无一不反对这个想法。最终,母亲坚持要和我们一起,并对安娜说,我去监督他们两人不下车。父亲说,其实你是自己想来。往市区走,下着雨。是母亲先看见路边摆着的菊花。恐怕只是绿化的摆设,父亲说。越往市内开,路边的菊花越多,仍然亮灯的店铺是祭品和寿衣店。母亲说,这应该是湖北习俗,大年三十卖菊花。父亲说,我们说三十烧纸,很少上街买菊花。我们转入加油站的门口,摆着整齐的一排排菊花。最中间,好像摆着一尊佛龛或是雕像。我和母亲努力地想在雨中看清,只见那佛龛缓缓地动了,抬起一把雨伞,底下蹲着守摊的人,穿羽绒服,戴着白口罩。我的冷汗直冒,车里也很沉默。父亲戴上手套和口罩,下车加油。武汉的夜,彻底失去了光。大楼黯淡,矗立高耸的黑铁盒子,冷峻寂静地杵在那里。我们回来的时候已经过了午夜,也想不起来,有没有听见鞭炮。

第二天早晨,起早,看到禁行令,武汉牌照车辆加油限制,不由得觉得昨夜的行径,鬼使神差。听过姥姥的早报,我们决定去小区后的湖边绿道,透气。零星经过的路人,像是躲避动物,互相绕过。路边冒出来许多猫狗,它们毛发整洁,不是流浪的那一群。听人说,家里主人走了,没来得及带走,自己出来寻找生计。宣布封城的凌晨2点,实际封城的早上之间,很多人匆忙出走。我们开始担心自家的狗。传言说,狗在传染这一场疾病。我们害怕它被证实,或是没有被证实之前的强制行动,让我们交出家庭成员。姥姥说,把剩的饺子都喂给它。

时间变得缓慢。封城三日,感觉过去了半个月。多余时间没被用来耕耘,我们好像进入了迟缓衰老的躯壳。武汉人失去了故乡,在汉和不在汉的人都一样。在地,打散成个体,斗室隔离,没有组织,没有集体,要借助媒介和传言,去了解方圆百里。在外的武汉人,开始全国的流亡,在祖国的土地上成为陌生人。一个城市,要为恶意隐瞒的少数人,背负长久的坏名声。湖北,武汉,中部省市不起眼的身份,成了困扰和污点。身份证,牌照,电话号码属地,一条不经意漏出的信息,催生疏离和驱逐。

父亲说,你们公司似乎有病例了,你认识吗。我只听见母亲说了一句,不会吧。我们收到从昆明来的确认信息:为我们备年货的母亲同事,被认定疑似病例,随后确诊。她发来致歉的信息,要我们速速扔掉年货。母亲说,不要担心,这是天灾,保持心态。她转过身,自我埋怨说,防不胜防。母亲成了密切接触者,上午和下午要报告两次。我们扔掉了同事手工做的饼干和糖果。我说,这好像解释了我的感冒。母亲说,你这么说,我好像有嗓子疼。父亲说,我的四肢酸痛。安娜说,我也乏力胸闷。姥姥说,我要离你们都远一点。姥姥把做操的喇叭放在客厅,现在,也没人抱怨声音大。每个人在客厅做起健身操和拉伸。想起波兰作家卡普钦斯基(Ryszard Kapuscinski),安哥拉内战,前线采访被围的游击队,在晨光中,走过无人镇,和疲惫的战士一起做健身操,朋友直起肩膀,说道,又活了一日。Another Day of Life.

等待德国人　2月1日

交通停止后,我督促安娜联系大使馆。她有英德的双国籍,我希望她把孩子带出去。一开始,她没当作急事,登记了信息。她异常镇定,比我们逆来顺受,说,没关系,从十二月逃到现在,我已视作常态。半年前,我们从英国搬去澳大利亚。年底,受山火威胁,闭在家中,外面是浓烟。

一月初，回到武汉，又一次经历口罩脱销。她按部就班地在延长禁闭里的生活。

先是美国撤侨消息，包机。后是法国撤侨，包车，到长沙。安娜说，怎么落后法国人。她给德国大使馆追去几封信，又联系英国使馆。德国人说，我们正在密切地沟通中。英国人说，我们暂无撤侨的计划。此后，"密切地沟通"成了日常的笑话，代指语焉不详的阻力和困难。安娜的焦虑始于大年初二，一月二十六日，广西两岁的小孩确诊。我们的孩子还没到三岁。此前，我们口中说，不会传染小孩，给心理安慰，谁都不敢确信。病毒终究打破了年龄的界限。安娜的父母在德国，他们不眠，每日电话和邮件。

英国启动了撤侨的计划，安娜打电话，录入身份信息和联系方式。她说，我把你的信息写进去了，他们说家人可以一起走。我说，安娜，如果你们能走，我会留下来。我父母，姥姥，还在。年轻人最有可能扛过病毒，我要留下来，直到封锁结束。安娜说，我能理解。家里开始一场无休止的讨论。父亲说，能走一个是一个。你留下来，能干什么。我说，我要蹭长假期。母亲问，你留下来到底有什么目的。父亲答，他不想被人说是逃兵。我说，难得休息一阵，你们成人之美吧。

我们担心飞机上交叉感染，落地后的两周隔离。安娜说，从澳大利亚到武汉，在家一个多月。从武汉封城算起，快一星期。回去再隔离两周,孩子会疯的。他那么讨厌医院。安娜每想到此,情绪激动,信仰也无法安抚。她说,起初我想,这些遭遇不是针对我,不止我一人,现在我越来越觉得,可能就是针对我。每一次看似不理智的恐慌,到了最后,被证实是合情合理。我说,你别急,不是你能改变的,你一直冷静,要稳住。她说,你不能教人不急,我能撑得住一时,可不能一直这样撑下去。如果我们早点知情,早点离开,完全可以避免这一切。现在说这些都为时已晚。我厌恶这样的懦弱,我的懦弱,公众的懦弱,所有人的懦弱。如果我这次撑到最后,全是凭借愤怒。我说,我不觉得这里谁是懦弱的。你看,大家努力继续生活,医生和护士在前线。要是我们都留下,我也不会太担心。她说,我不是指的这些。是我们在危机中的恐慌,失去逻辑,扔掉理智。你为什么不去看看国际上对这场肺炎的报道。

我一直没有接触境外新闻。这和以往对待事件的态度截然相反。可能是每日信息过载,可能是身处暴风眼,觉得没必要。我甚至不知从哪天起,武汉成为国际焦点。我开始在早上阅读国外报道,憋的一口气,不比晚上看国内新闻少。不像是写一场灾难,而是写一场天谴:病毒是饮食习惯和政治文化的报应。撤侨的讨论,质疑为什么有人去武汉,希望回来的人被隔绝得远一点、久一点,以免举国之灾。当局放弃快速检测和居家隔离,对归国者强制隔离,限制外人入境，安抚公众的情绪。我明白了安娜所说的懦弱。我担心，即便安全离开，孩子也要因为身份，受到不明的敌意和排斥。有那么一刻，我心里说，还不如留下来算了，但即刻又放弃了这个赌气的念头。

母亲说，我们生活在其中，反而没有那么的紧张。死亡离我们更近，认识的人确诊、疑似，但没人谈起死亡时，觉得它会立刻临到自己头上。我们紧张时，想的尽是，家里谁感染了，朋友谁感染了，怎么办。即便感染，想到的也是，坏了，亲人和朋友要怎么办，接触的那些人呢。疫区外的人，担心的死亡，尽是直扑自己来的。仿佛只有这样，恐惧才是真切的。我们和所有人一样，读到个体故事，但在家人面前从来不提，不是否认那些绝望的经历，而是它们离我们近。

撤侨安排，一波三折。一月二十八日，德国派军机来的请求被拒。完了，安娜说，德国人不会来了。她再去联系英国，发现名字被录错了。对方很礼貌地表示歉意，再次录入信息。连着两天，安娜挂在嘴边的话是，法国人居然做到了。她如何也不能相信，自己的两个祖国落后了邻国。她终日在房间里打电话，发邮件，不放过一条小道消息。她的父母俨然是生活在中国的时区了。终于，一家人看《别告诉她》时，坐在椅子上的安娜突然立起，我们等她的宣告。

德国人要来了，她说，但是，我们要被强制隔离两周。

麻烦不止于此，离开的人要医学检查，有症状则不能走。没有说孩子和家眷可否同行。英国撤侨飞机想在二十九号起飞，在机场被困两天，争论的焦点是孩子与家属问题。中方不放行凡是有中国国籍的人，英国德国坚持保全家庭的原则。我对父母说，你看，白讨论了这么久，国人本来就是走不掉的。

母亲把大人的口罩改成儿童用，向内折，用线缝上。父亲找开车去机场的上报机构。安娜不情愿地签下了强制隔离的同意书。我为隔离期间准备儿童电影。在此之前，我们竭尽全力，守住不看电视的原则。编织室内活动，熬过白天。狗与小孩最难理解禁足的理由，他们尤为无聊和烦躁。孩子的词汇日益见长，在澳洲学会"大火"，在武汉学会了"咳嗽"和"口罩"。他惊奇地发现，我们在为出行准备大量日常限额的饼干和电影。我说，这是中国新年，还没有过完。

德国飞机临时提前一天，要八点前到机场。安娜早上起来，厨房放《图兰朵》。我说，需要这么煽情吗。她说，这会是漫长的战役。一月的最后一个夜晚，我们出发。红绿灯遇到飙车的摩托。两辆车，一左一右，在空旷的大路上疾驰。这周，交警日夜不息地追捕飙车党，证明交通秩序未因疫情坍塌。手持名单的检查员在机场收费站，确认后再过军队的岗。门口的防爆检测变成了体温测试。出发大厅里有韩国人，印度人，孟加拉人，斯里兰卡人，土耳其人，德国人。我多天没见过这么多的人。

韩国人最多，他们占住空闲的服务台，做乘客的登记。三名德国官员出现了，穿橙色马甲。他们先打探了南航空无一人的服务台，但认为即便是非常时刻的占用还是不妥。消失了十分钟后，他们不知从哪里，弄来一张中式的木桌，两把椅子。从包里，掏出德国国旗放在桌角，开始登记。多亏英国人前面的拉锯，孩子家属今天都可以上飞机。我们心中卸下一块石。

没有人知道要等多久，飞机有没有停在玻璃的另一端。体检不过的人，被全身防护服的医生领到门口的救护车。时间从8点到了11点，孩子在机场跑乏，也不愿再戴口罩。我把他抱到车上睡觉，远离机场的人群。他非让我抱他在前座睡。过了午夜，我的手臂麻了，也困得睡去，直到手机响起。3点半，没有一点进展。机场冷飕飕的。起初防护严密的人群，这时候被击垮，他们摘下口罩和手套，敞开着吃零食和泡面。又这样过了两个小时，安娜说，再这样待下去，健康人也要生出病来。韩国人走了，然后是孟加拉人，最后只剩下德国人和土耳其人。我们把行李登记，开始排队体检。

你要去把他抱出来了，我说。外面已不是彻底的黑，天空开始出现轮廓。安娜怀中的他，穿着红色的袄子，像一团火,睁开眼睛说,回家,爷爷奶奶家。我们没人搭话。我说,我这次不陪你和妈妈了,要是妈妈不让你看佩奇,你打电话给我。他说,一起走。我对安娜说,你没给他打预防针吗。安娜说,行事匆忙,没顾得上。我们没有过多的告别,两天没怎么休息,口干舌燥,头昏脑胀。我对安娜说,你最终还是冷静了,你还一直克制对中方的批评。她说,你们自己人说得够多了。我说,说不定我们下周解除封禁,比你出来得还快些。她说,那我会怒得出离。你好好睡觉,明天可以睡到 10 点醒了。我说,行了,你们走吧。

他们消失在白色和黄色防护服的身影里。

回家,太阳起了。我把口罩丢在垃圾桶,衣服扔进洗衣机,冲澡,两遍肥皂。我全身疲乏,但又十分清醒。换上衣服,像是完成了一件谈不上喜忧和胜败的使命。房间空了,小床和大床的被子整齐叠在床尾。夜灯还在电插板上。枕头上有安娜的头发,她又忘了眼霜。屋子里有洗发水和婴儿润肤露的气息,不久它们又会消失在消毒水的味道里。楼下,玩具散落在客厅,桌上还有没完成的拼图和折纸。晨光应该到了进门的楼梯。在不能出门的日子里,我们允许他拿粉笔,在门口画画,打发时间,对抗无聊。墙壁地砖楼梯上,留下五颜六色。他专注地给台阶上色,描线,先是红色,覆上绿色,再盖上紫色,周而复始,直到太阳落山,我们喊他上楼吃饭。

比绝望更糟的是安于绝望　2月6日

安娜走后,我们失去了时间。曾经她每日和大使馆的联系,消息时断时续,时好时坏。无论怎样,创造时间的延续。一桩我们仿佛在插手参与,又不断发展的事件。事情远没有到尘埃落定的地步。德国撤侨飞机上,发现两人确诊。他们要在军营里待上两周,出来的时间,由一百多人的健康状况决定。多发现一例,隔离时间重记,疫情下的连坐制。

拥有进度和反馈,在封城的日子里,无疑是奢侈的。现在,进度限于每日早上,更新的确诊和死亡人数。我们不大关心疑似和治愈,前者放缓和后者增长,都不足以形成慰藉。我们开始晚睡晚起,三顿减成两顿,虽然不是总能成功。站上体重秤成了一件惊心动魄的事。我醒得不晚,但总会在床上磨蹭一阵,直到隔着走廊,对着父母的卧室喊,今天多少例了,新的一天才开始。

一月二十九日,过万。二月二日,过两万。不愿承认又不可否认,麻木感渐渐蔓延。数字变得抽象,似乎需要更大量级,激起情绪波动。口中谈到"几百",到了"几千",到了"上万",经历早间短暂的战栗后,继续柴米油盐的生活。个体的故事比数字更揪心,然而我们心里明白,数字也是个体遭遇,发生了上万遍。麻木和健忘,成了维系生活的必需。在此之上，还有两种时而闪现的情绪，羞耻和侥幸。羞耻于持续生长的麻木，对同胞不幸的情感透支。侥幸于自己躲过一劫，还有抱怨和愤怒的气力。

麻木不仅对人和疫情，它也侵蚀了时间。我们时常忘记今日是哪一天，先是按照公历来记，后来按照农历，两种法子都不奏效，一天看几遍手机提醒自己。白天比晚上更容易睡着，本来作息不规律的人，此时更乱了章法。临到中午才起来，这一天不知不觉地糊弄过去，人也昏昏沉沉。太阳出来后，城市披上一层薄薄的白光，浑浑噩噩的感受更是强烈。昏沉，像是精神上的传染病，在城市里传播。

奇怪的是，车辆近乎消失，工厂停工，空气质量并无改善，盖着往年冬日的霾。人们不禁怀疑环境保护举措的逻辑。如果我们再加上一桩传染病，那就是潜伏四周的怀疑。大家都有点疑神疑鬼。对自己，对邻人。一声喷嚏，提心吊胆半个上午。邻人出门时的踉跄，半夜莫名的来车，都让我们怀疑对方是否感染。路人，特别指向一人或是一楼，意思是说，那人病了，那楼有发热的。手势代替言语，碰到极端需要问候的情况，大家碰肘致意。

二月三日，军队接管了十天建成的医院，接管了交通关卡和生活物资的配送。小区门口出现了平价的蔬菜摊。我们收到免费的蔬菜，三根黄瓜。物价平稳，没有生活上的恐慌，不少人认为这是解放军的功劳。但军队的到来也提醒人们形势的严峻，大家觉得如果疫情减退，便没必要如此大动干戈。好消息总伴着坏消息，坏消息则可以单枪匹马。

无政府主义者没有盼到他们的未来。城中秩序没有因为疫情陷入瘫痪。支援医院的货车，因车身不洁，占用人行道，被城管锁住。日常的规则仍然留在紧急状态里。消费停滞了，除了食品开销，没有可以花钱的地方。购买物资，成了唯一合法的出门理由。人们拎着袋子回家时，故意绕远一圈，增加难得的户外时间。没有人就此低估钱和消费的价值。只是当选择有限时，钱也退到次要的地步。人们没有忘却它过去和未来的力量。

父亲成了一名水平欠佳的预言家。封锁初始，他说，这不过是四五天的事。两天后说，这恐怕是要两周。两周变成了3月前，又信誓旦旦地说，这样的情况，最多再过一周。我们没人知道这要持续多久，拐点何时出现，只是清楚，这比最初设想要长。父亲的预言，在两个极端里来回摆动，好像封城可能马上结束，又可能持续上数月之久。如此的极端摇摆，几乎涉及有关疫情的一切。人们有时完全丧失对权力的信任，满腔怒火，有时则信心满满，感动得掉下眼泪。这不是发生在两个不同的人那里，而是在同一个人身上，矛盾地集中，今天和明天，上午和下午，这一秒和下一秒。

我们用琐碎漫长的家务来消耗时间，把食物变成由原料开始的手工。我们延伸着动手自制的范围，馒头、面条、饼干。逐个把床单被罩，拆下来清洗。姥姥坐在桌前，摘了一上午的青菜，红菜苔掐段，抽茎。小区里，有人把车洗了一遍又一遍。可惜，这样的热情维持了一周，便转入颓势，吃穿开始朴素简易，得过且过。我们的食欲也没有开始时的澎湃。我下定决心，洗了头发，刮了胡子，全身上下换了衣服，袜子也是。搬出哑铃，擦了灰，限制了新闻的时间。到了第二天，生活又回到了浑噩之中。像鱼，短暂地出水呼吸，又沉入水底。

比起时间的日渐模糊，我更加怀念声音。每一天，我饥饿地寻找房间之外微弱的声音。临近高架和机场，头顶和房前的声音消失了。猫狗继续它们的沉默。午后，短暂听见邻里炒菜，食料入油锅的滋啦，铲子敲击锅边清脆的声响。保安带着喇叭，走过一圈，戴口罩和勤洗手的广播。市民约定8点唱国歌的夜晚，我打开窗户，满怀期待地按时守候。对我来说，这是独特的延续。三个月前，在黎巴嫩遇全国抗议，不能上街的人约定，晚上在屋里敲击锅碗瓢盆，一到时间，城里就下起金属的雨。他们在那个时候罕见地守时。国歌没有如期而至，小区一片寂静。最终，只能通过朋友的视频，感受在中心城区的热烈。曲终，喊起武汉加油，有人便哭出声来。这场活动因为担心飞沫传染，没有在第二天继续。

例外是鸟叫，封城后逆向壮大。鸟群重新占领城市，每日巡逻，无所畏惧地掠过头顶。不得不说，这种单调和强势的声音，难以让人喜爱。其他动物在莫名地走向死亡。水沟里出现了猫狗的尸体，毛发和污水搅作一团。湖边接连出现漂浮的死鱼，它们个头不小，五十公分以上，像是停泊的船，沿着岸依次摆放。散步的人，站在湖边观看，没人开口说话。他们像雕像一样立在水边，直到一个孩子说，该不会是得了肺炎吧。大家才面露笑容，一哄而散。渔船开始打捞死鱼，以免引起更多的猜测。三天之后，谜题解开了。母亲目睹了凶杀的现场。白色水鸟，张开翅膀，嘎嘎地飞过水面，猛地缩紧躯体，掉转方向，向水扎下去。鱼奋力地挣扎，水花四溅，最终，血淋淋的鱼体，浮上水面，等待被浪冲至岸边。它们个头太大，水鸟不能叼起，而它们死后，鸟儿也不食。

姥姥说，啄死不吃，真是极大的浪费。她口中的水鸟，是以杀戮为乐的恶毒小人。应该拿网收了这群鸟，她说。你怎么老想着违背自然的事，父亲说。姥姥说，对面树上的鸟在拆窝，一根根枝条，衔走飞离。父亲问，搬家还是别的鸟在偷走建材？姥姥说，这就不知道了。父亲说，该不会是赶上了拆迁，等主人度假回来，发现窝没了！无家可归。过了一阵，它们收工，留下光秃秃的树枝。

进入2月，腊梅开花。每逢夜晚，街灯点亮，浓烈的香气冲到路上。此时在路上的，不是趋向自由，就是奔往死亡。网络让复工成为可能，年轻一代成为家里首批恢复上班的。此时，我们认清回到过去的渺茫，也越来越难想象，疫情的突然结束，没有准备的重新开始。那恐怕会让我们手足无措。但要说怎么准备，也无头绪，只是不愿陷入陡然的乐观和随即的失望里去。伴着模糊的时间和消散的声音，想象力也不可避免地衰退了。它限于眼前的灾难中，没有足够可靠和坚实的信息，支撑它的伸张。我们开始培育耐心。小心翼翼地不使它落为瞬时的怒气和浑噩的麻木。没人愿意及早地说出希望，虽然我们还没有忘却它。

武汉武汉武汉武汉武汉……武汉不是一个论据,生命也不是。武汉……武汉武汉武汉晓宇武汉……

△ 水手计划

029 帕米尔公路和瓦罕山谷

刘子超

The Pamir Highway and the Wakhan Valley

115 萨拉热窝无消息

柏琳

No News from Sarajevo

185 没音没字歌

曾嘉慧

Only the Deaf Can Hear Well

189 摩鹿加消逝

冯孟婕

The Vanishing Maluku

237 泗渡

郭爽

Crossing by Water

太阳像打散的蛋黄,到处是蒙蒙的白光,眼前的景色荒凉而壮美。我发现,帕米尔是一片平缓的高原,而高原之上还有更高的山脉,覆盖着永恒的积雪。

帕米尔公路和瓦罕山谷

撰文　刘子超

一

我从杜尚别（Dushanbe）出发，启程前往帕米尔高原，但此事并不容易。

塔吉克斯坦只有一家飞帕米尔航线的航空公司，运营状况一塌糊涂。网络上为数不多的评论都说，由于天气原因或者技术故障，这趟航班常常推延或者取消。

此外，还有别的问题。飞帕米尔的都是一些老旧的苏联窄体飞机，只有两排座位，引擎声像雷鸣一样，机翼几乎擦着山尖起降。在高处俯瞰群山，固然惬意，但我同时也感到，危险性太大了——大到和玩俄罗斯轮盘赌差不多。

于是，也就剩下了那个累人但还算有保障的办法——也是当地人的办法——合乘四驱越野车。如果一切顺利，这将是一趟 16—20 小时的跋涉——沿着与阿富汗相邻的帕米尔公路，沿着终将流成阿姆河的喷赤河谷（Pyandzh River）。

我向几个当地人打听去哪儿坐车，他们竟然都不知道。后来，其中一个人又问了一位朋友，这位朋友的某个亲戚是一家汽修厂的老板。这位老板知道车站在哪儿——那些开帕米尔长途的司机，经常去他的厂里修车。这件事透露出在塔吉克斯坦打探消息的门道，也透露出这样一个事实：没有什么比去帕米尔高原本身，更能反映出帕米尔高原的隔绝了。

清晨，巴达赫尚车站已是一派忙碌热闹的景象。十几辆四驱越野车杂乱无章地停在一片空地上，司机正忙着把旅客的行李和包裹牢牢地绑到车顶。

我以为自己来得够早，但是当地人显然来得更早。那些状况较好的车上已经堆满了行李，前排较为舒适的座位也给人占了。这里的车奉行"满员即走"原则，其中一辆车上还有一个空位。那是后备箱改成的一排座位，能挤三个人，现在还剩中间那个座位，但我不觉得自己有本事在那道缝儿里度过 20 个小时。

为了尽量舒服，我只好找了一辆空车。空得自有道理。这辆帕杰罗看上去好像经历过一场"涅槃"，除了帕杰罗的标志，大概所有零件都换过了。司机穿着条纹 T 恤，留着两撇胡子，也和他的爱车一样老旧。

我占了副驾驶的位置，说好了价格，把行李箱扔到车顶。然而，半个多小时过去了，仍然只有我一个乘客。其他越野车纷纷上路，刚才还一派盛景的停车场渐露萧条的本质。我有点担忧地问司机，今天会不会走不成了？对此，司机倒是显得胸有成竹。他说，一小时之内，我们准能出发。

附近有一家灰扑扑的餐馆，摆着一些脏兮兮的塑料桌椅。我无处可去，只好在那里消磨时间。我吃了一块馕、两个煎蛋、一根香肠，还喝了一点红茶。我小心地看着时间。司机说得没错，等我结完账出来，帕杰罗旁果真又多出几名乘客。

其中一个女人三十多岁，一头金发，穿着牛仔裤和T恤衫，斜挎帆布包，正用俄语和司机热烈交谈。我觉得她是乘客里最洋气的一位，后来就和她搭上了话。她叫扎莉娜，是一家国际艾滋病NGO的雇员，会说英语。她这次要去帕米尔地区戈尔诺-巴达赫尚自治洲的首府霍罗格（Khorugh），为当地建立艾滋病检查点。

扎莉娜告诉我，由于和阿富汗享有漫长的边境线，塔吉克成为毒品走私的重灾区。阿富汗的海洛因从塔吉克进入中亚，再沿着帕米尔公路前往俄罗斯和欧洲。因此，很多人把帕米尔公路形象地称为"海洛因公路"。扎莉娜说，根据现有的统计，塔吉克约有十万名因吸毒而感染艾滋病的人，但真实数据显然比这更高。

"比如帕米尔地区，由于靠近阿富汗的罂粟产区，有很多吸毒者。可当地的医院没有设备进行艾滋病检查。这些人又没钱来杜尚别。很多人染上了艾滋病却不知道，这给艾滋病的控制带来很大的隐患。"

一边说话，扎莉娜一边用鞋尖玩着地上的小石子，又从帆布包里抽出一根香烟点上。烟雾顺着她的指尖，四下飘散。

"所以，你去帕米尔干什么？"她问我。

"旅行，"我说，"然后打算从帕米尔回国。"

"一个人旅行很艰苦，你应该找个人陪你一起。"

"我倒是想，可是没人愿意去帕米尔旅行。"

扎莉娜微微一笑："如果不是工作，我也不会想去帕米尔。不过路上的风景确实壮美，我们会沿着阿富汗的边境走。"

此时，停车场已经快空了，我们的车也只剩下最后一个位子。司机把烟头摔在地上，碾灭，向我们招了一下手。我们坐上车，开出停车场，随后又开进加油站。再次上路后，路边有人拍气球似的招手，司机停了下来。是一个十一二岁的小姑娘，独自搭车。这样，最后一个位子也填上了。我们离开杜尚别，向着帕米尔高原进发。

杜尚别至库洛布（Kulob）一段的公路质量很好，因为是中国援建的。一条隧道的洞口上写着红色汉字"自由隧道"。极目所至，土黄色的山丘跌宕起伏。我们的车时而上坡，时而俯冲进入较为开阔的谷地。不时可以看到散落在山上的黏土砖房，以及星星点点的黄绿色田地。

我们经过一片碧绿色的湖泊，就像在全是男人的房间里，突然出现一个漂亮女人那样。湖泊一侧的岩壁上修筑了凉亭，里面是一张张塔吉克人喜欢的木榻，铺着大红色的坐毯。

扎莉娜说，这里是努列克水库（Nurek Dam），是杜尚别人钟爱的度假地。人们可以坐在凉亭里吃饭、饮酒，还可以在湖上乘坐快艇。不过，那天并非假日。我们经过时，水库四周没什么人气，凉亭里空空荡荡。过了水库之后，大地又恢复了那种男性化的单调感。

这里的确算是山区，可道路上还算繁忙。路边不时出现贩卖杂货的小店，也有赶着毛驴的农民，拉着高高堆起的柴火。路上的警察特别多。每次，我们都会被招手叫停。每次，司机都会掀开仪表盘上一块小心折好的淡粉色毛巾，里面是一摞整整齐齐的钞票。每次，他都以精准的手法，抽出一笔钱，交给警察。扎莉娜说，那差不多相当于三美元——不多不少。

两个小时内，我们一共交了九次钱。只有一次，两个警察实在相隔太近，司机放下窗子，捂着胸口真诚地抱怨："刚交过啦！"于是，那个警察就挥挥手，放我们走了。

通过扎莉娜的翻译，司机问我："在中国要给警察钱吗？"

我说："一般不用。"

司机说："在这里是要给的。这是塔吉克的传统。警察也要养家糊口。"

说这话时，司机的表情并没有任何不满，口气中甚至还带着几分理解。警察相信，凭他们的制服，索取是名正言顺的事。司机大概也这么认为。

我想起之前看过的一本书，说要给予警察自由腐败的空间。因为"工资这么少，他们必定会意识到腐败不仅可以接受也是必须的。然后他们会加倍效忠于政权：首先，他们会感谢政权给他们敛财的机会；其次，他们会明白，如果他们三心二意，将很可能失去特权并被检控。"

我们在库洛布停车吃饭。这里是塔吉克的第三大城市，总统拉赫蒙（Emomali Rahmon）的故乡。历史上，库洛布人以勇敢和鲁莽著称。如今，除了到处悬挂的总统像，库洛布毫无特色，只是一座热浪袭人、充满喧嚣的小集镇。街边种着不到一人高的小树，叶子也是小小的，半枯萎的，没有半点阴凉。穿着传统服饰的男女老少，就在太阳无情蒸烤的大地上，做着原子般的"布朗运动"。

我们走进一家简陋的大餐馆。扎莉娜、十一二岁的小姑娘和我坐在一桌。她们都吃不下什么东西，只是小口地喝着调味过重的羊肉胡萝卜汤，而我半吃不吃着一盘油腻的抓饭。

我问小姑娘为什么一个人。

通过扎莉娜的翻译，她说："要去看在杜尚别打工的父母。"

我又问，她的家在哪儿？

阿里秋尔（Alichur），帕米尔高原的深处，比霍罗格还遥远的地方。

旁边，司机和同车的两个男人风卷残云般吃完了抓饭和面条。司机开始一脸享受地剔牙，唇上的两撇小胡子像毛虫一般蠕动着。接着，出其不意地，他推开椅子，站起身来，走向餐馆门口的洗手池。

我们的午餐时间就此结束。

二

离开库洛布后，公路很快退化成破碎的土路。路上有骑驴的农民，但周围一片荒芜，也看不到村落，不知道他们要骑去哪里。一小时后，我们开始沿着喷赤河而行，这意味着我们开始进入真正意义上的帕米尔高原。

帕米尔高原是中亚高原体系的中心，将兴都库什山、喀喇昆仑山与天山、昆仑山连接在一起。这片高原三面为高山环抱，只在西南角上没有山峦屏障，地势突然下降到喷赤河谷。

我曾见过这条大河，在乌兹别克和土库曼的边境上。当时，它流淌在卡拉库姆沙漠中间，平静得如同暮年。然而，在它的上游，在它还年轻的时候，两边的大山呈现拔地而起之势，河谷森然幽长，河道时宽时窄，水流却始终急促，打着漩涡，翻滚着褐色泥沙，看上去令人畏惧。

这时，扎莉娜突然喊了一声："阿富汗！"

顺着她手指的方向，我看到河对岸的那片土黄色的村庄，悬挂在山间。那一侧的道路就像一道淡痕，其实算不上道路，只是一条窄窄的土路。此后，阿富汗就像河水的镜像一般，始终出现在对岸。我甚至可以看到穿着长袍的阿富汗人，在烈日下移动，像某种抽象的符号。有时，这些阿富汗人会站在那里，向塔吉克一侧眺望，但他们从不挥手，脸上也没有表情。

在这里，河水不仅是地理意义上的分界线，更像是时间的分界线：塔吉克一侧如同1970年代的苏联，而阿富汗一侧隐藏在伊斯兰的面具下，还停留在更久远的中世纪——我惊叹于这样的世界依然完整无缺地存在着。

河上几乎没有桥梁（我只看到一座），这表明两岸官方层面上的交流是罕有的。路上也早就没有了警察，但会遇到扛枪的士兵在公路上巡逻。可是，这条边境线实在太过漫长，河道最窄的地方不过十几米，根本没办法把守。扎莉娜告诉我，别被眼前的景象蒙蔽，其实某些"高科技"已经悄然来到这片土地：现在毒贩会用无人机投送毒品，这令缉毒的难度骤然增大。

一路上，司机一直与坐在最后一排的那个男人有说有笑，不时乐得前仰后合。我真想知道他们说了什么，因为似乎两人每说一句话，都能精准地搔到彼此的痒处，堪称"伯牙子期"。现在，通过扎莉娜的翻译，司机对我说，"伯牙"其实腿有毛病，无法在后面久坐。他想跟我调换位置，200公里后再换回来。

以现在的路况和速度，200公里至少要开6个小时。那个人看上去也没什么问题，他只是想和司机坐在一起，尽情聊天罢了。

司机又说，就像给警察塞钱一样，调换位置也是塔吉克的传统。

"可我有风湿病。"我让扎莉娜帮我翻译。

司机耸耸肩，看起来根本就没相信，不过我也不在乎。为了这个位置，我已经多付了一笔钱。司机嘟囔了些扎莉娜没有翻译的话，而坐在最后一排的男人很快就头靠窗户，呼呼大睡起来。

道路越来越差，河水就在身边咆哮。运货的重型卡车碾碎石块，腾起黄色的烟尘。天快黑的时候，我们再次停车吃饭。那户人家在半山上，一条小溪从山间流下。露天的木榻，铺着红色地毯，上面全是烤馕的碎渣。我在碎渣中间开辟出一小块净土，侧身坐下。司机和最后一排的男人脱了鞋，上炕一样地侧卧着，不时哈哈大笑。

那户人家的房子是新砌的水泥房，门口种着一棵小树，开满白色小花。发电机的电力时强时弱，房子内外的灯泡时明时暗，白色小花时而亮起来，时而陷入阴影。

我吃着一小碗番茄沙拉，等着电压稳定下来。然而，发电机的声音越来越小，灯光越来越弱。过了一会儿，便彻底熄灭了。夜色和昆虫的叫声，瞬间接管了世界。主人在屋内点起蜡烛，而我们就在蜡烛跳动的光晕下吃完了晚餐。

从这里算，到霍罗格还有四个小时的车程。从早上到现在，司机已经开了十几个小时，早就疲劳驾驶了。现在，他不断地打开窗户，让夜风灌进来，刺激一下麻木的大脑。随风一起涌入的还有水流击石的声音，但已经看不到喷赤河。在浓墨般的黑暗中，那条大河仿佛无处不在。除了我和司机，其他人都打起了小盹，车厢内响着有节奏的呼噜声。

我们路过一个村子，坐在最后一排的男人到家了。这个村子没有电，司机戴上头灯，爬上车顶卸行李。我也下车，活动活动筋骨。月光下，村里的男人在路边坐成一排，没有人说话，没有人看手机，只是那么呆呆地坐在黑暗里。

司机的头灯左右晃动，卸下"伯牙"千辛万苦从杜尚别带回来的行李——几个紧扎绳子的硬纸板箱、一辆塑料儿童玩具车。

到达霍罗格时，已经将近午夜。扎莉娜先下车，她的旅馆就在市中心。我的身体完全麻木了。旅途的疲劳像小虫子一样，把我啃得模模糊糊。我们都忘了留下联系方式，就那么分手了。司机没听过我住的旅馆，电话打过去也无人接听。车上还剩下那个十一二岁的小姑娘，她有点紧张地瞪着眼睛，还有两个小时才能到家。在小镇的边缘，我让司机把我放下来。我不想再耽误小姑娘的时间了。

街上空无一人，只有几只野狗摇着尾巴跑过去。我大口呼吸着夏日山谷的空气，想到霍罗格就是《新唐书·西域传》中的"识匿国"：这里不产五谷，国人爱好殴打，商旅常被打劫。在《大唐西域记》里，玄奘大师也写到此地："气候寒烈，风俗犷勇，忍于杀戮，务于盗窃，不知礼义，不识善恶，迷未来祸福，慎现世灾殃，形貌鄙陋，皮褐为服。"

一位高僧大德如此刻薄实属罕见，我不禁思考：大师在这里究竟遭遇了什么？

我随意找了家旅馆，敲响大门。女主人披头散发，刚从睡梦中醒来，脸颊上还有枕头留下的印儿。她带我下楼，穿过长长的走廊，经过她的卧室。卧室门敞开着，地板上打着地铺，她的被窝还是刚才钻出来的样子，像一件前卫的雕塑作品。她带我来到客厅,"啪"的打开壁灯。客厅里铺着地毯,摆着一张皮沙发,角落的晾衣架上挂着几件衣服,茶几上放着还没端走的茶具。

我的房间里只有一张单人床。女主人捧来一套干净的被褥,放到床头,然后一句话也没说,转身走了。房间里有个小小的阳台,打开门就能听到贡特河(Gunt River)的水声。这家旅馆似乎建在河谷上方,对面是大山的阴影。我刚要迈步俯瞰河水,突然发现阳台竟然没有护栏。要不是那晚月光皎洁,我恐怕就要一脚踏空,跌落河谷。我不愿去细想由此带来的伤痛:我这个误入歧途的旅行者,在前往帕米尔游历的第一晚,就结束在这一场险些酿成的意外上。

三

与我同住这家旅馆的是一个手掌残废的俄国人,我后来几次看到他。这个人光头,沉默,眼神犀利,脸上有一种莫名的沉静。他的左手从手腕处截肢,右手的手指畸形残缺。然而,他可以用左手的手腕捧着手机,用右手的残指飞快地打字。我琢磨着他是怎么残疾的?他为何一个人来霍罗格?他也是旅行者吗?

白天他大概去哪里闲逛,晚上就坐在客厅的沙发上,玩着手机。看着他的样子，我突然有一种猜想：他会不会是当年苏联入侵阿富汗时的老兵？如今重新回到这里？可是他一直不看我，我也就不知道如何开口。他整个人散发出拒绝交流的气场。

我想起阿列克谢耶维奇《锌皮娃娃兵》中的一段话："我没有胳膊没有腿，早晨醒来，不知道自己是个什么东西，是人还是动物？有时真想'喵喵'叫两声或者'汪汪'狂吠一阵，但我咬紧了牙关……"[1]

霍罗格原本有每周举办的阿富汗边境集市，地点位于喷赤河的阿富汗一侧，那是无需签证就能进入阿富汗的唯一办法。届时，阿富汗人会带着他们的东西来到集市上，同时购买塔吉克人的商品。那些商品大都是中国产的便宜日用品，但对阿富汗人来说却是抢手货。帕米尔已经算是与世隔绝之地，但相比阿富汗，还要开放一些。不过，我问了好几个人，他们都说因为毒品走私猖獗，边境集市已经取消一年之久了。

帕米尔人的幸运，离不开阿迦汗（Agha Khan）。走在霍罗格大街上时，我发现这里到处张灯结彩，正在庆祝阿迦汗四世登基六十周年。

---

[1] ［白俄］S.A. 阿列克谢耶维奇著，高莽译：《锌皮娃娃兵》，九州出版社，2015年11月，第255—256页。

阿迦汗，是伊斯兰教伊斯玛仪派的精神领袖，被认为是先知穆罕默德的直系后裔。伊斯玛仪派属于什叶派的一个分支，萨曼王朝时期进入当时的中亚地区，成功地使一些宫廷显贵皈依，其中就包括了诗人鲁达基（Rudaki）。也正是在那个时期，伊斯玛仪派的势力延伸到了帕米尔地区。

阿迦汗原本是18世纪的波斯国王法特赫-阿里沙·卡扎尔（Fath-Ali Shah Qajar）赐封的头衔。阿迦汗一世生于波斯，曾任波斯克尔曼省总督。1840年，他企图推翻当政的卡扎尔王朝，失败后流亡印度。他在当地发展信徒，并与英国当局合作，帮助英国人控制印度边境地区。英国人也投桃报李，授予阿迦汗"王子"称号。从此，阿迦汗家族融入了大英帝国的历史，其后代的人生历程更是与伊斯兰领袖给人的刻板印象截然不同。

阿迦汗四世出生在瑞士，是英国公民，在哈佛大学接受教育。1957年，英国女王伊丽莎白二世册封阿迦汗四世为"殿下"。如今，阿迦汗四世是一千五百万伊斯玛仪派穆斯林的精神领袖，这些信徒分布在全球二十五个国家。

阿迦汗四世从事慈善事业，同时也以对美女、跑车和赛马的兴趣而闻名。虽然阿迦汗家族拥有大量的庄园、农场，甚至私人岛屿，但他仍然是一个没有王国的王子。不过，在霍罗格，你却能强烈感受到阿迦汗四世的崇高地位。

1995年,阿迦汗四世第一次访问帕米尔地区。当时,塔吉克内战正酣,涌入这里的难民更是令脆弱的经济雪上加霜。由于战乱和封锁,帕米尔的粮食供应中断,人道主义危机四处蔓延。阿迦汗四世进行干预,带来救济物资和援助。对帕米尔人来说,这无异于雪中送炭,真主显灵。

在霍罗格,阿迦汗的慷慨随处可见。从学校、医院到中央公园,全是阿迦汗四世兴建的。走在中央公园整洁的草坪畔,看着路边笔挺的白杨树,掩藏在树丛间的木屋,你会恍然感到自己正走在阿尔卑斯山间。

因为需要问问前往瓦罕(Wakhan)山谷的情况,我就去拜访了帕米尔生态文化旅游协会。协会的小木屋就位于中央公园的东南角,建筑风格也颇具瑞士风情。

办公室里只有一位工作人员,但来咨询的却有三四个人。我坐到办公桌对面的沙发上,翻看茶几上的那本砖头般的美食书《用我们的双手:帕米尔高原食物与生活的赞歌》。

从地图上看,帕米尔地区几乎占塔吉克斯坦领土的一半,却只有5%的人口。令人惊讶的是,像土豆和卷心菜这样的基本食物,直到1938年才被引入这里。在如此艰苦的条件下,帕米尔原住民发明了很多因陋就简的料理方法,在这本"革命性的烹饪书"里,它们被两位欧洲美食家奉为圭臬。现在,这些古老而原始的方法正在消失,因为便宜的中国食品进入了帕米尔高原。两位美食家有点痛心疾首，似乎帕米尔人一直茹毛饮血，他们才满心欢喜。

轮到我后，我和这位英语流利的工作人员打了个招呼。后来才知道，这位仁兄在阿迦汗的瑞士分部工作过。我问他穿越瓦罕山谷的交通情况。他报了一个三天的价格，包括租车费、汽油费和司机的食宿费。即便我心里早有准备，这个价格还是太高了。

他马上解释说，这是一整辆车的价格。这辆车能坐四到五个人。如果平均下来，价格就合理多了。

我问，瓦罕当地人怎么坐车，他们没钱这么大方地包车吧？

他说，我其实可以先乘公共汽车到延充堡（Yumchun），那里有著名的法蒂玛温泉。不过之后就得看运气了。如果有人去山谷更远的地方，我就可以搭车。

我决定碰碰运气，先坐公共交通到延充堡，之后再想办法。

他说，公共汽车会在上午 10 点出发，地点就在巴扎后面的巷子里，贡特河的另一侧。

四

第二天，我穿过熙熙攘攘的巴扎，跨过贡特河上的铁桥，钻进巴扎后面的黄土小巷。开往延充堡的小面包果然停在一个斜坡上。司机是一个看起来挺憨厚的小伙子，开车时双手一直抱着方向盘，像一只意兴阑珊的大熊。我们很快开出霍罗格，沿着喷赤河岸边的沙石路，向瓦罕山谷驶去。

一河之隔的对岸，依旧是阿富汗的世界。眼前高耸的山脉则被称为"兴都库什"（Hindu Kush），在波斯语里意为"杀死印度人"。这表明，翻过这座大山就可以听到另一种文明的遥遥回响了。一千三百多年前，正是被这种文明的光芒所吸引，玄奘大师翻越帕米尔高原，去印度求取真经——我如今所走之路，也正是他当年走过的道路。

几十公里内，我们经过数个检查站。接着，大山像巨人的胸怀突然打开，眼前出现一片绿意盎然的山谷。这就是瓦罕山谷——玄奘笔下的达摩悉铁国。玄奘说，这里濒临喷赤河，谷地随山河迂回曲折，地势因丘阜时高时低，沙石随风流动，四处弥漫。

如今，河水流淌在山谷中间，闪着金光。远远看去，河岸边有几处灌木，几片沙地，土壤肥沃之处则被开垦成小块田地，种着小麦。即便是盛夏，兴都库什山也覆盖着积雪。在阳光下，山体的沟壑清晰可见。

伊什卡希姆（Ishkashim）是瓦罕山谷里的第一座村庄，也是最大的一座。河对岸的阿富汗村子也叫伊什卡希姆。

我发现，在瓦罕山谷，以喷赤河中心线为界，塔吉克和阿富汗两侧的地名完全相同，就像河水的镜像。不过，伊什卡希姆的边境集市也关闭了，因此我不打算在此逗留。小巴穿村而过时，我看到一个小卖部，一家手机行，还有整个瓦罕山谷里唯一的红绿灯。它孤零零地立在村口，路上只有我们驶过后留下的一串烟尘。

我们路过一处泉水，司机停下车。在无遮无挡的烈日下，一位老婆婆正挎着篮子卖自己做的皮罗什基馅饼。车上的人都拿着矿泉水瓶去接水，没有人买炸馅饼。于是，我掏了一块钱，买了两个：洋葱馅的，加了黑胡椒。与西伯利亚大铁路上乘务员大妈做的馅饼一模一样。看来，苏联厨艺依然残留在了山谷里。

在我的想象中，延充堡只是瓦罕山谷里一座普通的临河村落。没想到它居然高踞山上，可以俯览东西近一百公里的山谷。山间有一家苏联时代的疗养院，几个穿白大褂的女服务员站在门口，还有两个老头裹着羊毛披肩，大概是这里的住客。

我下了车，住了下来。房间很小，也很破，但是越过窗外的树丛，可以看到兴都库什山的积雪。其中一个裹着羊毛披肩的老头告诉我，从疗养院出发，往山上爬一公里，就是神圣的法蒂玛温泉。他长期住在疗养院里，每天早晚各泡一次。

法蒂玛是先知穆罕默德的女儿，嫁给了穆罕默德的堂弟阿里——后来的第四任哈里发、什叶派穆斯林的守卫者。正是对阿里的不同态度，导致什叶派与逊尼派分道扬镳，由此带来的灾难，绵延至今。

我步行至温泉，又看到了小巴司机。他今晚住在车上，说要泡个温泉，再回霍罗格。我还碰到了同车的一位姑娘，她是来泡温泉求子的。根据当地传说，泡了温泉，女性可以怀孕，男性则能增加雄风。

温泉的门口有一间小平房，一个尖脸男子守在里面，负责收门票。他有感于自己的任务之重要，还要我在大本子上登记姓名和国籍。从外面看，法蒂玛温泉是一栋石头房子，横跨在一条流速狂放的溪水上。从石头房子里拾级而下，就进入了一个天然洞穴，形同子宫。泉水顺着石壁上的钟乳石倾泻而下，形成一潭热气腾腾的大池子。

等我进去时，洞穴里蒸汽袅袅，已有五六个当地人惬意地泡在水里。有个大爷站在钟乳石下，像淋浴一样，用泉水浇背。人们赤身相见，也就变得更加热情，全都你一言我一语地跟我搭话。其中一位见过世面的大爷认为，既然我不远万里来到这里，他有责任告诉我一个秘密——一个只有当地男人知道的秘密。

在众人的注目下，他带我走到一个小洞穴前。他连说带比划地告诉我，这里就是直捣黄龙之处。当然，这是相对文雅的说法，大爷是以十分露骨的手势告诉我的。按照他的指示，我把脑袋伸进洞里，让小股泉水淋到头上，从而提升自己的性能力。不过，在这荒凉的山谷，即使能力确有提升，我也难有用武之地。

从温泉出来后，我沿着山路往下走，突然看到一座废弃的古堡。它雄踞在一座险峻的山头，俯瞰着低处的山谷，背景是峦峰起伏的兴都库什山。我怀疑这是一座古老的遗迹，于是驻足观看，越看就越产生一种敬畏之感。此前我关于瓦罕山谷的想象几乎就是眼前的样子：雪山、古堡、废墟、山谷。

此时夕阳西下，映照着城堡坍塌的碎石。一个穿着冲锋衣的当地人正好走过，在我身边站住了脚。我问他，古堡是什么建筑。他说，这是拜火教的遗迹，可能建于公元前3世纪。

我没想到古堡的历史有这么长。

身边的男人问我是否需要住宿。他自我介绍说，他叫星期三，在村里开了家民宿，也做向导。他是典型的瓦罕人，个头不高，肤色黧黑，眼角有一条条皱纹，脸上的胡子刮得干干净净，说明他并非激进的教徒。

我们走过山间一块开垦出来的土地。他说，这是他家的田地，上面种的是小麦和一些耐寒的蔬菜。他还说，在积雪覆盖的山口另一侧，有吉尔吉斯牧民。他有时会去找他们买肉和奶制品。

他的家隐藏在一条岔路后面,是一栋传统的瓦罕民居。屋内铺着厚重的地毯,竖着五根廊柱,分别代表先知穆罕默德和女婿阿里家的五名成员。房子中间的一块区域是生火的地方,可以想象一家人围坐在火堆旁的情景。房间打理得井井有条,比我住的地方更舒适,可是我已经交了房费。我正寻思怎么礼貌地告辞,他的妻子提着一壶热茶走了进来,我只好又坐了下来。

我问星期三,这里冬天是怎样的情形。

他说,冬天大雪封山,基本没有游客。所以,他还开了家杂货铺,从过路的卡车司机那里进货,做当地人的生意。

他是否去过对岸的阿富汗?

当然,他还有亲戚在阿富汗一侧。以前有边境集市时,他们经常在集市上碰到对方,现在已经很久没见了。

"我们其实都是瓦罕人,"星期三解释说,"讲同样的语言,有同样的习俗,互相通婚。"

"但现在,你们变成了塔吉克人和阿富汗人。"

他局促地笑了一下,露出两颗金牙。

我想起一路上经过的那些分界线:同样的民族,同样的生活方式,被分割开来,像刀子割开的伤口。

他看出我不打算住在这里,于是问我明天去哪里。

我说,我想去威朗村(Vrang)。我听说那里有一座6

世纪的佛塔遗迹。在《大唐西域记》里,玄奘提到过那座佛塔。

"我知道那里,"他说,"而且我有一辆帕杰罗。"

五

第二天上午,星期三开着他的二手帕杰罗来接我。这车是他从杜尚别买的,花了一大笔钱——他一整年的收入。结果,他一坐到方向盘后面就显得过分谨慎,好像刚拿到驾照的新手。

开了一段后,我发现他其实是在虐待这辆车。他不习惯换挡,哪怕车速已经很快了,他却始终保持二挡。发动机愤怒地悲鸣着,他就更加慌乱了,鬓角冒出了汗珠。好在威朗村不远,只有二十多公里。他把我放在村口,长吁一口气。他说要去检修一下这辆车,他认为引擎出了问题。

我打听到,佛塔就在村后的山上。一条小路穿过田舍、果园,绕过溪水,到了山脚下就戛然中断。我抬头仰望,看到佛塔立于一座峭壁之上,必须沿着将近60度的陡坡爬上去。我手脚并用,开始攀爬,阳光烤得我满头大汗。山上全是大大小小的碎石,一不小心就会造成一场小型滑坡。几次滑坡后,我有点手足无措。我在半山处找了一块可以勉强立足的地方,琢磨接下来该怎么办。

就在我进退维谷之际,住在山脚下的一个小姑娘跑了上来。她看到我的无助，冲我挥了下手，让我跟着她爬。她只穿着一双旧拖鞋，却轻盈似鹿，在山石间跳跃着。她不时回头，看我跟上没有。虽然脸上有阳光灼伤的斑点，但五官却惊人的清秀。多亏有了她，我在陡峭的山石间，看到了一条路。快要登顶时，她伸出手，把我拉了上去。

佛塔呈方形，共五层，外围有土墙围护。小姑娘指给我看塔顶一块印有"足迹"的石头，据说那是释迦牟尼的脚印。我们站在那里，站在风中，俯瞰瓦罕山谷，远眺兴都库什。阳光倾泻而下，照耀万物，一切都仿佛亘古未变。想到眼前的风景也是玄奘大师看到的，我顿时觉得这里多了一份意义。

玄奘路经此地时，佛塔还未坍塌。他说，庙中有石头佛像，佛像上悬挂着金、铜制成的华盖，装饰着各种珍宝。当人们绕佛而行时，华盖也会随之旋转，神妙莫测。一千三百年后，寺庙和佛像全都不见了，只有佛塔的遗迹兀自伫立——这里早已不再是佛教的世界。

下山后，我想请小姑娘去村里的小卖部喝汽水。可是她会错了我的意思，把我带到一处泉水旁。她心满意足地看着我灌满了矿泉水瓶，然后挥了挥手，连蹦带跳地回家了。

我回到威朗村，在小卖部买了一瓶俄国啤酒，然后坐在路边的大树下，等待下一程的顺风车。我拧开瓶盖，泡沫从瓶颈冒出来，沿着瓶身往下流，在地面的浮土上砸出几个小坑。啤酒不够凉，但光是能避开烈日，已经让我心情舒畅了。

几个无所事事的当地青年凑了过来，问我去哪儿。他们没车，也不知道行情，只是纯粹出于搭讪的乐趣，漫天开个高价，压根没想做成这笔生意。看出这点后，我就装聋作哑，继续喝我的啤酒。他们终于觉得无聊，就任我坐在那里，继续四下游荡了。

我想，如果等不到顺风车，我就在村里住一晚。这里有小卖部，有落满尘土的零食，有不太冰的啤酒，足够我度过这个夜晚了。没想到刚过了半个小时，一辆破旧不堪的拉达就开了过来。车上坐着三个当地女人，镶着金牙。司机穿着脏兮兮的夹克，可相比他的车，已经干净太多了。

这辆拉达或许十年前就该报废，但却在这个世界的角落顽强地活了下来。车身锈迹斑斑，车内落满灰尘。没有收音机，没有窗户摇杆，没有仪表盘。一切接线全都裸露在外，有故障就能当场修理。这么一堆拼凑起来的废铁，竟然如此坚固耐用，看样子连汽油都不用加，只需撒一泡尿进去就能开到目的地。

我问司机去不去兰加尔（Langar）。他正要往那边走。我问多少钱。他报了一个价，当地人的价，低到可以忽略不计——我暗自庆幸自己的好运。

三个当地女人兴奋地挤到最后一排，把副驾驶的位置让给我。拉达车叹了口气，咳嗽了两声，哆嗦了几下，颤抖了一阵，开动起来。我坐在车里，却能体会到骑在马上的感觉——那可不是花几百美元包车能感受到的。

有外国人坐在车上，司机好像底气更足了。他戴上墨镜，点起香烟，一手搭在窗外，像一个开着跑车兜风的纨绔子弟。我们经过路边人家时，他故意减慢车速，以一种漫不经心的姿态抬一下手指，而外面的人看到车里居然坐着外国人，全都瞪大了眼睛。

司机把我放在兰加尔的一家民宿前，说主人是他的亲戚。这多少解释了他愿意低价把我载到这里的原因。拉达调转车头，突突响着，屁股吐出一股黑烟，飘然而去。黑烟过后，一个骑着小毛驴的少年缓缓走过来，向我招手。两侧都是光秃秃的石山，石块就像远古动物的遗骸，暴露在光天化日下。黝黑的牧羊人赶着黄羊在石头间移动。兰加尔，在突厥语中就是"野山羊"的意思。

男主人朝我大喊一声——这时我正要走进隔壁家的大门。他戴着一顶瓦罕小花帽，身材高瘦。一说话，我就闻到一股伏特加味。我细看他的面容：脸颊皮肤松弛，带着微红，眼白发黄，有血丝。

他领我进入他家的院子，客房位于侧翼，与他和家眷住的房子分开。走廊上摆着两张旧沙发，地毯磨得卷了边。房间是斯巴达式的，被单和枕套上全是破洞，像遭了几场虫蛀。兰加尔是瓦罕山谷中最后一处定居点，再往前走就是帕米尔高原的无人区，因此我不打算挑三拣四。

这时，男主人卷着大舌头说，女儿刚从苦盏（Khujand）归来省亲，晚上举家庆祝，请我务必参加。男主人走后，我打开行李，换上干净的T恤。几个当地小孩趴着窗户往房间里看。我突然冲过去，张开五指，吓他们一吓。这可让他们措手不及，全都尖叫着四下逃走。

离晚上的派对还有一个多小时。我来到院子里，与一个正在悠然闲逛的年轻男子攀谈起来。他歪戴棒球帽，眼窝深陷，蓄着胡子，举止有点吊儿郎当。他告诉我，他是男主人女儿的表哥，今晚也是他在瓦罕的最后一晚。明天一早，他就要动身奔赴莫斯科，继续工地上的搬砖生活。

在俄国旅行时，我经常看到中亚长相、穿着橘红色背心的建筑工人。我知道他们是塔吉克人，可从来没机会和他们交谈。

这时，表哥从身上摸出一本护照，上面写着他是"塔吉克人"，但他认为自己是"帕米尔人"。

"两者有什么区别？"

"你很容易看出塔吉克人和帕米尔人的区别，"他说，"在俄罗斯，塔吉克人喜欢行贿，而帕米尔人从来不这么干。"说这话时，他的神色颇为自豪。

"为什么会这样？"

他说，因为帕米尔公路的存在，帕米尔人更熟悉俄国的"生活方式"，因此也比塔吉克人更适应俄国的生活。在苏联时代，帕米尔获得了更多的特权和物资供应，有很多科学家来到这里，帕米尔人的俄语也说得更好。独立后，同信仰逊尼派的塔吉克人不同，帕米尔人信仰伊斯玛仪派。阿迦汗四世关心这里的发展，兴建了大量学校和基础设施。相比西部的塔吉克人，帕米尔人反而更具现代意识。

"此外，我们挨着中国。"他说，"中国的商品要通过帕米尔公路运进来。"

他的意思是，帕米尔虽然地处边缘，却有中心之感。加上紧邻中国，未来大有可期。这个理论我虽是第一回听说，但好像也不无道理。

说话间，表哥掏出一个小小的、卷好的塑料袋，里面装着暗绿色的药草。他捏起一小撮，压在舌根与下唇之间。我也捏了一小撮，学他刚才的样子，压在舌下。药草受潮湿润之后，下颚瞬间就麻木了，接着整个人天旋地转，如同迎头挨了一记闷棍。看到我这副反应，表哥哈哈大笑。

我回到房间，足足躺了半个小时，才从药劲儿中缓过来。此时，夕阳余晖洒满房间，窗外传来孩子们的笑声。"我在这里做什么呢？"我想起作家布鲁斯·查特文（Bruce Chatwin）的天问，体会着这句话背后的戏谑感。然后，我想到，晚上的派对已经开始了。

我走到主人的屋外，只见门口横七竖八地躺了十几双鞋子。房间同样是瓦罕传统样式，有五根廊柱，墙上挂着精美的手织挂毯。此刻，茶水已经泡好，大口茶碗放在地上。地毯上摆着各式干果、茶点、沙拉和大盘抓饭。有人拉着手风琴，表哥打着手鼓，回来省亲的女儿穿着华美的服饰。房间被人的气味熏得暖烘烘的，人们在乐声中翩翩跳起瓦罕"鹰舞"。我坐在角落里，喝着茶，看着眼前的一切，感到一路的辛劳都是值得的。

跳舞的人既有亲戚朋友，也有附近的邻居，还有邻居家的两个漂亮小女孩。一个穿着红色连衣裙，一个穿着蓝色连衣裙，有模有样地学着大人跳舞。

我走出房间时，天色已暗。那个穿着蓝色连衣裙的小姑娘跟了出来。我们听不懂对方说话，但能用眼神交流。从地图上看，兰加尔在瓦罕山谷的最东端，过了这里，地势就变成幽深的峡谷，而喷赤河从峡谷中奔流而出，形成一片平缓的河滩。是不是能从那里走到阿富汗一侧呢？

我拉着小姑娘的手，向那个方向走，想去看个究竟。喷赤河捕捉了最后一道光束，大山比白天更显澄清。我知道，沿着峡谷逆流而上，就能到达萨尔哈德（Sarhad），又称连云堡，那是唐朝大将高仙芝击败吐蕃军队的地方。

河滩那里果然通向阿富汗，但有一座营房。荷枪实弹的塔吉克士兵看到了我们，做出警告的姿势，然后朝我们小跑过来。小姑娘使了个眼色,我们转身往回走。走了一段后,我回头瞭望,发现士兵并没有真的追过来,这才放慢脚步。

迎面走来一个抱着孩子的女人,是小姑娘的母亲。聚会结束后,她发现女儿不见了,于是抱着儿子出来寻找。看到我们在一起,她终于放心了。她把儿子往地上一放,把他的小手也塞给我,好像在说:"你喜欢就给你了!"

就这样,我突然喜得一双儿女,实在福气不错。我一边一个,拉着他们的小手,走在荒凉世界的尽头。

六

从兰加尔向东,山峦隆起,峡谷幽深,很快就到了真正的帕米尔高原。这是一片人烟稀少的地区,每年都要被冰雪封冻数月。只有一些强悍的吉尔吉斯牧民,赶着牲口,在高山牧场之间举家迁移。我要翻越一座山口,穿过无人区,前往布伦库勒湖(Bulunkul),观察帕米尔高原上最偏远的定居点。

为了这趟行程,我在兰加尔雇了一辆俄制吉普。司机巴霍罗姆是瓦罕人,个头不高,身材单薄。他略受过几年教育,也去俄罗斯打过工,如今却闲散无事。我以100美元的价格,说服他送我去布伦库勒。

我们约好第二天早晨8点出发，可他到的时候，已经快9点了。上车后，他又带给我一个"坏消息"。他说，他的车出了毛病，我们得找他的朋友，另借一辆车。

我不相信他的话。我们就坐在车里，车开起来好好的，看不出有什么问题。但是我没说话，由他开着车，把我带进一条小巷。他的朋友正站在院子门口，一看到巴霍罗姆，就飞快地与他交换了一下眼神。他们把我带到另一辆车前。那也是一辆俄制吉普，尼瓦型号，和巴霍罗姆的车一样。这时，巴霍罗姆的朋友开口了：他这辆车要价120美元。

"为什么多出20美元？"

"这辆车更新，车况更好。"

这当然是胡扯。然而，在外旅行了这么久，我已经丧失了讨价还价的耐心，也懒得再与人争执。我说："我给你110美元。再多的话，我就不租了。"

两人再次交换了一下眼神，随即点头同意。他们的阴谋得逞了，虽然也就多赚了10美元。

"我们现在上路。"巴霍罗姆说。

我们的确上路了，但却是朝着相反方向，因为巴霍罗姆表示，我们得先去加油。在破碎的石子路上，小吉普一路飞驰，最后在一栋白房子前停了下来。白房子上用油漆刷着"汽油"两个字。旁边是一根木头电线杆，拴着一只呆立不动的小毛驴。

巴霍罗姆管我要了一笔油费，用油桶和漏斗象征性地加了一些汽油。他又钻进旁边的一间铁皮小屋，用剩下的钱买了两包香烟。现在已经是上午10点多了，折腾了半天后，我们终于向布伦库勒进发。

我们很快进入山区，随着崎岖的山路向上爬升。阿姆河的另一条支流帕米尔河，从黑色山体的缝隙中钻出来，道路渐渐变成一条淡漠的痕迹。山坡上随处可见滚落的石块，却几乎没有植被，也见不到人烟。山谷另一侧的大山同样荒凉，看不到一点生机。

我们经过一对骑着马的父女，两只小毛驴驮着行李。父亲手里提着鞭子，身上穿着迷彩服，戴着帽子，上面落满尘土。看到我们，父亲脱帽致意。我看出他们是瓦罕人，但不知道他们要去哪里。

一路上，巴霍罗姆一直抱怨着路况。每次我要求停车拍照，他就蹲在车前抽烟，眉头紧锁，带着一脸焦虑。我问他是否去过布伦库勒，他说去过。他说，那地方一无所有，只有一些吉尔吉斯人。提起吉尔吉斯人时，巴霍罗姆的口气满是鄙夷。"他们没什么文化，"他说，"甚至算不上穆斯林。"

不知不觉中，我们驶出峡谷，进入一片平坦的高原。金光闪闪的帕米尔河就在不远处翻滚，岸边散落着圆石，就像巨人无意间留下的蛋。除此之外，世界如同月球表面一般荒凉。放眼望去，我没有看到任何人类的痕迹。

突然，前方出现一辆帕杰罗，支着引擎盖。见我们开过来，一个穿着冲锋衣、梳着马尾辫的欧洲女孩跳下车，向我们使劲挥手。我让巴霍罗姆停车看看。他减慢车速，打开车窗。梳着马尾辫的女孩跑过来，用英语说，她的车熄火了。

从帕杰罗里又钻出一男一女，也穿着冲锋衣。梳着马尾辫的女孩说，他们是英国人，原本在这里停车拍照，结果再也打不着火，已经足足等了两个小时。他们请巴霍罗姆帮忙。

巴霍罗姆撇着嘴，眉头紧锁。他打开车门，一言不发地走过去，弯腰鼓捣起来。几个英国人头如捣蒜地用俄语说着"谢谢"。

梳着马尾辫的女孩告诉我，他们是在奥什（Osh）租的车，准备穿越瓦罕走廊，再沿着帕米尔公路，一路开往杜尚别。她问我要去哪里，我说回中国。

"中国！我去过！"她兴高采烈地说，"我喜欢火锅！"

什么？火锅？在这荒凉如月球的帕米尔高原，她竟敢向我提起火锅？实在不可原谅。

我说："听你的口音像是英格兰人，你从哪里来？"

她回答："牛津。"

"牛津？我在那里待过一阵，"我说，"我喜欢白马酒吧的艾尔啤酒和炸鱼薯条。"

"老天！我太想念炸鱼薯条了！"她情不自禁地叫道，比刚才还激动，"这里只有馕和拉面，快把我吃吐了！"

我笑了笑，心说："现在我们两清！"

这时，巴霍罗姆从引擎盖里抬起头，让英国人点火试试。帕杰罗一点即着。英国人再次不停地说着"死吧洗吧"[1]，还像穆斯林那样手捂胸口，表达真诚，只是看样子没打算给钱。

巴霍罗姆问他们晚上住在哪儿。他们说兰加尔。巴霍罗姆说，他就住在兰加尔，有个亲戚开了民宿。英国人心领神会，马上翻出纸笔，让巴霍罗姆写下地址。他们对天发誓，晚上一定住在那里。

我们分道扬镳，坐到车里后，巴霍罗姆才指着自己的太阳穴，说那些英国人"脑子有问题"。他无法理解那种旅行，更不明白为什么有人不远万里地跑到帕米尔高原，还开着车乱跑。他一定也觉得我疯得不可理喻。

我们路过一座孤独的吉尔吉斯帐篷，门前摆着一只巨大的马可·波罗羊头骨，犄角弯曲，向上翘起，神气活现。《马可·波罗行纪》中写到，从瓦罕山谷往东北骑马三日，"所过之地皆在山中，登之极高，致使人视其为世界最高之地"。

---

[1] 俄语"谢谢"的发音与此相近。

正是在这里，马可·波罗发现了一种野生长角山羊，将其命名为"马可·波罗羊"。他说，当地人会把羊骨和羊角堆放在路边，当大雪覆盖路面时，可以用来引导迷途的旅者。

尽管瞧不起吉尔吉斯人，巴霍罗姆还是决定在这里稍作休息，讨杯茶喝。他钻进帐篷。不一会儿，一个吉尔吉斯男人走出来，手里提着一只熏黑的大铁壶。他把壶放到一只铁皮炉子上，点燃干牛粪，水壶烧开后，他给我们倒了两杯淡淡的茶水。巴霍罗姆说，住在这里的吉尔吉斯人很穷，每顿饭只有馕和热茶两样食物。果真如此吗？

喝完茶后，我们向主人道谢，然后继续上路。我们经过海拔4300米的卡尔古什检查站，扛枪的士兵走过来，检查我的证件。他完全还是个孩子，面孔被高原的阳光晒得黑里透红。他没刁难我们，没索要贿赂，直接放我们通过了。我们终于拐上帕米尔公路，顿时感到自己又回到了文明世界。

开在平坦的公路上，巴霍罗姆试图说服我放弃布伦库勒，因为去那里意味着离开公路，再度进入无人区。

"去布伦库勒的路很差，"他皱着眉，用手上下比划着，"扑腾扑腾。"

他嘟囔着，说我应该去阿里秋尔，因为阿里秋尔就在帕米尔公路上。那里有吃有住，是个美妙的地方，而布伦库勒什么都没有。

"我一定要去布伦库勒。"我做了个毫不妥协的手势。此后，巴霍罗姆再无言语，终于对我彻底丧失了信心。

我们拐下帕米尔公路，翻越南阿里秋尔山脉，一头扎进漫漫无人区。正如巴霍罗姆所言，路况差极了——其实根本没有路，如同行驶在永恒的搓衣板上。小吉普上蹿下跳，像发了失心疯。巴霍罗姆的脸上写满了痛苦和怨恨。我对他油然而生一股同情之心。

我问起巴霍罗姆的家庭。他已经结婚了，有一个6岁大的儿子。他在俄罗斯的叶卡捷琳堡干过一段时间，后来出了事故，摔断了一条胳膊。他说，这条胳膊现在使不上力气，而且一到下雨天就隐隐作痛。他撩起袖子给我看，我看不出有什么问题。我告诉他，我在尼泊尔也出过车祸，差点变成残疾。

布伦库勒终于到了，眼前出现一片孤立的土房子。这里是整个帕米尔高原上最偏远的定居点，冬季气温低至零下40多度。墙边那一小条阴影里，蜷缩着几个面有病容的老人。他们太久没离开这里了，一成不变的日子像水蛭一样，吸走了他们的生命力，目光中只剩下漠然。

帕米尔生态文化旅游协会的工作人员提到，这里有一家民宿，女主人叫尼索。巴霍罗姆向老人们打听尼索家，可他们充耳不闻，置之不理。巴霍罗姆气得低声咒骂，转而走向附近的一个年轻人。

尼索家？他朝另一个方向指了指。

是啊！我们早该注意到，那栋小平房的白墙上贴着一张大海报，上面以俏皮的英文字体写着"尼索家住宿"。

尼索是一个40来岁的吉尔吉斯女人，镶着金牙，全身上下散发着母性光辉。她带我走进客房，里面是一排大通铺，大红大紫的被褥高高堆在一旁。墙角放着一只铁皮炉子，柜橱上方挂着一张狼皮，龇着獠牙，闭着眼睛，好像泄了气的皮球，但随时会醒来。

"20美元，包括晚餐和早餐。"尼索说。我当即住了下来。

等我放下行李，从房间里出来，只见巴霍罗姆正坐在桌旁，免费享用尼索出于礼貌而端上来的面包、黄油和热茶。看得出，巴霍罗姆对食物的热爱发自肺腑。这一路如此艰辛，如此漫长，而他还要独自驾车返回，我不由得心生怜悯。看着他那张奋力咀嚼的瘦脸，我赶紧掏出事先准备好的美钞。因为我相信，即便在遥远的帕米尔高原，富兰克林先生[1]也能抚慰人心。

七

午饭后，我去外面闲逛。村里有一个蔬菜大棚，一间

---

[1] 面值一百美元的美钞上印有美国开国元勋本杰明·富兰克林的肖像。

卫生所，一所小学。空地上铺着晾晒的牛粪，周围游荡着一些皮肤晒伤但五官可爱的小孩儿。我看到一家小商店，但上着锁。于是，我问旁边的人家，商店还在营业吗？那户人家的女儿"哗啦哗啦"地拿出一串钥匙，跟我走出来，打开商店的小门。

货架上只有简单的日用品，还有一些饼干、糖果和罐头。

"有啤酒吗？"

"没有。"

"伏特加呢？"

"卖完了。这周还没人去阿里秋尔进货。"

我环顾四周，心想除了酒，可就没什么值得买的了。我走出商店，暗自神伤。这注定将是一个没有酒精陪伴的夜晚。

村里有两只土狗，始终尾随着我，不时用湿漉漉的眼睛打量我。荆棘丛中有羊的尸体，羊皮已经腐烂。地上长满粗壮的黄茅草，点缀着大片的沙砾地。地表被一层镁粉覆盖，阳光一照，像霜凌一样闪闪发光。

附近有两个高原湖泊，分别是布伦库勒湖和更大的雅什库勒湖（YeshilKul）。我想去雅什库勒湖看看，可是走不到湖边。干燥的黄茅草渐渐被许多小沼泽割裂，一脚踩下去就没过了脚踝。

1758年，天山南路大小和卓叛乱，乾隆皇帝发兵征讨。具有决定性的最后一役，就发生在雅什库勒湖畔。清军最终拿到了大小和卓的首级。他们在湖畔树立石碑，用满、汉、维吾尔三种文字，记述了战役的经过。据说，在最后一战前，大小和卓迫使部族的妇孺，骑着骆驼和马投入湖中，以免落入清军之手。后来，苏格兰探险家T.E.戈登（Thomas Edward Gordon）在《世界屋脊》一书中写道，在这一带的吉尔吉斯人中，一直流传着这个悲恸的传说，而且时常有人听见湖边传来的人和动物的呼叫。

平定大小和卓之乱后，帕米尔高原的大部分地区成为清朝的势力范围。不过到了19世纪，英俄两国的探险家开始不断进入这片荒蛮之地。以印度为基地，英国人的势力逐渐向帕米尔高原渗透。与此同时，俄国人也征服中亚，一路向南推进。

1890年10月，英国探险家荣赫鹏（Francis Younghusband）在雅什库勒湖畔发现了那块带字石碑——正是清军留下的那块"乾隆纪功碑"。荣赫鹏摹写了纪功碑上的文字，但石碑随后被俄国人运走，收藏在塔什干博物馆中。石座得以保留在湖畔，直到1961年，才交由霍罗格博物馆保存。荣赫鹏之外，邓莫尔伯爵、斯文·赫定（Sven Hedin）、斯坦因（Marc Aurel Stein）等探险家也在著作中提到过这块石碑。他们也都来过这里。

就这样,三大帝国在帕米尔高原相遇了,不过当时的中国还没有一份以严谨的地理知识绘制的帕米尔地图。1892年,沙俄侵入萨雷阔勒岭(Sarikol Range)以西的帕米尔地区,清政府被迫与之交涉。三年后中国与日本签订《马关条约》,举国哗然。此时,在遥远的帕米尔高原,英俄两国撇下清朝开始划界。会谈地点就在英国探险家约翰·伍德(John Wood)发现并命名的维多利亚湖畔。他们不知道,玄奘大师早就来过那里。在《大唐西域记》里,他将维多利亚湖称为"大龙池"。

那晚,我吃到了鲜美的炸鱼。鱼刺很多,不易剔除。尼索说,如果我用手吃的话,更容易摸到肉里的小刺。她还准备了番茄黄瓜沙拉、土豆面条汤和从奥什运上来的西瓜。我深知,这些食材在这里是多么珍贵,多么难得!

我问尼索,鱼是从哪儿来的?

"从附近的湖里。"尼索说。

苏联时期,布伦库勒湖引入了西伯利亚鲤鱼。谁都没想到,这种新物种竟在这里繁衍生息。从那时起,布伦库勒湖就以美味的白肉鱼闻名,而那些悲伤的历史和传说,最终被人们对美食的兴趣掩盖。

吃完饭后,天黑了下来。温度像落地的石子,骤然下降。尼索送来一壶开水,供我洗漱。这里没有电,也不用蜡烛。我穿上夹克,站在漆黑的屋外漱口。高海拔地区的大气没有任何尘埃,空气清新透明。天空像坠满图钉的幕布,像亿万光年之外还有另一片万家灯火。银河在歌唱,但那歌声又像是我脑子里想象出来的。我在大通铺上和衣而睡,听着窗外的风声。令我宽慰的是,当我再睁开双眼时,已经天光大亮,又见清晨。

前夜,尼索赶着牦牛回到牛圈。现在,她又把牦牛赶回地里。看到我起床了,她就端来热茶、馕和煎蛋,说她丈夫有辆小面包,饭后可以送我去阿里秋尔。小面包停在墙边,左后轮胎上鼓出一个大包,像是长了一颗肿瘤。穿越无人区,这样的轮胎真的没问题吗?

尼索的丈夫说没问题。他穿着厚厚的法兰绒衬衫,戴着棒球帽,一缕乱发从耳后冒出来。早饭后,我们开上搓板路,一路颠簸。太阳像打散的蛋黄,到处是蒙蒙的白光,眼前的景色荒凉而壮美。我发现,帕米尔是一片平缓的高原,而高原之上还有更高的山脉,覆盖着永恒的积雪。

我们开上帕米尔公路,奔向阿里秋尔。巴霍罗姆说过,阿里秋尔是个美妙的地方。可是,尼索的丈夫告诉我,在突厥语里,阿里秋尔意为"阿里的诅咒"。传说,由于途经此地时寒风刺骨,先知的女婿不由得破口大骂。

阿里秋尔只是帕米尔公路上的一个补给站,散落着两片土黄色的定居点,路边有为卡车司机而设的旅店和餐馆。我让尼索的丈夫把我放到路边的一个小餐馆。这里距离下一站穆尔加布（Murghab）还有六十多公里，我只能坐在餐馆里，等待过路的卡车司机把我捎过去。

我点了一瓶啤酒。高原的阳光透过窗户射进来，照在木头桌子上，照在淡蓝色的墙壁上，蒸得屋子暖烘烘的。大个头的苍蝇在头顶盘旋，蝇头闪着绿光，仿佛在嗡嗡地证明，帕米尔高原上也有蓬勃的生命。

窗外，穿着飞行员夹克的少年无所事事地走过；满脸皱纹的老婆婆背着竹筐捡拾牛粪；有高原红的女人用手遮挡太阳，瞭望远处的山丘。我看到，山丘上散落着一片小小的穆斯林墓地，竖着银色的星月标志。人们在这里出生，度过一辈子，死后也埋在这里。

快到中午时，才有一辆重型大卡车由西向东驶来。我赶紧跑到路边，挥手拦车。卡车的气刹"嗤嗤"作响，又滑行了一段，才在路边停下。司机是塔吉克人，常年跑杜尚别—喀什（Kashgar）一线，把中国商品运回塔吉克斯坦。他正在去喀什拉货的路上，答应把我带到穆尔加布。

我与司机语言不通，难以尽到搭车人陪司机聊天解闷的义务。幸好，午后一过，帕米尔公路上出现了些许繁忙的迹象。搭我的司机不时与迎面而来的大卡车交换情报，分享暗绿色的药草。

卡车上视野不错，我一心一意地看着车外的风景：远方棕褐色的山脉、平坦的旷野、红色和黄色的石头、吉尔吉斯人的白色帐篷冒着袅袅白烟……

五个小时后,我们到了一个岔路口。司机停下车,说他过夜的驻车场在穆尔加布郊外,不经过镇中心,我只能在这里下车。

不远处,穆尔加布河缓缓流淌,掀起涟漪,河滩上散落着低头吃草的马匹。司机指着河水转弯处的一片集镇说:"穆尔加布!穆尔加布!"此时,离太阳落山还有两个小时,那座土黄色的边境小镇沉浸在一片金色的光辉中。

从杜尚别一路至此,卡车司机至少走了一个星期,而穆尔加布是进入中国之前的最后一站。他不想进去休息一下?不想到镇上找点乐子?我随即意识到,穆尔加布虽然隶属塔吉克斯坦,居民却都是吉尔吉斯人。对塔吉克司机来说,这里不仅语言不通,生活习惯也不同。某种程度上,他和我一样,也是异乡人。

我拖着行李,朝着小镇的方向走,很快又拦下一辆小型皮卡。这回,司机戴着吉尔吉斯人的白毡帽。

"帕米尔旅馆。"我说。

这是镇上唯一一家旅馆,人人都知道。

八

从10月下旬开始,穆尔加布就被大雪覆盖,帕米尔旅馆也闭门歇业。然而，夏天时，这里却是帕米尔高原的"新龙门客栈"，汇集了五湖四海的旅行者。这些旅行者大部分是欧洲人，以法国人和德国人居多，几乎都是骑着单车，穿越"丝绸之路"的疯子。现在，这些人坐在帕米尔旅馆大堂的沙发上，像丛林里的小动物，伸出多毛的爪子，互相试探，倾诉各自旅途的遭遇，顺便在社交媒体上加为好友。

此外，也有一两个日本人和韩国人。他们被"游牧民族"的概念吸引至中亚，却发现自己势单力孤，只好龟缩在大堂一角，戴着耳机，吃着桶装泡面，展示与世无争的东方美学。

我办理入住时，一个韩国男人走过来。他用中文和我说话，还说前台的吉尔吉斯姑娘也会中文——此前他俩一直用中文沟通。

吉尔吉斯姑娘穿着褪色的牛仔裤和黑色紧身套头衫，显出柔弱的腰肢。她说，她在上海中医药大学留学，只是暑假回来打工。这解释了她妆容较为时尚的原因。

我问她一般怎么去上海。

她说，先到吉尔吉斯的奥什，再到比什凯克（Bishkek），最后从比什凯克飞往上海。

这里不是距离中国边境只有九十多公里吗？她不会走那条路吗？不会从这里直接过境中国吗？

她从没那么走过，看上去也没打算尝试。

"从穆尔加布到中国口岸是一片无人区，"她说，"没有公共交通。"

这时，韩国人凑过来问我："你对我有意向吗？"

"什么？"

"我是说，你对我有印象吗？我们在比什凯克的旅馆见过。当时还有一个香港女孩。"

我细看他的面孔，一个国字脸的大叔，似乎有点眼熟。他说的香港女孩我倒是记得。她说自己要花一年时间，从香港骑到伦敦。当时，确实有个男人坐在旁边。难道是他？

在帕米尔旅馆的院子里，我又看到了星期三。他的双眼浮肿，好像睡眠不足。他没开他的宝贝帕杰罗，正准备和几个吉尔吉斯人一起，挤一辆越野吉普车去奥什。因为凑不够人数，车已经耽搁了一夜，他预计今晚才能动身。这意味着，即便一切顺利，到达奥什也是后半夜了。

"我要去奥什接几个欧洲游客，"星期三腼腆地说，"再作为向导，带他们去瓦罕山谷。"

帕米尔旅馆的院门外，是一条砂石路，对面是一片吉尔吉斯人的棚户屋——土黄色的房子，破损的墙壁，白色的卫星信号接收器。一口水井边，几个吉尔吉斯小孩正在互相投掷石块。

越过这片棚户区，慕士塔格峰（Muztagh Ata）在夕阳中熠熠发光，有如一座神山。它是喜马拉雅以北的最高峰，号称"雪山之父"。那里就是中国的土地——我这才意识到,我现在已经离中国这么近了。

可是,如果这条路走不通,我就只能原路返回杜尚别。我不愿意走回头路,想到要把来时的路重走一遍,顿时就感到心情灰暗。

我走回旅馆大堂,看到经理正为几个欧洲人服务。他身材胖胖的,面相憨厚,像小说里贵族家庭任劳任怨的管家。等他一闲下来,我就走过去,把我想陆路回国的计划告诉了他。他也不确定这条路能不能走通,此前没人这么走过。

他向我解释了个中原因。穆尔加布建于1893年,最初是俄国在帕米尔的前哨站,直到2004年才开通了与中国边境相连的阔勒买公路。但对大多数人来说,从这里前往中国仍是一件相当抽象的事。

首先,塔吉克的车牌无法进入中国;其次,所有人都必须去杜尚别办理签证。换句话说,即便是生活在穆尔加布的人,也不得不先长途跋涉到杜尚别,办好签证,再乘飞机到乌鲁木齐。这不仅让大多数商业想法变得无利可图,也让中国显得遥不可及。

我想起那些去喀什拉货的卡车。卡车司机的驻车场就在穆尔加布郊外。我是不是能搭他们的顺风车回国呢?经理说,他可以陪我去驻车场问问。

第二天一早,经理找了一辆车,陪我去了一趟驻车场。

那是一个正在沦为废墟的院子,颓圮破败,有几间参差不齐的黄泥土房。一个健硕的吉尔吉斯女人,从一间土房里走出来,把一盆脏水泼到地上。院子里静悄悄的,只停着两辆卡车。

从一辆卡车上,经理叫醒了睡眼惺忪的司机。这天是周日,他显然没想到会有人找上门来。

经理与司机用俄语交谈。后来,他告诉我,我可以搭这辆车,不过有个问题:中国与塔吉克的边境周末关闭。这位司机打算午后出发,在边境口岸过一夜。这样第二天开门后就能抢占先机,否则有可能一整天都滞留在高海拔地区。

"口岸处有没有旅馆?"

"旅馆?"司机笑了,露出一颗闪亮的金牙。"那地方怎么会有旅馆呢?我们就睡在车上。"

经理建议我包一辆车。这样我可以明天一早出发,不必在边境过夜。他随即打了几个电话,总算找到一位愿意跑这么一趟的司机——他是旅馆某位工作人员的亲戚。我们谈定车资 120 美元——快够他半个月的收入了。我不由得再次感叹塔吉克斯坦的隔绝:阔勒买(Kulma Pass)是中塔之间唯一的口岸,却没有公共交通,只能高价包车。

午后,我去看了苏联的遗迹——世界海拔最高的列宁像。它矗立在一座微型广场上,依旧指点着帕米尔的山河。

广场后面是一栋两层的政府建筑，悬挂着总统拉赫蒙的巨幅画像。拉赫蒙原名叫拉赫蒙诺夫，为了推行"去俄化"政策，将自己名字中的"诺夫"一笔勾销。在这个小小的广场上，总统与列宁遥遥相望，中间相隔着漫长的岁月，身后则是难以预料的未来。

我又去逛了逛巴扎。穆尔加布的巴扎是一个个集装箱，贩卖从奥什运上来的小商品。我罕见地兴起了想买点纪念品的念头，可是这里实在没有值得一买的东西。我突然想到在兰加尔试过的令我头晕目眩的药草。要是能弄一点回国，说不定可以诱骗朋友，说这是阿富汗的大麻。我走进一个卖杂货的集装箱，问有没有药草。我万万没想到，药草竟然这么便宜，只花了两块钱就弄到一大包。

等我回到帕米尔旅馆，经理拦住我："有个德国人也走这条路，想和你结伴而行。我把你的房间号给他了，他说会去找你。"

我在旅馆的餐厅吃了晚餐，回到房间喝酒、看书，直到昏昏欲睡。第二天一早，我提着行李，来到院子里。一个欧洲人朝我走了过来。

"听说你也去中国？"

这个德国人个子挺高，圆脸，神态任性得近乎孩子气。他穿着军绿色衬衫和紧身骑行裤，戴着一顶鸭舌帽。他还推着一辆自行车，说自己是从柏林一路骑过来的。我细看那辆车时,不由得大吃一惊:不是专业的山地车,而是都市休闲的优雅细轮车。

他说自己是"无家可归者"(homeless),外加"环球旅行家"(global trotter)[1]。没有房子,没有固定住址,所有家当就是自行车后面的两个小包裹。他给人一种吊儿郎当的印象,不像严肃的德国人,倒像是拉丁国家的浪荡子。

他坦言,自己确实会说意大利语。他曾结交一位意大利姑娘,为了和她恋爱,学会了这门语言。如今虽已分手,意大利语却还能派上用场。他天真烂漫地透露,他目前的生财之道就是翻译意大利语和德语的商业文书,每月只需工作一周,收入就足以维持流浪生活。

我说,他的生活方式招人羡慕。我本以为他会趁机发表两句关于此种人生的格言见解,谁知他只是开怀傻笑,露出两颗染有咖啡渍的虎牙。等待司机的时间里,我们又聊了一会儿。虽说他的年纪比我大一轮有余,却表现得和初二年级差不多。我松了口气,觉得有这位"环球咸猪手"陪伴,旅途一定不会寂寞。

司机开车驾到。德国人把自行车绑在越野车的行李架上,然后我们钻进车里,向着边境进发。路况比我想象得还要糟糕,开始虽有一段破碎的柏油路,但很快就被搓板

---

[1] Trotter 也有"猪蹄"的意思。

砂石路取代。大地出乎意料的平坦，仿佛是一面浩荡的棋盘，上面没有标志，只有卡车压出的斑驳印痕。路上完全不见人烟，远处飘着一层淡淡的雾霭，给人一种无限的荒凉感。

我们经过一个陨石坑，有足球场大小。没人知道陨石坑形成于何时。司机把车停下，大大咧咧地走到坑前，拉开拉链，开始撒尿。德国人也觉得应该留个纪念。他俩撒尿的时候，我沿着坑边勘察，发现一块形如贝壳的碎片。我在书中读到，很久以前，帕米尔高原曾是一片浩瀚的海床。如今，沧海桑田。

快到边境时，道路再度复原为柏油路。这让德国人精神大振，甚至乐观地以为，口岸附近还会有个小商店，我们可以在那里买到啤酒，庆贺一番。

"我还带了下酒的坚果。"他开心地说道。

事实证明，德国人的想法过于天真。塔吉克口岸一侧排着一条卡车长龙，四周都是亮晶晶的雪山。气温比穆尔加布低了很多，风吹过山顶时，可以看到飞舞的雪沫。我们直接插队，开到最前面。可是口岸封闭，到了午休时间。司机不愿在此久留，把我们的行李放在路边，随即扬长而去。我和德国人只好在口岸外跺着脚，抵抗焦躁和寒意。

德国人说，他总是宽慰自己，旅行就像打游戏，困难就如同游戏中的关卡。比如，我们现在耗在外面，进退两难,而这其实是游戏的设定。我们只需心平气和地想办法,熬过去,就能闯关成功。

为了打发时间,我问他如果自行车在偏僻的地方抛锚如何处理?车胎扎了怎么办?

"我会修车,也带了全套工具,半个小时就能把车修好。"

我又问他,下一站准备去哪儿?

他说,要穿过塔什库尔干(Kurgan),走红其拉甫(Khunjerab Pass),进入巴基斯坦,再到印度。

"我可能会在印度逗留数月,去瑞诗凯诗精进瑜伽。"他进一步透露说,他在德国当过瑜伽老师。

"这么说,你的瑜伽水平很高?"

"旅馆前台的吉尔吉斯女孩也问了同样的问题。我对她说,我能平躺下来,用双脚把你整个人顶起来。"

我心想:"这难道不是误入歧途,堕入了魔道?"

这时,一个荷枪实弹的塔吉克士兵走了出来,抬起道闸,身后的卡车纷纷点火,准备过关。

我们走进一间小平房,办理手续。德国人的护照很快就出来了,而我的却滞留了很久。排在我后面的是两个在喀什打工的河南司机。递交护照时,他们顺便也将钱塞了进去。

我这才恍然大悟:"必须要给钱吗?"

"不给的话，他们不给我们办。"

我问他们车里运的什么东西。

他们说，花岗岩。

"石头？"

"对，这边的石头比国内便宜。"

"可算上运输成本和贿赂呢？"

河南司机令人心碎地一笑："就是赚个辛苦钱。"

德国人站在平房门口，捧着一袋开心果，吃得正欢。每当果壳攒了一手，他就"哗啦"一声，全部扔在地上。我也走过去，一边吃开心果，一边猛扔果壳。直到小平房里有人走出来，把盖了章的护照递还给我。

中国边检的房子十分高大，设备相当高级，我的药草就在这里被没收了。

"你还用这个？这是他们卡车司机提神用的吧？"那位负责安检的解放军战士说，"这个不允许带入中国"。

"走这条路的中国人多吗？"我问。

"旅游的？"

"对。"

"你是我遇到的第一个。"

从边检下山，还要穿过一段十五公里长的无人区。边检战士让一位塔吉克司机把我和德国人捎下去。

虽说是无人区，但公路十分顺畅，还能看到在山间四处游荡的山羊。德国人不时叹气："要能一路骑车下去该多好！"

我们到了山下，回头眺望，发现中国一侧的帕米尔风光更好。在塔吉克时，我们在高原之上，因此不觉山高。可是回到中国，海拔骤降，慕士塔格峰拔地而起，壮美异常，宛如一道不可逾越的屏障。

道路是深黑色的柏油路——笔直、平坦、充满超现实感。沿着这条公路，向北走是喀什，向南走是塔什库尔干。

"所以，你去哪儿呢？"德国人问我。

"对我来说，去哪儿都一样。"我说。

我们握了握手，有点正式的握手，就像两个共享过秘密的陌生人。之后，德国人跨上自行车，骑向塔什库尔干，而我站在路边，看着他渐渐远去的背影，消失不见。

我伸出大拇指，等待任何一辆过路车，把我带往任何方向。

十　影像

帕米尔公路和瓦罕山谷　　　　　　　刘子超

萨拉热窝无消息　　　　　　　　　　柏琳

泗渡　　　　　　　　　　　　　　　郭爽

没音没字歌　　　　　　　　　　　　曾嘉慧

摩鹿加消逝　　　　　　　　　　　　冯孟婕

布伦库勒

帕米尔公路和瓦罕山谷

摄影 / 刘子超

无人区

布伦库勒的吉尔吉斯人

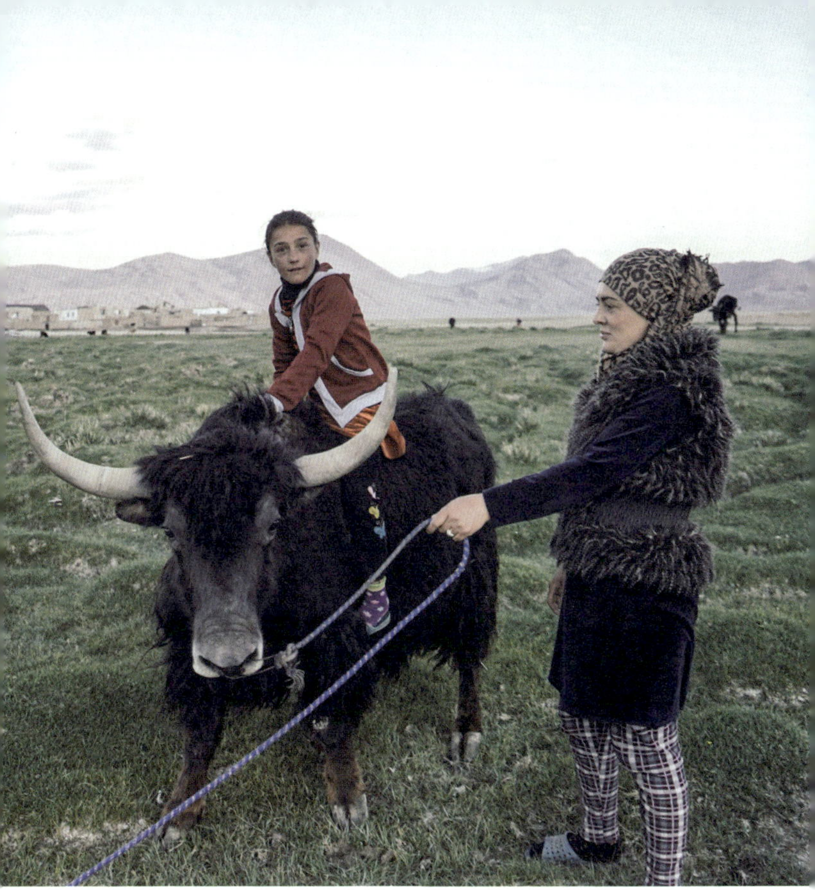

帕米尔高原上最偏远的定居点布伦库勒

阿里秋尔的旅馆

布伦库勒

陨石坑

在黄堡（Zuta Tabija）上俯瞰萨拉热窝

萨拉热窝无消息

摄影 / 柏琳

米莉亚茨河岸上的拉丁桥
（Latin Bridge），
一战时奥匈帝国王储费迪南夫妇遇刺的地点。

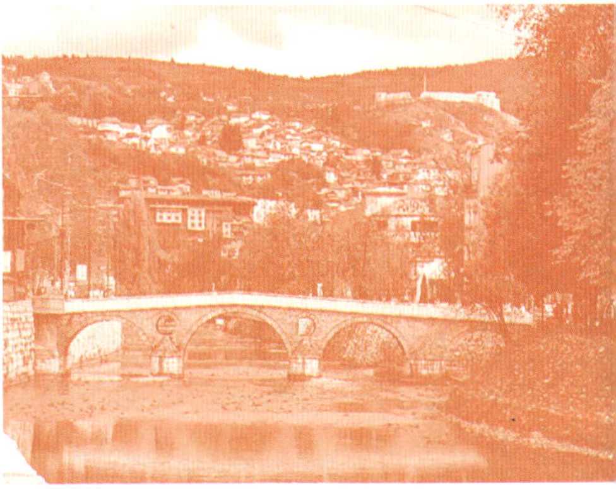

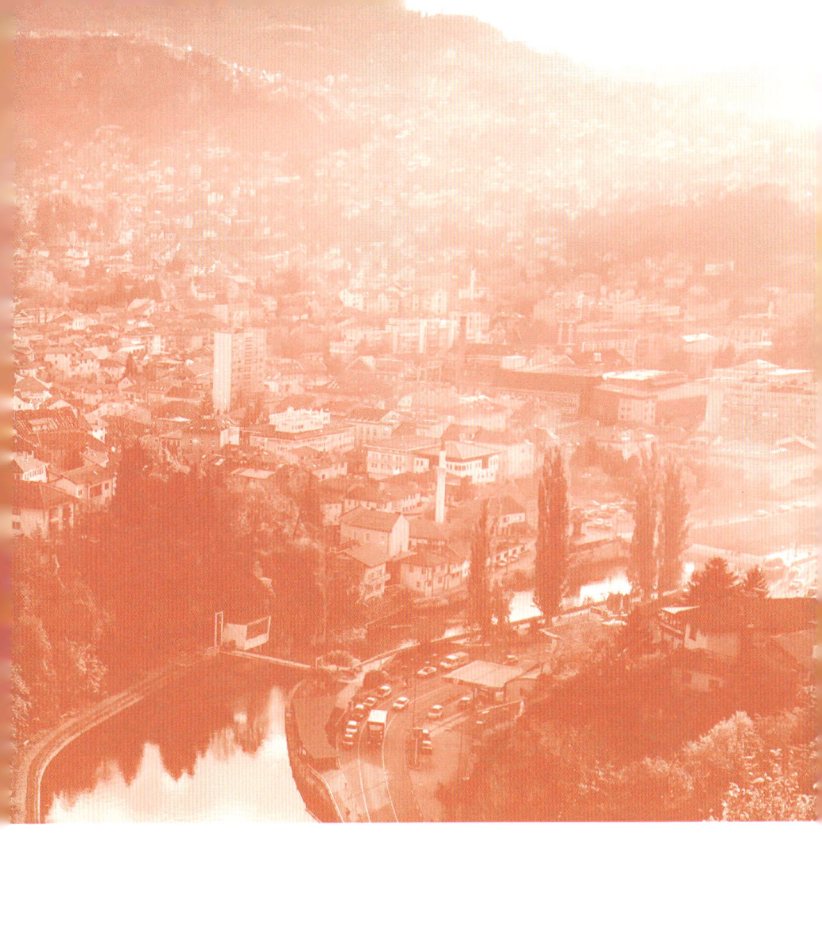

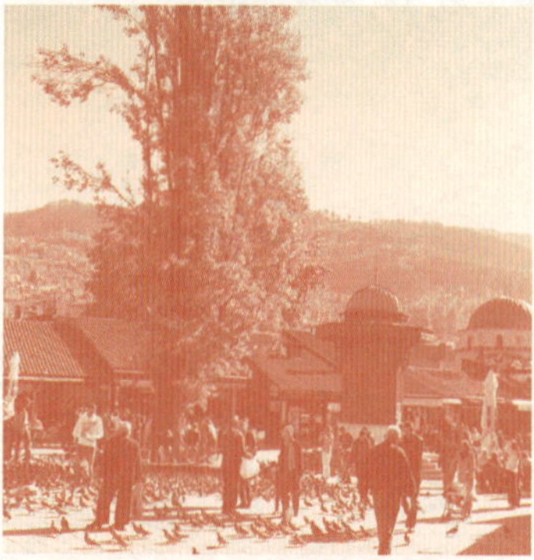

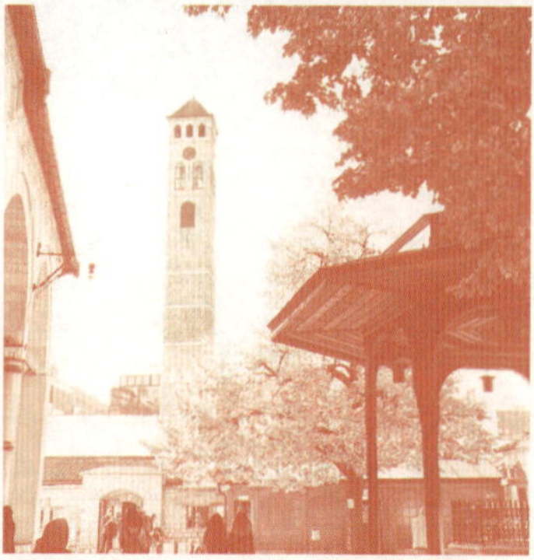

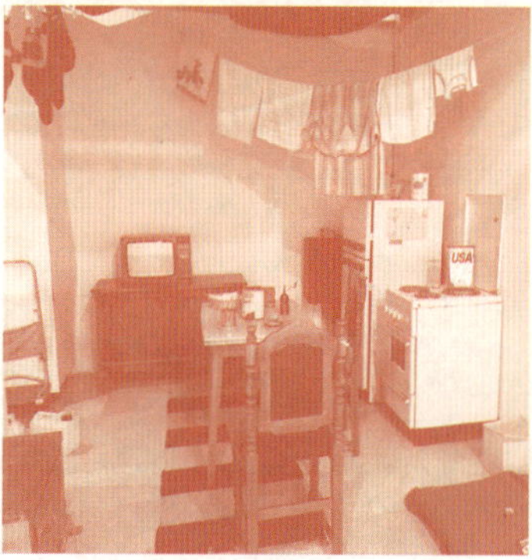

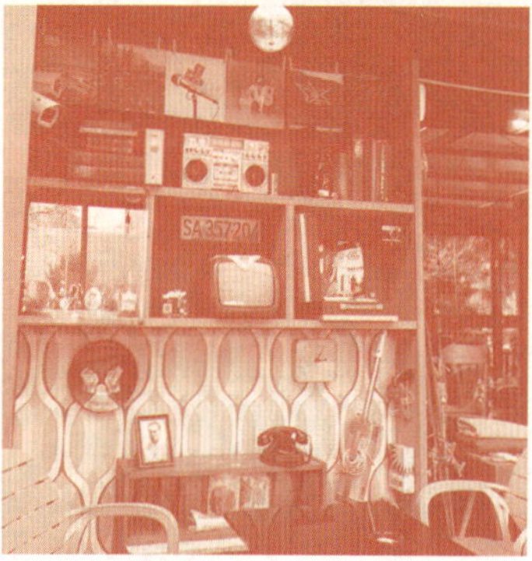

萨拉热窝老城区的中心，
奥斯曼帝国时代的土耳其街区
巴什察尔希亚（Bascarsija）。

萨拉热窝的格兹胡色雷·贝格清真寺内庭，
及其对面的钟楼。
电影《瓦尔特保卫萨拉热窝》中，
钟表匠谢德牺牲的地方
和瓦尔特与德军枪战的地方。

历史博物馆
(History Museum of Bosnia and Herzegovina)
二楼陈列的战时仿真屋。

铁托酒吧一角。

> ON THIS PLACE SERBIAN CRIMINALS
> IN THE NIGHT OF 25th-26th AUGUST,1992. SET ON FIRE
> NATIONAL AND
> UNIVERSITY'S LIBRARY
> OF BOSNIA AND HERZEGOVINA
> OVER 2 MILLIONS OF BOOKS, PERIODICALS
> AND DOCUMENTS VANISHED IN THE FLAME
>
> DO NOT FORGET,
> REMEMBER AND WARN!

文中"两百多万图书和文件毁于一旦"的数据出处，
萨拉热窝市政厅门口的石碑。

奥斯曼帝国时代的土耳其街区巴什察尔希亚（Bascarsija）
和奥匈帝国时代的费尔哈蒂亚（Ferhadija）大街的交接处地面，
用白漆画有一条"东西文化交界线"（Sarajevo Meeting of Cultures）。
交界线中心有两个箭头，一端指着东方，一端朝向西方。
不远处墙上挂着一面用玻璃框裱起来的说明图，
八种语言表达相同的寓意：这个标记象征着萨拉热窝的和平、共存、包容。

社会主义南斯拉夫时代，
萨拉热窝街头的女性服饰。

泗渡

摄影 / 郭爽

在长崎我住在樱町站附近。三百多年前的禁教时期,樱町有座监狱关押天主教徒。樱町往东北方向一两个街区,就是西胜寺。西胜寺,是《沉默》里弗雷拉神父改名为泽野忠庵后寄居的寺庙。他改了日本名字、娶了日本妻子,在这里写弃教后自证的书籍《显伪录》,死于日本。

1996年,远藤周作逝世。

四年后,远藤周作文学馆在长崎的外海地区开馆。外海地区是远藤小说《沉默》故事发生的舞台。

外海地区包括西出津、东出津、下黑崎等村落。文学馆选址于此是远藤家人的决定。

远藤在世时,曾于1987年在外海立下"沉默之碑"。

纪念碑由两块大石头组成,一块刻有"沉默之碑"字样,

另一块留下了远藤周作为此碑专门写的一句话:

"人类如此哀伤,主啊,大海太碧蓝了。"

第一次去远藤周作文学馆时,
是个凄风冷雨的冬日。
纪念馆几乎没有参观者。
像日本所有地方,门口很整洁,
却顽强长着一株野草。

纪念馆一进门处，还原了远藤东京书房中的实景。书桌上摆有稿纸和许多铅笔，远藤习惯用铅笔写作。关于自己的书房，远藤中后期许多第一人称的小说里描述过。那是一间四叠半大小的房间，位于原宿附近，每天他独自到这里拉上窗帘写作。

至今，九州的一些地区仍是全日本最偏僻、经济最不发达的区域。外海地区海岸线崎岖，几乎没有耕地。图为站在旧出津救助院和多罗神父纪念馆前看到的出津村落，远处白色建筑是出津教会，始建于 1882 年。来自法国的多罗神父将杜兰小麦种子引种到日本，并教会农民种植法，这些原本只能吃番薯的农民们终于吃上了面。

黑崎教会，1920 年落成。
远藤周作曾在外海地区调查寻访，
在这叫作黑崎的村子，他见到了隐匿的教徒。

从黑崎教会往山上走，
可到达黑崎圣母保育院。

越往山上走，村落越荒凉。
这也是《沉默》里两位神甫逃避追捕进山时的路线。

通往枯松神社和山间小屋的上山路，
隐匿教徒和神甫们就是从这里上山。

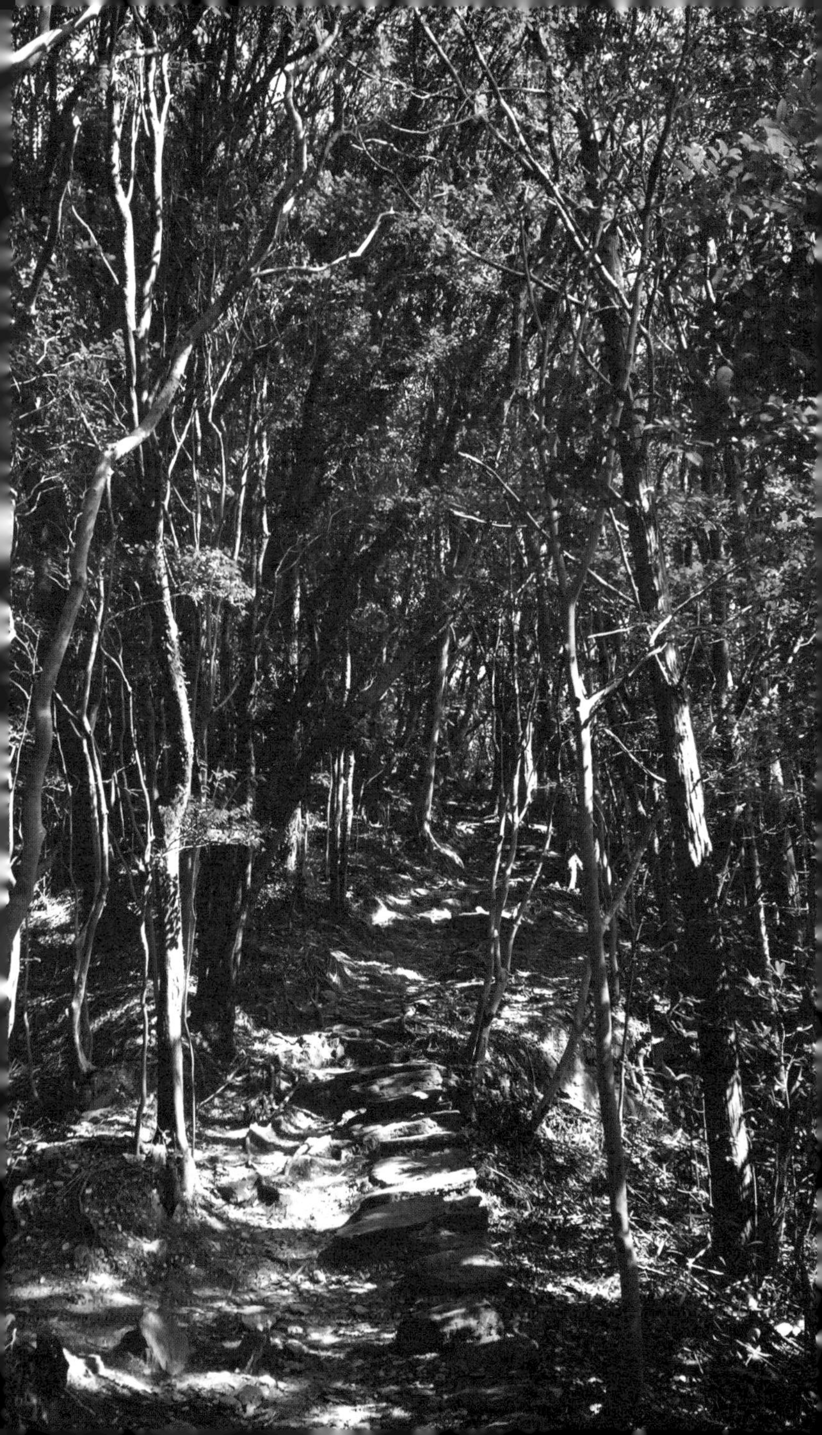

没音没字

only the d
can hear w

曾嘉慧 作品
a film by Jiahui Tseng

單向街公益基金会
ONE WAY STREET FOUNDATION

没音没字歌
Only the Deaf Can Hear Well

曾嘉慧

技术参数

国家：印度尼西亚，中国
年份：2019
数字 / 彩色 / 有声
语言：英语，印尼语，中文普通话

影片劇照

America

偉大な勝利
万才万万才！

No. 3
1974

WIDE
DISSEMI
THROUG
THE WO

华莱士幡羽天堂鸟
Semioptera wallacii

摩鹿加绣眼
Zosterops atriceps

摩鹿加消逝

摄影 手绘 / 冯孟婕

长冠八哥
Bali Starling

鲑色凤头鹦鹉
Cacatua moluccensis

- Salmon-crested Cockatoo
- Lazuli Kingfisher
- Moluccan King-Parrot
- Long-crested Myna
- Claret-breasted Fruit-Dove

淡红啄花鸟
Halmahera Flowerpecker

当世界其他地区的人都在忙着奔向某个看上去更美好的目的地,萨拉热窝人只是坐在那里喝咖啡,老头子骂政府,中年人凶狠地一根接一根抽烟,年轻人充满荷尔蒙气息的眼波流转,他们讨论萨拉热窝电影节、爵士音乐节,想象或者复述脑海中的威尼斯和维也纳的美景。

萨拉热窝无消息[*]

撰文　柏琳

---

[*] 本文写作于2018年。文中时间均依此计算所得。

水手计划 ∧ 萨拉热窝无消息

Lucky Strike，好彩牌凉烟，美国货，我在萨拉热窝街头的便利店买的，花了5.3波黑马克，约合人民币22元，包装盒上密密麻麻印着三行意思相同的话，"吸烟有害健康"。三行字分别用的是波斯尼亚语、克罗地亚语和塞尔维亚语，前两行看上去完全一样，都是拉丁字母，第三行是斯拉夫语族的西里尔字母。

"这是萨拉热窝特色，"当地的大学生卢卡和我解释，"香烟盒是政治，广告是政治，一切都是政治，稍不留神就会惹上麻烦。"我懂他的意思，波黑混居着波什尼亚克族（波斯尼亚穆斯林）、克罗地亚族和塞尔维亚族，三族的政党在波黑轮流执政，享有政治意义上的平等，首都萨拉热窝小心翼翼地维护着这种平衡，这种平衡也体现在香烟盒上。

不过，这座被称作"欧洲的耶路撒冷"的巴尔干城市，还住着从西班牙逃来的塞法迪犹太人，从中欧过来的吉普赛人，以及一些种族身份难以定义的人。那么，它是谁的应许之地？

"不存在应许之地，"卢卡耸耸肩，抽走烟盒里最后一根美国烟，"萨拉热窝就像纽约，只不过，我们没有钱。"

我抓了抓头发，"也许我就是来萨拉热窝探听新消息的，想看看不同的宗教和民族如今能否在此和平共处，就像历史上那样，"我停顿了一下，"当然，我指的历史是内战之前。"

"你可能会失望吧，"卢卡笑得很淡，"我们从来不觉得混居有什么问题，当然，相安无事也可能只是表面现象，这个城市的伤口很多都是隐疾，不会被大声说出来。"

所以，萨拉热窝无消息？

"他们也许早就觉得，自己是斯拉夫人这个事情不重要"

从塞尔维亚首都贝尔格莱德到波黑首都萨拉热窝，坐飞机需要50分钟，坐大巴需要8个小时，如果选择搭小汽车的方式，则需要6个小时。1991年南斯拉夫解体后，接踵而至的波黑内战切断了萨拉热窝到贝尔格莱德的铁路线，至今未修复，乘火车是不可能的。

我在贝尔格莱德的房东拉扎尔，是个64岁的马克思主义信仰者。在强人铁托在世的时候，他经常坐火车往返波黑和塞尔维亚。那时候的南斯拉夫铁路公司（JDŽ）是跨境运营的，人们可以自由出入联邦内的各个部分。"现在这叫做出国，从前的火车消失了"，拉扎尔叹口气，说他1991年后再也没去过萨拉热窝。

临走前，拉扎尔塞给我两个洗干净的青苹果，让我路上解渴，"现在，萨拉热窝是一座又复杂又怪异的城市，你自己要注意安全"，他略带忧虑地摸了摸自己花白的脑袋。以一个60多岁的老人来看，拉扎尔属于过度苍老的那种人，脸上的皱纹挤在一起，常年穿一件洗得发白的黑色连帽衫，佝偻着背走路，他和15岁的独生子斯特凡一起生活，除了少得可怜的养老金和房租，没有别的收入。

他的父亲曾经跟着铁托的游击队一起抵抗法西斯，家里的玻璃门壁橱里，摆着从前的游击战争勋章、前南的徽章、已经完全发黑的银色奖杯，以及印着红星图案的水杯。样式老旧的大块头电视机里，每天循环播放着讲述游击队事迹和前南时期生活的喜剧片。家里没有宗教的痕迹，在70%以上人口信仰东正教的塞尔维亚，他们的屋子是一个特例，社会主义的味道顽固地留在这里。

他对我要独自前往萨拉热窝居住一个月的可行性表示怀疑，他希望我一直待在贝尔格莱德，和更多热情的塞族人交朋友，循环地倾听1389年塞族抵抗奥斯曼大军的"科索沃圣战传奇"，我说我也渴望见识一下萨拉热窝的热情和浪漫，毕竟，从历史追溯来看，波斯尼亚穆斯林和塞族人都是斯拉夫人，应该具有某些共同的民族性格。老拉扎尔马上打断了我的想象：

"他们也许早就觉得，自己是斯拉夫人这个事情不重要，现在那里穆斯林更多，他们如今叫自己波什尼亚克人（Bosiniak）。"

"可是萨拉热窝不只住着穆斯林，外界说那是体现世界主义的地方，而且它有近一半的地方是塞族人的聚居地呢。"我反驳他。

拉扎尔不再争辩，"等一下来接你的人，就是住在萨拉热窝的塞族人，你可以听听他的说法"。

"我们的难题是，如何像一个正常人那样生活？"

司机叫索亚，很典型的南部斯拉夫人长相，微卷的黑头发，炽热而忧郁的大眼睛，长睫毛，肉下巴，高嗓门，挺胸叠肚，穿一件灰蓝色工装。等我坐上他那辆挂着BG[1]牌照的脏兮兮的雪佛兰轿车，索亚立刻递上名片，我迟疑

---

1 贝尔格莱德（Beograd）的缩写。

地接过来，上面写着——"斯洛博丹·索亚，Pontanima团体宣传大使"。我并不知道这个"Pontanima"的来历，也不明白一个宣传大使为什么同时是一个小型过境客运公司的司机，一时不知如何回应。

车在路上开了半个小时，僵局渐渐打破。原来，Pontanima是波黑一个存在了二十多年的音乐团体，类似于合唱团，在萨拉热窝很有影响力。它的字面意思是"精神桥梁"（spiritual bridge），二十多年里，这个团体致力于用音乐的魅力弥合波黑这个四种宗教共存之地的冲突，Pontanima合唱队的成员真诚地相信，在音乐中，各种宗教元素的交汇不是冲突点，恰恰相反，它是融合的起点。

距离波黑内战过去已经二十三年，人们清醒了过来，开始认识到，在那场被种族民族主义煽动的三族残杀悲剧中，宗教信仰的分歧并不是点火线，相反，是战争操纵了宗教信仰，并把宗教作为煽风点火的工具。索亚一边用在赛道行驶的速度开着车，一边滔滔不绝地介绍他的团体，"在我们这儿，宗教的多样性才是治愈、希望和庆祝的源泉，而音乐是最好的表现方式，这才是真正的波斯尼亚。你不知道吧？我们已经在全国巡回演出了400多次，还去了美国和中国，我们工作的重要性无论怎么强调都不过分"。

塞族人大多健谈，眼前这位不例外，他的话匣子一旦打开就很难关上。我坐在副驾驶座上，环山公路上超速行驶产生的颠簸感使得安全带时松时紧地勒我的肩膀，我神情紧张地注视着前方，心里只是祈祷这位巴尔干大叔多看路，少说话。

我这样沉默，索亚也不在意，他稍微放慢了一点速度，"别担心，我以圣徒萨瓦（Sava）[1]的名义发誓，塞族人将是游客在巴尔干半岛最忠实的地图和导航"。

"既然您是宣传大使，为什么还要做司机的工作？"我终于问出憋了很久的话。

索亚的双手离开方向盘，在空中比划，"姑娘，在巴尔干，如果你不是公务员或者医生，大概你总是需要同时干好几份工作才能养活自己"。气氛又有些尴尬，我原本就知道这里经济低迷，但没想到这样夸张。索亚告诉我，除了宣传大使和司机，他还做外贸运输，并给报纸写议论时政的文章，此外，他还是一个俄罗斯文化的疯狂爱好者，最大的乐趣是读陀思妥耶夫斯基，也喜欢普京。"每一个塞族人都爱着俄罗斯，每一个塞族人都想去莫斯科和圣彼得堡看一看，这是毫无疑问的。"他的语气十分肯定。

"那么您去过吗？"我问。

---

[1] 塞尔维亚东正教会的创始人和中世纪塞尔维亚的重要人物。

"当然，2008年我带法国女友去了一趟莫斯科。我在那儿真是乐不思蜀啊，我的女友像一只惊恐的小老鼠，每天要么抱怨伏特加喝不下去，要么说俄国人长相粗野。后来我们在莫斯科就地分手了。分手当天她搭晚上的航班马上飞回巴黎，逃难似的，好多行李没带走。我呢，继续留在莫斯科和新认识的俄国兄弟喝伏特加，味道好极了，和我们的李子白兰地Rakija一样好喝。"

后来我知道，事情并不是像索亚描述得那样美好，在如今的萨拉热窝，宗教重新成为一种莫名其妙的隐形障碍，它阻碍着年轻人的前途。比如我后来认识的萨拉热窝大学生卢卡，抱着纯粹的好学心态，想在大学选修俄语，未果。周围的人，包括老师在内，认为如果你要学俄语，就代表你不是想靠拢东正教，就是想追随红色社会主义思想，而这两者在如今的萨拉热窝都不受欢迎。

我们的车即将进入波黑和塞尔维亚的边境检查站，我有点紧张。中国护照在这两个国家都已经享有免签待遇，但我一直听闻边境波黑警察刁难塞族司机的事情。500年前，还是奥斯曼土耳其在巴尔干掠夺和占领的时代，土耳其军队就是一部战争机器，征调大量的波斯尼亚农民作为步兵和轻骑兵，站在崎岖山峦的石堡要塞上，把守边界，严格控制信奉东正教的塞族人入境。75年前，波斯尼亚穆斯林和塞族人原本说好了一起攻打纳粹，塞族的武装组织

"切特尼克"[1]却在靠近塞尔维亚边境的波黑境内,血洗数个穆斯林村庄。24年前,波黑内战眼看着要收尾,塞族极端民族主义分子却在两国边界处制造了惨无人道的"斯雷布雷尼察大屠杀"(Srebrenica massacre)[2],8000多名波斯尼亚穆斯林男子被杀害。

嫌隙一直都在,如同充当波黑和塞尔维亚边界线的那条碧绿幽深的德里纳河,水流已经不再湍急,却谁也跨不过去。

漫长难熬的20分钟,停车检查,波黑边检警察狐疑地看着我,让我摘下墨镜,问我的职业,去波黑的目的,箱子里装的什么。放行后,我长舒一口气,索亚猛地一拍我肩膀,"快看那条路!你要是早来40年,什么关卡都没有"。我定了定神,前方是一个三岔路口,向右写着通往克罗地亚,向左写着通往波黑,毫无疑问,第三岔口是回塞尔维亚的路。

---

[1] 切特尼克(Chetniks),塞尔维亚军事组织,二战时曾抵抗纳粹,但也具有极强的种族主义、沙文主义倾向。战争后期开始倒向纳粹德国,主要敌人为铁托领导的南斯拉夫共产党游击队。在当代,切特尼克被塞尔维亚民族主义者所推崇。在塞尔维亚以外的地区,这些人经常与极端主义和建立"大塞尔维亚"联系在一起。

[2] 1995年7月11日到22日,波黑塞族军警以及南联盟派出的军警突袭并攻占了波黑边境靠近塞尔维亚的斯雷布雷尼察地区,在接下来的11天里,对当地8000多名穆斯林男子和男孩进行了杀戮。这是第二次世界大战之后发生在欧洲的最严重的一次屠杀行为。海牙的前南斯拉夫国际刑事法庭将此次屠杀定性为种族灭绝。

"解体前，这里是一大块农田，没有公路，倒是可以看见很多牛羊在吃草。有时候会看见戴头巾的漂亮姑娘，她们带着自制的李子果酱和刺绣品去邻近小镇赶集，有时候你还能看见很多小型卡车，上面装着刚砍完的木头。百姓自己盖房子，就用那些木材。上帝，那都是好木头，都是橡木啊。可是我们都傻乎乎的，用低廉的价格卖给瑞士，让他们做成昂贵的原木制品，谁会分我们一杯羹？我们活该倒霉嘛，这就是资本主义的罪恶，嗨。"

这位老兄喜欢从每一个即兴话题延伸一段评论，但我发现，无论我们聊什么，似乎总有一条隐蔽的心理线——一种强烈的渴求归属的感觉，无论归属的是塞族，是泛斯拉夫主义，是巴尔干，还是一种微弱的对抗资本市场的抱团姿态。当汽车开过那条三岔路口很久以后，沿途开始规律地出现象征塞尔维亚的红蓝白三色旗帜，只不过上面都缺少了"4C"双头鹰皇冠的元素。

我问索亚缘由，他说旗帜代表这些土地属于波黑境内的塞族共和国，这是波黑的塞族人对塞尔维亚本国忠心的标志。我隐隐嗅出一种民族主义情感的味道，不再言语。他很敏感，立刻解释："不要误会，也不要害怕。我们早就厌倦了战争和残杀，事情不是你想的那样。波黑是三族领导人轮换执政的，如今煽动民族主义的政客已经不受欢迎，我们不会受骗了。"

事实上,那天之前,刚刚结束了一场大选——波黑国家议会、穆克联邦议会与塞族共和国议会的选举。然而,索亚认为,虽然国家主席团新当选的塞族共和国代表被认为是个有民族主义倾向的"强人",但波黑的塞族人并不在乎他。"生活在波黑的塞族人,每天醒来要真正面对的难题是——当我们的领导人现在还在推搡着我们去打砸邻居、对抗兄弟时,我们如何能够像一个正常人一样生活?"

听上去,似乎米洛舍维奇不会再有机会复活了。曾经,这个可能是当代最出名的"大塞尔维亚主义"政客,更像是一个巴尔干男巫,他在各种公开场合催眠,"没有人能再次打败塞族人!"在1991年的克罗地亚战争和1992年的波黑内战中,他支持并帮助成立数个塞族民族主义武装组织,在克罗地亚和塞尔维亚一河之隔的城市武科瓦尔(Vukovar),塞族和克族邻居杀邻居,朋友屠朋友;在波黑的萨拉热窝,塞族军队的坦克、火炮和狙击手把这座城市变成了人间地狱。

现在,一个个塞尔维亚人和波黑人都来告诉我,已经没有人再买米氏的账了。傍晚时分,我抵达萨拉热窝,索亚帮我把行李安顿好以后,紧紧地拥抱了我,"姑娘,萨拉热窝是一座包容的城市,这里没有民族主义的土壤,你尽管放心游玩。如果你需要帮助,请给我打电话,你的住处在穆斯林聚集的老城区，可我住在萨拉热窝东部的塞族定居地，塞族人一般不太来老城区，这里穆斯林太多，啤酒也更贵"。

缆车重新开放了，狙击手消失了

萨拉热窝的深秋，夜色冷峭，空气清冽，繁星满天。我住在城市最东处的山丘上，坡很陡，接近 60 度。接下去一个月，我需要每天爬山回家，一路听山泉在脚下潺潺流淌，穿过希和奇哈捷桥的石子路面——一座横跨米丽亚茨河（Miljacka）最东边的桥，路过那个最能表现萨拉热窝人"轴"劲儿的餐馆"怨恨之家"（"House of Spite"，Inat Kuća），朝着南边的方向，攀登一座海拔 200 多米的山丘，在半山腰处左转，继续爬，直到顶点。

拐弯的地方，是搭乘城市观光缆车的入口，拾级而上五分钟，就可以到达检票处。这条缆车路线从城市南部的山丘中段，一直延伸到特雷贝维奇山，那是 1984 年萨拉热窝冬季奥运会举办高山雪橇赛事的地点。不仅是游客，萨拉热窝的居民也时常带着一家老小来这里，坐缆车到山顶，俯瞰城市。山顶光秃秃的，如今只剩下一块很小的碎石空地可供游人休憩，空地一侧被不规则的石墙矮矮地环绕着,另一侧是东倒西歪的木栅栏,其实视野有限,朝前既不能看到城市全景,朝后也不能清晰俯视葱茏的山谷。即便如此,观光缆车依然是萨拉热窝的地标性景观。

并非因为旅游的原因,这个1959年投入使用的缆车景观设备,拥有一段令人心痛的历史。事实上,它在不久前——也就是2018年4月6日,刚刚重新开放。4月6日,是一个波黑人几乎无法承受的日期。26年前的这天,波黑独立,从南斯拉夫联邦共和国里脱离。当天,坚持继续留在南斯拉夫的波黑塞族人,在民族主义政客米洛舍维奇的支持下,动用坦克和火炮,包围了这座城市,并炮制了人类现代战争史上最长的围城战争——1425天[1]。

1425个与魔鬼同行的日子里,特雷贝维奇山上驻扎着塞族军队的狙击手和迫击炮阵地,无数的地雷无数的炮火扎进山的褶皱里。2018年初,雷区才全部被清理干净。重新开放的缆车以一位曾经的缆车公司警卫的名字命名——拉莫·比伯。这个名字有另一段伤心事。拉莫·比伯,死去的时候才42岁,有一个幸福的家庭。

---

[1] 萨拉热窝围城战役是波斯尼亚战争的一部分,是现代战争史上最长的一次围城战役。波斯尼亚与黑塞哥维那首都萨拉热窝从1992年4月5日至1996年2月29日遭到南斯拉夫人民军与塞族共和军围困,共计1425天。

他是萨拉热窝悲剧中第一个被谋杀的人。当扛着来复枪的军队闯进缆车大楼时，他不肯离开，依然守卫在入口处。士兵对着玻璃窗连续射击，拉莫只能跳窗——他顺着特雷贝维奇山的腹地森林方向往下滑，在第三个拐口停下了，背部、腹部和头部各中一枪。

今天，波黑内战纪念博物馆（Museum Of Crimes Against Humanity And Genocide 1992—1995）里，从拉莫·比伯身上找到的铜扣黑色皮夹子，安静地和其他死难者的遗物放在一起，旁边是一张发黄的一寸本人照片，一个有着浓密黑发的阔脸男子，长得真像南斯拉夫的国宝演员巴塔，就是保卫萨拉热窝的"瓦尔特"。拉莫·比伯，也是保卫萨拉热窝的人。

据说，缆车重新开放的那天，半山腰水泄不通，可能半个城市的萨拉热窝人都来了。为了坐一坐这个缆车，大家顾不上排队，乱作一团。萨拉热窝人并非没有秩序感的公民——在内战期间，在整个城市，为了能取水，为了能分到一块面包，他们整日整夜排着长队，不言不语，井井有条，沉默地等待救援，沉默地成为山丘上的狙击手们移动的靶子。

但是缆车重新开放了，人们放肆地你推我挤，感受彼此紧贴的体温，他们现在非常安全。

萨拉热窝人最想不通的问题

没有枪口瞄准的日子，萨拉热窝人生活里的慌乱沉淀下来，变成生活之水底部的杂质，一眼望去，只要不晃动，水质还是清的。这瓶生活之水，来自萨拉热窝随处可见的山泉，或者是从城市的主要河流米丽亚茨河里舀上来的水。这座城市总是不缺水，群山环抱之中有数不尽的泉眼，许多游记里都描述过萨拉热窝的山泉喷涌的景象，仿佛置身于天堂的后花园。城市旅游导览里写，"在萨拉热窝，如果一个院子里没有流动的水，就如同无头之主"。百年以来，每家每户千方百计选择在活水边安家，起码要找一个离活水源近的地方，以便把活水引流到自家院子里，最最不济，总要在院子里造一个人工小喷泉，这是一种和活水紧紧相连的对生活的希望和决心。

讽刺的是，在1992—1995年波黑内战期间，整个城市的水源被塞族军方掐断，萨拉热窝真的成了无头之主。受到射击的威胁，人们不敢上街，但为了活下去，为了生命之源，他们必须走到街上去取水。美国作家苏珊·桑塔格（Susan Sontag）在围城期间曾去往萨拉热窝，在等待外界救援的无望而无尽的时间里，她和剧场的演员们一遍遍排演戏剧《等待戈多》，此后她写下《在萨拉热窝等待戈多》

这篇回忆性的随笔。文中,桑塔格痛心于没有人来拯救百姓的苦难,为他们因为战争而丧失了日常生活的尊严感到愤怒。

她写到,"他们的失望、恐惧和对日常生活的愤慨使他们蒙羞——例如,每天都要花很多时间确保有水冲他们的厕所,否则他们的浴室就会变成粪池。他们冒着极大的生命危险在公共场所排队提来的水,大部分都用于冲厕所。他们的羞辱感也许比他们的恐惧更严重"[1]。

萨拉热窝人民逐渐习惯了如何在那样的环境下生活。1425个围困的日夜,每隔四五天,百姓就会带上所有能装水的塑料瓶,下山,渡过米丽亚茨河,爬坡来到萨拉热窝啤酒厂,那是城里少数可以取到干净饮水的地方,水源来自大地深处。每天,队伍维持几百个人的规模,人们匀速向前移动,取水动作要尽可能麻利,不能喧哗,不能高声谈话,任何不寻常的骚动都可能引来山丘上的人的注意——他们很早就想炸毁这座红色砖瓦建筑的酿酒厂。

今天,萨拉热窝的活水重新流回了千家万户。打开龙头,用杯子接上一杯水就可以直接喝。城市里遍布露天饮

---

[1]《在萨拉热窝等待戈多》,收于[美]苏珊·桑塔格著、黄灿然译:《重点所在》,上海译文出版社,2005年5月,第362页。

水处。这是一座被奥斯曼帝国侵占了400多年的城市，信奉伊斯兰的土耳其人要求最大程度地利用萨拉热窝丰富的水资源。水对于穆斯林有着极为圣洁的意义，奥斯曼的长官们在1461年把山泉水引入城市用水系统，到了19世纪，萨拉热窝已经有156个公共饮水处[1]。在老城区大大小小的清真寺，伊斯兰信徒们聚集在这些水槽边，喝水，清洁自己。

这些公共饮水处之中，最负盛名的是立在鸽子广场中央的塞比利（Sebilj）喷泉，Sebilj 的意思是"建在水流经过地方的建筑"，喷泉建于1753年，曾毁于大火，后重建，主体是八角造型，覆盖华丽的圆形穹顶，泉水通过前后两个石头水槽流出。作为标志性建筑，人们总是喜欢选择在塞比利喷泉前面聚集，约会，聊天。这个像凉亭一样的建筑也因为太过显眼，成了内战时期狙击手的重点目标，除了任何时代都在广场旁若无人散步的鸽子，没有人会傻到出现在那里。

我在老城区的东边兜兜转转，总绕不开这个喷泉，它的地理位置实在太美妙。特别是夜里，光洁的大理石水槽上方，暖黄灯光从木质雕花镂空扇面漏出来，八个角度的光晕反向烘托了中心的光点，无论站在它的哪个角度观看，

---

[1] 数据来源：萨拉热窝的 Brusa Bezistan Museum 二楼展厅。

都像在注视一个古老东方世界的木质阿拉丁神灯闪着熠熠的光。

这种光芒并不独属于伊斯兰世界，它更像是一种宗教本身带来的融合性、庇佑性、富有神启意义的朦胧光泽。"对于萨拉热窝老城来说，塞比利喷泉就像是某种定海神针，或者叫指南针？如果你在生活里遇见了难题，如果你找不到人倾诉，如果你要约一个朋友，我们会约在这里。就算不约会，自己在喷泉下坐一坐也挺好，抬头就是青山和绿树。生活不会总是糟糕的。"这些感慨来自喷泉旁一个小咖啡馆的白胡子老板，给我端来浓郁的波斯尼亚咖啡后，他发出了这样的议论，不知道是自言自语还是对我倾诉。老板54岁，萨拉热窝本地人，波黑内战时，他躲避兵役，拒绝杀人，即使要杀的是法西斯分子，他也不干。所以，他不得不每天像老鼠一样躲在地窖里。

日光午后，晴空万里的时刻，站在喷泉正下方望两面的山丘，极目远眺，一面的尽头是举办冬奥会的特雷贝维奇山；另一面的尽头是黄堡（The Yellow Fortress），欣赏萨拉热窝日落的最佳地点，一个已经废弃的八边形石头城堡要塞，土耳其人把它建起来，奥地利人把它废掉，电影里的纳粹德国军官在这里俯瞰萨拉热窝山谷，发誓要夺下这座城市。最后，谁也没有拿下它，市民胜利了，他们带着野餐桌布、萨拉热窝黑啤、黑塞哥维那香烟，坐在黄堡的石面高台上,欢快地拍照,热烈地亲吻,对着山谷的方向大声呼喊,幻想自己是那位雄才大略的亚历山大大帝。

这种渴望伟大的幻想,只是在登高的瞬间变成一种类似俱怀逸兴的诗性。大部分时候,萨拉热窝人民想做英雄的渴望并不强烈,他们想过正常人的生活,只是历史不放过他们。整个20世纪,在这个山谷之地一共发生了三场著名的战争——一战、二战和波黑内战。一战时,它是导火索。二战时,它是纳粹的必争之地。波黑内战时,它是1425个被枪林弹雨围困的白天与黑夜。一个弹丸之地,居然需要承载那么多人类的残忍、眼泪、仇恨、诅咒与隔阂。

这种隔阂与它带来的看似不可避免的冲突,早早就埋下了伏笔。公元293年,罗马帝国的戴克里先大帝实行"四帝共治"制度,赐予马克西米安帝国西半部管理,自己则统治东半部。在这种安排下,帝国仍为一体且不可分割,但它的东西两部日后将会走上各自不同的命运之路。[1] 戴克里先之后,公元395年,狄奥多西一世临终前,把罗马帝国的东西两部分别给两个儿子统治。他崩殂后,两个儿子各自在东西帝国登基,罗马帝国就此永久分裂。两个帝国的分界线,位于当年罗马诸行省中的伊利里亚行省,即今

---

1 关于戴克里先的"四帝共治"制度及其影响,参看[美]拉尔斯·布朗沃思著,吴斯雅译:《拜占庭帝国》,中信出版集团·新思文化,2016年12月。

天的萨拉热窝附近。[1]

尽管当时这儿还是一个无名的小村镇，裂变的种子已经种下，分裂与融合就像是硬币的一体两面。此后数百年里，东方的奥斯曼帝国和西方的奥匈帝国在这里轮番登台，带来伊斯兰教和天主教的广泛流播，加上7世纪就来到此地的信奉东正教的斯拉夫人、16世纪逃难来此的犹太人，四种宗教做了邻居，没有明显的界限，人民用朴素的生活经验选择了和平共处。

政治野心家不断试图用血缘和归属的思想来蛊惑人民彼此对立，人民上过当，而且不断地上当，也不断地悔悟。对于一个萨拉热窝人来说，最想不通的问题是——我的父亲是穆斯林，我的母亲是天主教徒，我的朋友是东正教徒，我还有一个信奉犹太教的老邻居，为什么不可以？我是波斯尼亚人，爱上了一个塞族姑娘，想和她结婚，为什么不可以？我的哥儿们是克罗地亚族的后裔，所以他是穆斯林的敌人？为什么？

20世纪，在种族民族主义运动令人心悸的壮大中，血

---

[1] 罗马帝国当年的诸多行省中，伊利里亚行省包括今天的克罗地亚（内陆）和波斯尼亚及黑塞哥维那在内，当时的波斯尼亚长期处于未开化的独立状态，即使后来处于土耳其总督的管辖之下，内部也根本无法划清基督教和伊斯兰教势力的界线。关于罗马帝国正式永久分裂为西部帝国和东部帝国的具体事件，参看[英]爱德华·吉本著、席代岳译：《罗马帝国衰亡史I》，吉林出版集团有限责任公司，2011年5月。

统、部落、宗教信仰、民族归属，成为鉴别一个多民族地区的个体身份的首要因素。萨拉热窝人民无辜地意识到，他们从此被强加了一项令人头疼的任务——识别你的邻居。可是，这里几乎每一个人身体里都混合着好几种民族的血液，有超过60%的婚姻是不同宗教背景人士的通婚，怎么识别呢？当人们交不出答卷的时候，政客开始咆哮，好战分子投来枪弹和火炮，萨拉热窝堕入地狱。这一切的悲剧根源，也许苏珊·桑塔格说得对："恰恰是因为萨拉热窝代表着世俗的、反部落的理念，它才成为毁灭的目标"。

"我的家乡总和战争联系在一起，但这不是真的"

沿着塞比利喷泉所在的老城区往西走，贴着米丽亚茨河岸，几分钟路程就可以到达拉丁桥（Latin Bridge）——也许是整个20世纪最著名的一座桥。1914年6月28日，在这座桥的北侧，奥匈帝国王储弗朗茨·斐迪南（Franz Ferdinand）大公夫妇被暗杀。刺客是波斯尼亚的塞尔维亚民族主义分子，才19岁的加夫里洛·普林西普（Gavrilo Princip）。一个月后，奥匈帝国对塞尔维亚宣战，第一次世界大战爆发。

大公死前对妻子的最后一句话是，"别死，为我们的孩子活下去"。被捕的普林西普，在这场看似"由他引发"的一战结束之前，因病死在波西米亚的监狱里，体重只有约80斤。这个监狱在二战时成了臭名昭著的纳粹集中营。普林西普也还是个孩子，受审时苍白的脸上毫无悔意，他说，"我们的影子会走过维也纳，游荡于法庭，吓坏那些老爷们"。（"Our shadows will walk through Vienna, wander the court, frighten the lords."）

那两颗改变世界的子弹，推倒了世界局势的多米诺骨牌。塞尔维亚献出了110万同胞生命的代价，占全国总人口的五分之一。在南斯拉夫时期，普林西普被当作民族英雄，拉丁桥被改成"普林西普桥"，当局还在普林西普开枪时的站立处用水泥铸造了脚印纪念雕塑。南斯拉夫解体后，被"大塞尔维亚主义"吓怕了的波黑政府，摧毁了普林西普在萨拉热窝的故居，宣布永不复建；脚印雕塑被居民永久清除了，"普林西普桥"改名为"斐迪南桥"；桥边的普林西普博物馆改成了斐迪南大公和奥匈帝国纪念馆。

历史从来不是静止的，在拉丁桥反复更名的故事里，显现出萨拉热窝人对历史事件态度的转变轨迹。如今，"费迪南桥"又改回了"拉丁桥"，斐迪南大公和奥匈帝国纪念馆被改名为"萨拉热窝博物馆（1878—1918）"，普林西普的遗体被迁回萨拉热窝的公墓。在他死去的那天，奥匈帝国的狱警因为担心有人来悼念他，把遗体偷偷埋在了一个不起眼的地方，却没有想到，还是有一个捷克士兵悄悄地把埋葬点画在了地图上,后人根据这个绘点找到了他的遗体。

拉丁桥曾经是一座木质拱桥,受不了洪水的冲击,在1798年重建时才改为石拱桥结构。我在这座桥上,从南走到北,从北走到南,光滑的石子路面并不平整,甚至脚底有些打滑,想必下雨的时候更为难走。这座桥只能步行,不能通车。每天,导游带着不同批次的旅行团来到这里,讲解一战的历史故事,留出15分钟时间,给游客自由拍照。

每天我都要从这座桥边路过。有一天下午,我在桥边看见旅游团拍照的如常画面,他们的导游远远靠在桥的另一端抽烟,向导小旗被揉成皱巴巴一团,夹在他的腋下。这个一脸络腮胡的导游,脸上尽是不耐烦而又必须拼命忍耐的表情,眼睛却是忧伤的眼睛,他盯着米丽亚茨河浅浅的河滩愣神。我走过去和他搭讪,而他似乎只想独自享受一根香烟的时光。我猜他是本地人,他说没错,家就在郊区的格拉巴察。他的汉语说得不错,在萨拉热窝大学中文系学习多年,但他不再继续谈话了。

台湾游客大呼小叫拍完了照,准备去往下一个景点。他灭了烟头,拍拍自己的脸,努力做出振作的表情,准备离开。迟疑了一下,他还是来和我告别,似乎是为他的冷漠致歉:"对不起,我不是个冷漠的人。我只是有点厌倦,厌倦了我的工作。你能想象吗？我的工作就是每天对世界各地的游客解说杀戮的历史，我的家乡萨拉热窝在20世纪的三场战争里死了多少人，为什么总是在死人。我恨这座拉丁桥，每天我都要告诉游客——在这个桥上，萨拉热窝点燃了世界大战的导火线。然后我要去郊区的希望隧道（Sarajevo Tunnel），把内战的死亡故事再说一遍。你要相信我，这不是一件容易的事，不是导游的解说那么简单，我的父母都没有从内战里活下来。"

他越说越激动，游客在催促，表达着不满，一位阿姨尖着嗓子抱怨，"都说巴尔干人懒，工作不卖力气，看来是有道理的"。导游和我都听见了，他表情痛苦地闭上眼睛，"这一百年来，我的家乡总和战争联系在一起，但这不是真的。萨拉热窝总让人联想到谋杀和死亡，但这也不是真的。但是我不知道，别人应该如何来谈论一座被屠杀的城市？连我自己也不知道应该如何谈论它"。

低空处飞来一群灰鸽子，有的停在桥栏杆上张望，有的在裸露的河床上散步。这条河设计得就像一个阶梯教室，从平缓的上一级河床涌来的水流发出哗哗响声，但吓不走鸽子，它们依然闲庭信步。后来有朋友告诉我，米丽亚茨河其实是城市污水排放通道的汇合口，不是"一条美丽的河"。

它的水深从来没有没过膝盖。那一天，普林西普开枪之前，他的同伴查布里诺维奇先行动了。上午 10 点 10 分，他往大公夫妇车上扔炸弹，被大公伸出手臂挡飞。查布里诺维奇吞了氰化物药丸，跳进了米丽亚茨河，站在河里狂笑，相信自己即将改变世界。毒药没起作用，他被群众从河里捞了上来，一顿痛打。在电影《萨拉热窝谋杀事件》中，查布里诺维奇是个浪荡公子，他喜欢和漂亮姑娘调情，但从来没有忘记塞尔维亚民族独立的那份危险的事业。他长得是这样英俊，和苍白忧郁的普林西普完全不同。如果当年是他的炸弹杀死了大公夫妇，历史进程也不会有什么改变。但如果普林西普没有开枪，他会不会有一天和心爱的姑娘表白？不干革命的时候，他可是一个诗人。

萨拉热窝的大提琴手

我相信那位导游的话，萨拉热窝并不总是和杀戮有关，这座城市应该有更复杂、更炽热，甚至更多玫瑰色的景象，人民对生命的感受力，不应该被死亡的印象一笔勾销。只要你足够细心，总能发现诗意。

但是这样的诗意依然是苦涩的，它也许依然关乎尊严和美，却和快乐没有太多缘分。在南斯拉夫时代，贝尔格莱德是巴尔干的文化中心，萨拉热窝的文化生活没有受过重视，然而前南刚刚解体，紧接着的波黑内战却见证了一座城市在绝境面前迸发出无药可救的浪漫。1992年到1995年，市民每天要为了活下去而战斗，还必须通过保持精神上的健康，维持一种依然在过正常生活的幻象。

在四年的围困中，大量的剧院演出、展览、音乐会在废墟上继续进行。没错，大多数知识分子和创作者、大学老师、芭蕾舞者、歌手都逃离了这个城市，但依然有才华横溢的演员和音乐家留了下来。战前，城市共有五家剧院，战时，其中的两家如常演出。艺术圈人士还联合市民一起成立了萨拉热窝战争剧院，用经典剧目的循环再现来表达演员的反战意愿。许多来自世界各地的知识分子和文化学者在围困期间来到萨拉热窝，其中就有苏珊·桑塔格，她感受着令人绝望的城市里在毁灭边缘死死抓住艺术的人们的激情。她说，"在萨拉热窝，就像在别的任何地方，懂得通过艺术来确认和改变对现实的看法，并因此感到更有力量和受到抚慰的，并不只是一小撮人"[1]。

1992年5月27日下午4点，几发炮弹打中一群在米斯其纳（Miskina）市场排队买面包的人，22人丧生。

---

[1] 《在萨拉热窝等待戈多》，收于[美]苏珊·桑塔格著、黄灿然译：《重点所在》，上海译文出版社，2005年5月，第359页。

为悼念死者，大提琴家韦德兰·斯梅洛维奇（Vedran Smailović）在事件发生地演奏了22天，曲目每天都不变——意大利作曲家阿尔比诺尼（Tomaso Giovanni Albinoni）的G小调慢板。加拿大作家高勒威（Steven Galloway）以此为主线，写下了令人心碎的小说《萨拉热窝的大提琴手》（*The Cellist of Sarajevo*）。小说当然是一种虚构，作家想象了一座废墟之城的生活，情感却无法虚构。

他会带着他的大提琴和凳子，走下狭窄的楼梯，来到空无一物的街头。当他坐在迫击炮砸出的弹坑里时，战争仍旧不断地在他身边持续。他将要演奏《阿尔比诺尼：慢板》，未来二十二天，他将天天这么做。这么做的每一天，都是为了一个死去的人。

在真实发生的故事里，每天有越来越多的市民冒着死亡的危险，在街头听大提琴家演奏，把献给他的花放在他的脚边。这些人并非不知道，哪怕只在空地上多停留一秒，他们都可能被狙击手的一颗子弹打死。在类似真空地带的绝境时刻，艺术拯救他们免于恐惧和麻木。

此刻，我站在萨拉热窝市政厅幽暗的地下一层展厅，参观1914—2014年这一百年里萨拉热窝的城市风貌展览。我必须承认，和那些充斥着军队阅兵、会议游行、血泊街头、满目废墟的惊悚的城市景观相比,我的目光紧紧追随的总是那几张照片:少女在演唱会上迷醉的表情——1994年,英国铁娘子乐队的主唱布鲁斯·狄金森(Bruce Dickinson)冲破重围,来到这里开演唱会;在炸成筛子的危楼前,几个人排队在临时搭建的花房前买花;首届萨拉热窝电影节的海报。

首届萨拉热窝电影节在内战时期仓促创立,人们十分不解,有人问:"为什么要在战争时举办电影节?"主办方回答:"为什么在电影节期间还要打仗?"

巴尔干的天才导演埃米尔·库斯图里卡(Emir Kusturica)出生在萨拉热窝,他觉得自己是理解同胞的,在短篇小说集《婚姻中的陌生人》里,主人公泽寇活过了内战,站在温柔的萨瓦河边,他暗自慨叹,"幸好我活下来了,否则,我怎么可能再有机会欣赏如此美景。因为人并不是依靠残酷的真相和一成不变的规则活着,而是寄希望于他们坚信会到来的改变"[1]。

但改变并不都是好事。战争毁坏了一切物质性的事物,也毁灭了肉眼不可见的事物——它带来的是理性的失控、精神的粉碎,夺去了我们所爱之人的肉体,也夺走了他们

---

[1] [塞尔维亚]埃米尔·库斯图里卡著,刘成富、苑桂冠译:《婚姻中的陌生人》,浙江文艺出版社,2018年10月,第33页。

的灵魂。战争让一个失去孩子的父亲孤单地坐在废墟上，问自己这一切何时才能结束？他心底那悲伤的深渊何时才能消失？深渊会永远存在吗？任何经过炮火轰炸的燃烧之地，都不会是完全相同的废墟，就像经历过这些的人，再也不会是过去的那个人。

三角形，一种"波斯尼亚的南斯拉夫主义"

萨拉热窝市民心底有一块隐痛的创口，几乎是一个难以愈合的地方：那座被大火摧毁的国家图书馆。[1] 现在它作为萨拉热窝市政厅依然存在，可是消失的再也不会回来。

从我居住的山丘小道一路笔直往下，正对着这座三角形的建筑。市政厅坐落在三个主要街道的交叉路口，是萨拉热窝现存为数不多的奥匈帝国时期的代表性建筑，内部装修是奥斯曼帝国和奥匈帝国风格的混合体，所以，它是波斯尼亚多元文化主义的纪念碑。建成以后，它曾是城市的法院和国会大厦，1948年后被用作波黑国家和大学的图书馆。1992年8月25日夜晚，塞族军队用重

---

1 全称是"波斯尼亚和黑塞哥维那国家和大学图书馆"（NUBBiH, Nacionalna i univerzitetska biblioteka Bosne i Hercegovine），位于萨拉热窝。图书馆修建于1891年，是奥匈帝国统治时期萨拉热窝规模最大且最具代表性的建筑物，当时曾是市政厅。

型火炮和燃烧弹对着图书馆开火，建筑变成废墟，200多万图书和文件毁于一旦（见图书馆、市政厅门口的石碑。有图片提供）。

萨拉热窝市民把这场大火看作城市的劫数难逃。参观讲解处的志愿者奥利弗告诉我，大火第二天，一批又一批百姓跑到图书馆门口，放声痛哭。"在波黑内战中，这是一次特殊意义的哀悼。市民们不是因为在战争中个人和家庭的悲剧哭泣，他们跪在地上哭，坐在地上哭，他们和消防员一起灭火，竭尽所能地在废墟中寻找一本完整的书，他们为了萨拉热窝的文明劫难而哭泣。"奥利弗双手用力扶住洁白的楼梯栏杆，好像希望栏杆能支撑他身体的重量，他在克制自己的语调。

图书馆很久以来就是萨拉热窝的象征，就这样毁在山丘上那些人的手里。在纪录片《萨拉热窝的桥》（*Ponts de Sarajevo*）中，一个波黑男孩在整理旧物时看见一本旧书，那是他的爸爸在图书馆大火里救下来的一本书，但他从来没有读过。语气疏离的旁白响起，男孩回忆和爸爸在一起的童年时光，那是个温暖的早秋周日，他和爸爸坐有轨电车去图书馆。此时的图书馆已经是一片火海，从四处赶来的人们忙着抢救图书。轰炸还在继续，狙击也没有停止，谁在救书，炮弹就炸谁。慌乱的人们把救下的书抱在怀里，拿回家藏起来。男孩不是个爱读书的孩子，他站在废墟里，找不到爸爸的踪影。他一动不动,看见很多人慢慢瘫了下去,伏在地上抽泣。消防员也在逐个倒下,从前誓死要保卫这座城市的军队,如今对着消防员发射炮火。

当然,没有几本书被抢救下来。之后的数天里,百万本书的灰烬,飘荡在城市的低空,像在下一场黑色的大雪。

在欧盟的援助下,如今用作市政厅和博物馆的这座建筑得以重建,2014年5月9日重新开放。我跟着奥利弗从地下一层转着圈走到二楼,听着他发音纯正的英语讲解,参观这座建筑内部被复原的样貌——它的地砖图案是犹太教的六芒星形大卫之盾,玻璃天花板是伊斯兰的大圆顶样式,巨型彩绘落地玻璃窗来自天主教的灵感,半圆顶的拱门则是拜占庭东正教的启示。没有任何一种宗教被特别突出地展示,而建筑的主体结构保持原样,三座大楼像三块拼图块一般,组成一个三角形,代表这座城市的塞族、克族和穆族三大主体民族的向心力。

即使兄弟曾经自相残杀,重建的人还是希望三块拼图能够黏合成一个完整的三角形。这个三角形一直是一种诱惑般的存在。在一战前风云激荡的20世纪初,一种"南斯拉夫人主义"(Yugoslavism)的巴尔干民族意识,不是在克罗地亚,不是在塞尔维亚,而是在波黑,得到了一种超乎想象的浪漫与恐怖交杂的惊人扩张。

如果我们记得，引爆第一次世界大战的萨拉热窝刺杀事件，凶手就是来自一个爱国和文学色彩兼备的"青年波斯尼亚"（Young Bosnia）团体，那么我们也许就能够理解这种诱惑的力量——波黑没有单一民族，居住在这里的塞族人和克族人，对一种理想始终不曾死心——要争取波斯尼亚穆斯林，他们是一个最终能够成为民族伙伴的、"未完成的三角形的一个角"[1]；而"青年波斯尼亚"团体中那些信仰南斯拉夫主义的年轻人，则是"在一个已建成的过去和一个不切实际的将来之间的徘徊者"[2]。一种"波斯尼亚的南斯拉夫主义"，《南斯拉夫史》的作者、巴尔干问题专家约翰·R. 兰普（John R. Lampe）认为，这可能是巴尔干民族问题唯一可能的解决方案。遗憾的是，无论是第一南斯拉夫（1918—1941），还是第二南斯拉夫（1945—1991），都没有发现。

夜幕降临时，市政厅变得格外端庄。橙黄色砖块的建筑被炫目的夜灯烘托照耀，巨大的身形显得笔挺熨帖，周身散发静谧的光华。它伫立在萨拉热窝城市的最东端，这个狭长谷地的起始处，一副凛然不可侵犯的样子。

---

[1] [美]约翰·R. 兰普著、刘大平译：《南斯拉夫史》（*Yugoslavia as History*），东方出版中心，2016年3月，第108页。
[2] 斯雷奇科·扎亚（Srecko Dzaja）的观点，引自[美]约翰·R. 兰普著、刘大平译：《南斯拉夫史》，第108页。

和死神来一场俄罗斯轮盘赌

战争的火光沉寂了二十多年,萨拉热窝并非悲情之地。如果它为你带去的是悲情印象,也是因为我的诉说过于局限。我急切地带着丽贝卡·韦斯特(Rebecca West)的《黑羊与灰鹰》[1],带着《南斯拉夫史》,带着南斯拉夫国宝作家伊沃·安德里奇(Ivo Andrić)的"波斯尼亚三部曲"[2]来到这块土地,急切地寻找想象中的"后南斯拉夫时代"集体意识分崩离析后的茫然,新民族主义战争硝烟散尽后的心有余悸……我总把目光对准那些历史问题和可能引发民族、宗教纷争的细节,事实上我碰了一鼻子灰。大部分人不愿意谈论过去的伤痛。

虽然伤痛会永远存在,结了疤也不能假装没受过伤,但是萨拉热窝人对当下的热爱超出了我的想象,以致面对他们的笑脸时,我一度陷入失语。

从来没有见过一个城市这么喜欢对人倾诉日常生活。大部分地方,人们忙着告诉你,他们住在一个历史悠久之地,多少名人和伟人出生在他们美丽古老的城市,可是萨拉热

---

[1] [英]丽贝卡·韦斯特:《黑羊与灰鹰:巴尔干六百年,一次苦难与希望的探索之旅》,三辉图书·中信出版集团,2019年4月。
[2] [塞尔维亚]伊沃·安德里奇所著"波斯尼亚三部曲"由《德里纳河上的桥》《特拉夫尼克纪事》和《萨拉热窝女人》三部长篇小说组成。

窝有点不一样，它很少提自己的历史，它更在乎如何过好现在的每一天。

在一个阴天的上午，我徒步穿过内战时著名的"狙击手大街"（Zmaja od Bosne），来到波黑历史博物馆门口。过马路时，我居然脚下发软。在这条从老城通往新城的主干道上，六条有轨电车车道和中间分隔岛街车轨道的马路像一张大饼，疏落摊开，一览无余，任何走在大街上的行人，都曾是山上狙击手的活靶子。目标是这样醒目，易于攻克。可它是市民无法避开的主路，于是，过马路变得像玩一盘俄罗斯轮盘赌。人们出门前亲吻家人，心里默念内容相同的祷告词，无论你的神是真主、耶稣还是耶和华，你只能祈祷，明天还能继续亲吻家人。

和死神来一场俄罗斯轮盘赌，再也没有比这更残忍的偶然性，萨拉热窝市民在四年的围困里，必须习惯这种命运。当我在历史博物馆二楼徘徊于那些记录"在狙击手大街过马路"的影像展时，从照片上孤注一掷的行人表情里，看到一种瘆人的绝望复活了——死神就站在马路对面，笑着往左轮手枪里填子弹，你要是能穿过马路，"砰"的一声，空枪，他接着跑去下一个路口等你。

抱紧孩子过马路的母亲，手牵手低头狂奔的情侣，刚领完救济面粉的拄拐杖的老头……我无法想象这些人中的任何一个在马路中间倒下，但其实那四年里人们已经习惯看着街头有人被枪杀，来不及救助和痛哭……他们要更拼命地跑完自己剩下的路程。

今天当然没有人再会用狂奔的方式过马路，惨白的水泥地上，弹坑随意地掩在丛生的杂草堆里。历史博物馆（History Museum of Bosnia and Herzegovina）也是一座惨白的四方形建筑，外形像老旧科幻电影里的巨型宇宙飞船。真是破旧的博物馆，就这样惨淡地矗立在历史的死亡路口。它的地下一层是关于铁托元帅的收藏品馆，灰尘遍布，无人照管，甚至连门都不锁，它就这样被抛弃了。馆里的工作人员说，没钱翻新，不过他们也无所谓。

博物馆的精华在二楼，有限的空间里展示了内战时凌乱的生活器具。围城期日常生活照片贴满四面墙壁，此外，还有一间居民建筑内部仿真屋，展厅中间摆放的是战争时市民生火做饭的炉子、香烟盒、玻璃酒瓶。远看过去，还以为是生活器物用品展。展厅显眼位置陈列的那座面积不过10平方米的仿真屋，原来是萨拉热窝市民在围困期间的生活写照。

这样的屋子经常出现在公寓的地下室，它必须是多功能的，必须同时是起居室、卫生间、厨房、卧室和仓库。人们很可能一个月都走不出来。眼前这个屋子里没有床的位置，打的是地铺，鲜艳的积木玩具堆在被子上，屋子中央的小木桌摆着面包、波斯尼亚咖啡研磨器，墙角局促排列着炉子、冰箱和黑白电视机。冰箱上放着美国援助的物资奶粉。头顶一根晾衣绳,大人小孩的睡衣背心挂成一排。脚下一块长方形的黑白条状地毯,虽然寒酸却很周全。这是一个五脏俱全的避难所,一家几口蜗居于此,对于谁来拯救他们基本不抱希望,但也要有尊严地过好每一天。孩子要有玩具,妻子要有镜子,丈夫要有烟盒,老人要有拐杖,全家要有电视机。

"每逢有人来这里参观,这个仿真屋是大家停留时间最长的地方。"解说员的声音从我背后传来。

"为什么要选取一个市民的房间作为萨拉热窝围城战的展览物代表?"我问。

"每一个萨拉热窝人都要努力地活过昨天。如何表现得像个正常人,这就是萨拉热窝人要打的仗。"解说员的语气听上去颇为自豪。

想象这样一个场景:"趁着还有电,他的妻子会唤醒孩子好好利用这段时间。他想象着炉子上烹煮着早餐,窝在电暖气旁看着电视的光景。孩子们笑着看卡通的样子一定很迷人。屋子里会充满光线,把盘踞角落的阴暗驱散一空。即使这一切不会持续太久,他们也一样会感到快乐。"[1]

---

[1] [加拿大]斯蒂文·高勒威著、林昱辰译:《萨拉热窝的大提琴手》,云南人民出版社,2009年11月,第15页。

这是小说《萨拉热窝的大提琴手》里描写的一段家庭日常场景，情节是虚构的，但你和我都知道，这样的场景曾经一定发生过。

一束阳光透过展览室天窗疏疏落落地打进来，正照着仿真屋桌上的玻璃酒瓶，又反射到照片墙，光点最后汇聚在一个等待派发面包的男人脸上，排了那么久的队，现在轮到他了。

"东西文化交界线"的两端

我是一个来自东方的旅人，每天在萨拉热窝的城市街道穿行，我相信，如果一个来自西方的游客与我共享一种类似的行走路线，那么他也将和我分享一种类似的恍惚。这种恍惚感是空间层面的，它看上去是如此漫不经心和理所当然——城市如同一个狭长的梭子，安插在群山环抱的带状平原上。从东端延伸到西端，从奥斯曼帝国时代的土耳其街区巴什察尔希亚（Bascarsija），可以轻松自如地散步到奥匈帝国时代的费尔哈蒂亚（Ferhadija）大街。没有任何障碍，只在两条街道交接处的地面，用白漆鲜明地画有一条"东西文化交界线"（Sarajevo Meeting of Cultures）。交界线中心有两个箭头，一端指着东方，一端朝向西方。不远处墙上挂着一面用玻璃框裱起来的说明图，八种语言表达相同的寓意：这个标记象征着萨拉热窝的和平、共存、包容。

从东方跨到西方，从西方回到东方，在萨拉热窝，只需要穿过这条宽度不过50厘米的交界线。从前，我们想象了无数种方式去打破东西方的壁垒，便捷的交通工具，畅通的互联网，资本主义的全球市场，意识形态的理念渗透，文化风俗的交流传播，每一种尝试无不需要察言观色、讨价还价、你退我进，无不需要付出人力与物力的心血，乃至眼泪与生命的代价，无不需要漫长的磨合与妥协。而萨拉热窝，只用一道白漆画的线就完成了。每天，人们在这条线两边来来往往，稀松平常地完成从东方到西方的穿梭。

交界线的东边望向伊斯坦布尔，奥斯曼帝国风韵犹存，巴什察尔希亚街区人声鼎沸。在萨拉热窝的黄金时代，巴什察尔希亚曾经是整个巴尔干地区最大的贸易中心，密布上万店铺，人们从威尼斯、杜布罗夫尼克（Dubrovnik）[1]慕名来到此地做生意。从奥匈帝国强占萨拉热窝的那一刻开始，这里走向衰败，地震和火灾轮番销蚀它的容颜，从外部进入的全球资本市场体系带来大量的舶来品，老城老街

---

[1] 古称拉古萨（Ragusa），克罗地亚南部港口城市，面临着意大利半岛的东岸，位于杜伯尼克地峡之末端，以风景优美闻名，是热门的度假胜地，有"亚得里亚海之珠"的美称。

的手工艺受到巨大打击。二战后它差一点被政府夷为平地。虽然这片街区是土耳其人留下的印迹,这印迹不可避免地带上压迫和占领的象征,但是萨拉热窝市民舍不得这块土地,他们选择了重建。

过去400多年里,人们在这里以物易物,赶集,买卖自家碾磨的咖啡粉,挑选伊斯兰风格的刺绣挂毯和洁白的几何钩花窗帘,去那条叮叮当当的铜匠街(Kazandziliuk),买下老手艺人打造的铜质咖啡壶、烛台、餐具和首饰盒。此外,波黑女人一直喜欢佩戴铜质饰品,沉重发亮的铜首饰,在耳垂、在手腕、在修长光滑的脖颈间,会发出清脆的碰撞声。波斯尼亚穆斯林女人的头巾色泽鲜艳,佩戴时并不会带来压抑的感觉。这些穆斯林女性,她们和时髦的金发女郎或棕发女郎一起在街上漫步,她们和她们是朋友,是邻居。

巴什察尔希亚街区代表奥斯曼帝国统治时代一种独特的宽容气氛。在萨拉热窝这个"欧洲的耶路撒冷",当时的奥斯曼帝国统治者显示出一种超乎寻常的治理智慧。只要保证穆斯林享有尊贵地位这个前提,基督徒和犹太教徒依然拥有自己的教区,虽然不允许建新的教堂,翻新和修葺旧教堂却可以进行,天主教、东正教、犹太教都拥有自己的律法,可以按照自己的方式来处理教区内的争端。波黑虽然被来自东方的穆斯林统治了400多年,却依然不能被称作一个伊斯兰国家。

此刻，我坐在巴什察尔希亚广场上的一家小甜品店，一边吃着一种波黑甜点——覆盖了厚厚一层核桃仁和蜂蜜的奶油蛋糕，一边和店长轻松地聊天，"宗教不是一个问题。我不讨厌塞族人，但他们指责我们是土耳其人，不，我们不是。我们是波斯尼亚人，和塞族、克族是巴尔干的兄弟"。店长严肃地说英语，同时给我递来两块甜得牙齿根发酸的土耳其软糖。

现在是下午 3 点半，冬令时的巴尔干半岛，太阳走到西边。我正坐在旧土耳其街区的甜品店里，吃土耳其式的波斯尼亚点心。就在几个小时前，我还在西边的费尔哈蒂亚大街上吃披萨，喝可口可乐。费尔哈蒂亚大街一路向西，马路变得开阔笔直，土耳其式的低矮暗红木板房屋不见踪迹，取而代之的是厚重高大的西式建筑，它们是教堂、商店、银行、购物中心、航空公司和政府大楼，浓郁的西欧巴洛克风格的雕花刻满大楼的每一处棱角，天际线越来越高，费尔哈蒂亚大街的心里徘徊着维也纳的影子，是奥匈帝国统治时代留下的欧洲。

吃披萨的餐馆在天主教的圣心大教堂（正式名称是"耶稣圣心座堂"，Sacred Heart Cathedral, Sarajevo）右侧，教堂前的空地摆满欧式咖啡馆小巧的露天座位。那时我喝着冰镇的玻璃瓶装可乐，眼睛盯着教堂门口那座白铜铸就的教皇若望·保禄二世（Pope John Paul II the Great）的雕像，几个穿着牛仔裤和连帽衫的小伙子坐在雕像底座下抽烟。后来我记得，教堂顶端报时的钟声响了，戴头巾的女孩和披散金色波浪长发的女孩，同时仰起了头，望着一群白鸽扑棱棱滑过教堂顶端对称的古铜色十字架。

"波斯尼亚炖锅，你要记住它的名字"

类似的画面会多次出现在萨拉热窝的街道，它们不是这座城市需要"解决"的"问题"。站在黄堡上俯瞰这个盆地城市，它多样的风情裹挟着你的感官，如同置身香风阵阵的祥和大殿。身体软绵绵的，你变成了阿拉丁神灯里钻出来的一股风，穿过贝格清真寺尖尖的宣礼塔，在天主教圣心大教堂的双塔上停留，接着飘到东正教圣母诞生大教堂高大的穹顶上方。如果累了，你可以在老犹太教堂门口歇息，在那里，讲中世纪西班牙语的波斯尼亚犹太人正在窃窃私语。

诚然，如今萨拉热窝超过一半人口都是穆斯林——他们原本是信奉东正教的斯拉夫人，奥斯曼统治时期，当局用税收、征兵、农耕等方面的利益半哄骗半逼迫地让这些人改宗伊斯兰教，并给予改宗的人以很高的社会地位，这才直接诞生了一个叫"波斯尼亚穆斯林"的崭新族群。但我绝不会称萨拉热窝是一座穆斯林的城市,它不是"伊斯兰式"的,它就是"萨拉热窝式"的。

没错,"萨拉热窝式"本身,就可以成为一个调和多元信仰和种族血缘的独立词条。这个词条可以完美地物化为一道当地的特色菜——波斯尼亚炖锅(Bosanski lonac),一道我颇为钟爱的杂烩美食。在萨拉热窝下雨的夜晚,群山深处飘来寒气逼人的大团水雾,萦绕在米丽亚茨河边,这种时刻尤其需要暖胃的食物。我走进市政厅对面的波斯尼亚餐馆"怨恨之家",迫切地想喝一口从波斯尼亚炖锅里舀上来的浓郁肉汤。

"波斯尼亚炖锅,你要记住它的名字。它不能叫塞尔维亚炖锅,也不能叫克罗地亚炖锅,因为那两个民族都是单一民族,而这个炖锅是各种食材的混合,只有混合的波斯尼亚才能代表它的意义。"服务生很周到地为我盛出一碗汤,并且解释它的含义。

其实就是一道普通的肉炖蔬菜,而且用的还是冷冻蔬菜。把切好的牛羊肉和胡萝卜、土豆、青椒等整齐地码放在陶罐里,用文火炖上三至五个小时,直到肉完全酥烂,入口即化。我更爱喝肉汤,汤里萃取了肉和蔬菜的精华,香气绵长。

后来我了解到,波斯尼亚炖锅的食材并不固定,无论是家庭自制还是饭馆烹饪,总是有些差异,比如把来自克罗地亚的胡萝卜换成塞尔维亚的豌豆，或者加上波斯尼亚的卷心菜和马其顿的黑胡椒。从烹饪上说，巴尔干多个民族都为这道菜提供了灵感。不过，只有波斯尼亚炖锅这个名字，才能包容所有的食材。打开锅盖的那一刻，当你看见所有的食料都模糊了本来面目，当你喝上那一口滚烫的大杂烩汤，萨拉热窝的世界主义会在你的味蕾中释放灵魂。

只是这种"萨拉热窝式"的世界主义正在发生微妙的变味。如果还存在一种"普遍"的世界主义的话，对多元性的包容，也许就是它最本质的要义，这种包容还可以进而衍生出一种全新的生命状态，就如研究民族主义问题的学者叶礼庭（Michael Ignatieff）所说，"（至少有十几个世界性城市）这些地方的人们不会困扰于一起工作或居住的人的护照问题，不关心所购买商品上的原产地标签是哪里。他们只是认为，可以借用偶然遇到的任何一个民族的风俗，来打造自己的生活方式"[1]。

和纽约、伦敦等其他至少十几个世界性城市相比，曾具有普遍性的萨拉热窝世界主义，被进口的日耳曼民族主义意识形态中断，残忍而时髦的西欧思想蛊惑着这里的人：

---

[1] 引自[加]叶礼庭著、成起宏译：《血缘与归属》的导论《最后的避难所》，三辉图书·中央编译出版社，2017年8月。

你的邻居和你不一样，他们会背叛你，你要把邻居赶走，你要建立只有自己人的家园。

就这样，以种族纯洁的危险幻想为根基而苏醒的民族主义，从内部自我撕裂了巴尔干生活的多元因子，历经百年的血腥竞争和"清洗"后，萨拉热窝的世界主义留下了一个空心的躯壳。

"种族和宗教不应该继续成为萨拉热窝的标签"

我想起了和萨拉热窝南辕北辙的贝尔格莱德，那个似乎永远沉浸在自我悲壮情绪的前南斯拉夫首都，那个不要世界主义、只想从悲情历史里找到自我独一性的城市。如果我现在还待在贝尔格莱德，那么只要我想谈话，想谈论任何与塞尔维亚有关的神话故事，我总是能找到许多这样的倾诉者。我将从不同年龄、不同阶层的人口中，数以百次地聆听那个著名的故事——拉扎尔大公带领英勇的塞族男子大战土耳其人的科索沃圣战。

无论男女老少，塞族人给我留下的印象，是他们那灼热的、无法遏制地为自己辩护的激情，以及一种确信自己不可能获得理解的绝望感，即便如此，他们还是不能停止倾诉。从街边咖啡馆的络腮胡酒保，到出版社的老编辑，从排队买面包的老太太，到书店里脸上长满雀斑的年轻女店员，每个人都为自己国家的历史而骄傲，为一种被西方想象所妖魔化的现实窘境而愤怒。他们从塞尔维亚中世纪修道院瑰丽的历史开始讲起，接着会说如何反抗土耳其人的顽固，也会对奥匈帝国冷冰冰的理性嗤之以鼻，最后是波黑塞族和波斯尼亚穆斯林极端分子斗智斗勇，偶尔也会带上一点和克族兄弟阋墙的无可奈何的叹息。

尽管充满血泪和纷争，塞族人喜爱讲述他们的过去。可是波黑人不是这样，至少在萨拉热窝，我遭遇到的是回避的眼神。如果我拽住一个人想聊一聊波黑的历史，大部分情况下，话题会被不着痕迹地带回到当下的生活：新城区新开了哪家咖啡馆，北欧哪个乐队就要来开演唱会，威尼斯现在的度假旅馆行情，维也纳姑娘正在流行什么颜色的眼影，英超比赛你到底支持曼联还是切尔西，还有，什么时候再去西欧旅行。

极尽可能地略过历史，假装轻松地活在当下，一种新型的世界主义正在萨拉热窝流行。当老大哥贝尔格莱德还在思考正义和牺牲的沉重问题，南斯拉夫大家庭里的小弟萨拉热窝只想变成欧洲。曾经这里是一个践行多元理念的乌托邦，学者叶礼庭说，"萨拉热窝的人民是真正的世界主义者、种族多样性的虔诚信徒"。关于萨拉热窝的过去，多元究竟是什么图景，再也没有人比伊沃·安德里奇形容得更好,"假如你有一天晚上在萨拉热窝彻夜失眠,你就能学会分辨萨拉热窝夜晚的各种声音。天主教大教堂的钟声坚定而洪亮地敲响了两点。漫长的一分钟过去了;然后你听见了东正教教堂的钟,稍稍低弱,但却尖声尖气地,也敲响了两点。然后是贝格清真寺的钟,略为刺耳一点,远远地敲响了,它敲响了十一下,是让人毛骨悚然的土耳其时间的十一点钟,那是在那些遥远地区按他们奇特的时间计算法算出来的。犹太人没有报时的钟声,只有上帝才知道他们那里究竟是几点钟。只有上帝才知道西班牙塞法迪犹太人和北欧阿什肯纳兹犹太人日历上写的是什么数目。所以,哪怕是在深夜,当人们全都进入梦乡的时候,这个世界也是相互隔绝的。就在人们计算着即将终结的夜晚的时刻时,它就被隔绝开来了"。[1]

从一开始,安德里奇就觉察到萨拉热窝多元图景中暗含的不安定因子,一种潜意识里的分离。旅行作家简·莫里斯(Jan Morris)去过两次萨拉热窝——第一次在20世纪70年代,那时还有南斯拉夫;第二次在90年代,"南斯拉夫"已经成了一个变了样的国家。她做梦也没想到,

---

[1] 1961年,伊沃·安德里奇获得诺贝尔文学奖,该段文字出自授奖词中对安德里奇的一部中篇小说的引用。授奖词收于[南斯拉夫]伊沃·安德里奇著,郑泽生、吴克礼译:《特拉夫尼克纪事》,上海文艺出版社,2017年8月,第487—488页。

20年后这个国家会轰然倒塌,陷入一场可怕的战争——"不太像'二战',而像是中世纪那种无差别的、几乎难以定义的种族—宗教—世袭的战斗"。而萨拉热窝,则"代表了残酷的围困、狙击枪手、无用的协议、种族清洗、贫穷和公共的困境"[1]。安德里奇那份来自遥远文学世界的绝望感,最终抵达了萨拉热窝脆弱的内心世界。

我的房东埃米尔,可能就是一个充分享受"新世界主义"的萨拉热窝人。他38岁,从事金融行业,父亲是电力工程师,母亲是教授,他的家庭是萨拉热窝为数不多的标准中产阶级。埃米尔高高的个子,一张晒成古铜色的俊脸,爽朗的笑容,热情好客。每次见到我,都会忍不住聊他一个月前在伦敦旅行的愉快经历。他忘不了伦敦的现代性,迫切想再去一次。

他的房间墙上挂着英格兰足球超级联赛"红魔"曼联的队旗和俱乐部球迷围巾,电视机里放的是摇滚乐队的演唱会录播,桌子上摆的是产地德国的男士香水以及出自美国的万宝路香烟。整个房间如果说还有巴尔干的痕迹,就是脚底下光滑的橡木地板——那是他委托朋友从萨拉热窝郊区森林拉来木材,直接请木工打造的。

---

[1] [英] 出自简·莫里斯著,方军、吕静莲译:《欧洲五十年:一卷印象集》,东方出版中心,2018年3月,第153、155页。

看着这个富足的现代中产阶级装饰风格的房间，我很难想象，萨拉热窝围城战期间，12岁的埃米尔和全家人躲在地下室里，整日吃土豆和援助大米，玩扑克牌来打发时间，不知道什么时候可以回到地面上生活。我受邀去他的阳台上喝咖啡，小心翼翼地问他，是否因为那段记忆而怀有恐惧或仇恨。

他完全否认，头摇得像拨浪鼓，"恐惧和仇恨都没有意义，我只想生活得更好一些，而这两种感情对正常人都是有害的"。

他对目前的生活状态还算满意，有一份高收入的工作，晚上和朋友喝酒泡吧，能够经常去外国旅行，憧憬并享受着伦敦、柏林、巴黎以及维也纳的文明景观。当他对西欧国家大发溢美之词时，我觉得兴味寡然，于是插嘴："那么你觉得萨拉热窝不属于欧洲吗？"

他噎了一下，一时竟然不知道怎么回答。低头点了一根烟，缓缓吐出烟圈，见我一副听不到回应誓不罢休的模样，挠挠头皮，还是回答了我，"从地理角度看，萨拉热窝当然是欧洲的，可是情况有点复杂，我们是欧洲人吗？我也不知道。我总觉得西欧那些城市才更像欧洲"。

"所以，这是一种喜欢别人家东西的滋味，"我开玩笑说，"你看，今天的旅游手册上依然写着：萨拉热窝是欧洲的耶路撒冷，一个世界主义的城市。难道说现在的世界主义意味着没有归属吗？或者你觉得，萨拉热窝的归属是欧洲吗？"

埃米尔露出很为难的表情，显然他觉得我想得太复杂，超出了他的范围，但他还是想为自己辩护，"萨拉热窝，包括波黑，社会状况会因为生活在城市还是郊区而有天壤之别。巴尔干的政治状态从来就是一团烂泥，政客一无所长，尤其是民族主义政客，他们只会煽动落后地区的农民给他们投票。这些人没有受过良好教育，脑子里除了'种族清洗'或者极端的宗教仪式，没有别的。如果他们有好学校、大商场、大机场，能旅行，如果他们去了欧洲，去了别的大陆，看到了世界的模样，他们也许就不会局限在'波斯尼亚人的波斯尼亚'那套无聊的民族主义幻觉中了。那么也许萨拉热窝就会变得'更欧洲'，也'更世界主义'了"。

"对于萨拉热窝，'更欧洲'约等于'更世界主义'吗？"我又插嘴。

埃米尔急了，语速开始变快，"那么让我告诉你什么叫'不世界主义'吧。你知道萨拉热窝塞族区的人怎么生活吗？你知道莫斯塔尔（Mostar）、图兹拉那些落后城镇的人怎么生活吗？政客通过电视洗脑，这些人没钱旅行，成天待在家，喝着廉价的啤酒，看着电视新闻，还真幻想民族主义的政客会保护他们，幻想不同民族的村庄可以井水不犯河水。你看见莫斯塔尔满大街的赌球博彩店了吗？这些人找不到工作，每日聚在乌烟瘴气的博彩店，扔上几个波黑马克，耗上一天，过一种毫无意义的生活。这都是因为，他们没见过欧洲人现在是怎样生活的"。

看来，埃米尔有一种认知——只有落后地区的落后的人，才会被民族主义的陷阱吸引，而萨拉热窝如果想变得"更欧洲"和"更世界"，需要的是教育、购物、工作、旅行。欧洲人的生活轨道和世界发展的轨道是同一条，萨拉热窝需要走上这条轨道。至于原来的轨道——那条不同种族和宗教信仰和平共处的轨道，他认为已经不是萨拉热窝要考虑的问题了。"种族和宗教不应该继续成为萨拉热窝的标签"，他总结说。

但问题就在那里，逃向一个现代性的欧洲，很难判断是不是一条萨拉热窝重回世界主义的正确轨道。1995 年后的波黑，正从"波斯尼亚炖锅"里捞出不同食材，变成一道泾渭分明的电视餐——并不奇怪，在经历了痛彻心扉的内战后，融合变成了大难题：你如何再与曾经兵刃相向的邻居一起生活？

"这是一种虚假的世界主义，我们只是厌倦了战争"

时至今日，斯雷布雷尼察大屠杀受害者的遗体清理和辨认工作还在继续，依然有数不清的家庭没有找到失踪的父亲、丈夫、兄弟和儿子。独立后的波黑开始四分五裂，从政治上说，51%的领土归穆斯林和克罗地亚联邦，49%的领土归塞族共和国。然而，现实生活中产生的界限感，远远超出了和平协议上那几道轻浅的分界线。克族人躲到黑塞哥维那，塞族人逃到塞族共和国。在波黑另一重要城市莫斯塔尔，城市直接一分为二，一半归穆斯林，一半归克族；在萨拉热窝，一半归穆斯林，一半归塞族。

我不安地感到，这种泾渭分明里，潜伏着一种危险的未来。在萨拉热窝坐大巴去波黑其他城市，作为外来者，我首先需要关心的不是有无车次、发车频率、行车时间，我首先必须清楚，目的地是谁的地盘——穆斯林的还是塞族人的？萨拉热窝有两个汽车站，中心汽车站在穆斯林区，只去穆克联邦所在的城镇，比如莫斯塔尔和特拉夫尼克（Travnik）；东汽车站在塞族区，只去塞族共和国所在的城镇，比如维舍格勒（Višegrad）。二者互无交集。

穆克联邦地区和塞族共和国的居民很少去对方的地盘。我在特拉夫尼克游玩时，偶然认识了导游米洛什，塞尔维亚人，每月固定带旅行团来萨拉热窝。完成一天导览工作后，他要么回酒店睡觉，要么去塞族区喝啤酒，从不去穆斯林老城区闲逛。简单交谈之后，我惊异地发现，作为一个常年来萨拉热窝的导游，作为一个巴尔干人，他对萨拉热窝老城区街道布局、电车路线、酒吧餐馆的了解，居然比我更少。

那是个夜凉如水的晚上，米洛什和我在米丽亚茨河边暴走，他在焦躁地寻找一个能喝啤酒的地方——很不巧，在穆斯林居多的老城区，陆续找到的几个小馆都不供应酒精。兜转了30分钟后，我们终于在中央邮局旁边找到一个可以喝凉啤酒的小酒吧。

一口气喝完一瓶330ml的冰啤酒后，米洛什抱怨："今天中午在特拉夫尼克，我真是倒霉。巴士爆胎了，只能暂时停在马路边。有两个当地男人跑过来，朝我和司机扔石块，还骂脏话，说不欢迎BG牌照的车停在波黑，吼着让塞族人滚蛋。我们差点打起来，我差点被客人投诉。"

"看来你过了辛苦的一天。"我安慰他。

"霉运还不止这些。我来见你的路上，过马路时被一个戴头巾的穆斯林女人骂'切特尼克'，她还带着一个孩子。我只是看了她们一眼，那个女人就带着惊惶的表情离得我八丈远，好像我有毒似的。"

米洛什觉得很受伤，接着灌第二瓶啤酒，"我不喜欢萨拉热窝。我知道从前塞族法西斯对他们犯下了重罪，可我不是法西斯，不是切特尼克，我就是个塞尔维亚人。我不知道在萨拉热窝，做一个塞族人会那么痛苦。我也不知道，现在萨拉热窝的街上，突然多了那么多戴头巾的穆斯林女人。听说土耳其和阿拉伯在背后支持这座城市朝某种趋势发展,他们兴建给穆斯林读书的学校,创办给穆斯林工作的企业,萨拉热窝一点也不世界主义了。或者说,现在是一种虚假的世界主义,我们只是厌倦了战争"。

"那么你认为是什么原因导致了萨拉热窝变味呢?"我问。

"问题归结于1929年第一南斯拉夫王国[1]的建立。当时克罗地亚想独立,就让它独立好了。让一切有塞尔维亚人的地方成立一个塞尔维亚王国,问题就没了。所谓的大塞尔维亚主义,不是别人诬蔑我们的'侵吞其他民族',我们只希望单一民族单一国家。当年决策的悲剧,才有了萨拉热窝的悲剧。为什么要混居?"

这个倒霉的米洛什,忧伤的大胡子塞族人,丝毫没有侵犯他族的想法,却还是天真地觉得"单一民族单一国家"是解决之道。前一句话还在为萨拉热窝的融合力消失而愤慨,后一句话就否定了融合力存在的合理性。不知道他是否意识到自己身上的这种矛盾。在现代国家,民族主义者认为理所当然的"纯粹"种族身份,遇到的是普通人跨种

---

[1] 南斯拉夫作为国名,是第一南斯拉夫或南斯拉夫王国、第二南斯拉夫或南联邦,以及第三南斯拉夫或者南联盟的总称。第一南斯拉夫,即存在于1918年至1941年期间的南斯拉夫王国,1918年12月成立时称为塞尔维亚—克罗地亚—斯洛文尼亚王国,1929年改称南斯拉夫王国。

族繁衍欲望的抵抗。在一个超过 60% 的家庭都是种族通婚的地方，在一个穆斯林和天主教徒，天主教徒和东正教徒，克族和塞族，黑山人和马其顿人，穆族和塞族互相通婚、诞下后代的地方，如何过滤"单一民族"？

米洛什有一个混乱的自我，埃米尔也是如此，他们都善良而热情，分享一种作为斯拉夫人的共性——突然而且持久的激情，以及激情背后潜伏的忧郁。所不同的是，米洛什的忧郁，源于身份独特性的失落，埃米尔的忧郁，则是努力想成为一个好欧洲人的渴望，他想改变自己的身份属性。

这两种忧郁的情绪，冲击和腐蚀着萨拉热窝的世界主义味道。也许这座城市的命运，或者变成界限之城，或者变为"全球化"式的"世界城市"。全球化和世界主义，这二者能够无缝对接吗？我知道自己只想要一个独一无二的萨拉热窝。

"它只是在世界上迷路了，毕竟我们经历了太多糟心事"

至少有一点可以确定，萨拉热窝和西欧共享一种城市咖啡文化——无论走在哪条街道，老城或者新城，白天还是夜晚，你总能看见成排的咖啡馆，露天桌椅码放在街边，从 18 岁到 80 岁的波黑人都坐在那儿啜饮咖啡。他们喝的咖啡主要有两种，意式浓缩咖啡，或者传统波斯尼亚咖啡——一种和土耳其咖啡高度相似、只在烹煮方式上有细微差异的咖啡。

一杯不到100ml的饮料，人们从容不迫地把啜饮的时间均匀分配好，一杯浓缩咖啡往往代表半个白天或者整个夜晚的时间。当世界其他地区的人都在忙着奔向某个看上去更美好的目的地时，萨拉热窝人只是坐在那里喝咖啡，老头子骂政府，中年人凶狠地一根接一根抽烟，年轻人充满荷尔蒙气息的眼波流转，他们讨论萨拉热窝电影节、爵士音乐节，想象或者复述脑海中的威尼斯和维也纳的美景。最终，三代人会以一声叹息作为结尾，他们享受并强烈需要着彼此的陪伴，却也感到强烈的空虚。和邻居塞尔维亚一样，波黑的失业率也超过了40%，全职工作是一种奢望，大部分人同时做几份兼职，今朝有酒今朝醉。

情况略有不同，塞族朋友曾告诉我，在贝尔格莱德，很多找不到工作的年轻人，都在国内靠父母的养老金生活，这些父母是铁托时代的工人、教师或者退伍老兵。在萨拉热窝，没有工作的年轻人会选择"逃"往西欧城市，维也纳最优，其次是柏林和巴黎，他们不会在萨拉热窝坐以待毙，这个城市已经被戏谑为"年轻人出口港"（Young Export）。

"我们必须自救，萨拉热窝不会救我们。在这里，你必须和当权者有裙带关系,或者和政客关心的宗教民族事务沾边,你才能找到稳定的工作。我不能就这样毁掉自己。"市政厅博物馆的义务讲解员奥利弗,在位于市政厅旁侧的巴什察尔希亚街的咖啡馆里,和我讲述了他的拒绝和自救。

我点了波斯尼亚咖啡,奥利弗点了意式浓缩,但我注意到,他的喝法依然是波斯尼亚式的——先喝一小口冰水,清除嘴里的味道,让味觉变得灵敏,咬一口糖,含在嘴里,微微啜一口咖啡,让咖啡的苦味流过甜甜的糖果,一起融化咽下。当然,欧式咖啡里没有土耳其软糖,用巧克力代替。奥利弗更喜欢欧式咖啡。

奥利弗21岁,萨拉热窝大学毕业生,想做一个中学英语老师,因为拒绝任何贿赂行为,这个职业理想注定夭折。"在萨拉热窝,我必须贿赂好几个官员才能当上一个英语老师。我宁愿去维也纳端盘子。"奥利弗就是这么打算的,他正在申请维也纳大学的硕士学位,想在那里一边打工一边深造。萨拉热窝的平均月收入是350欧元(约人民币2800元),而在维也纳这样的地方,一个兼职的服务生每月就可以轻松赚到500欧元。

我问他打算深造的专业,"国际关系",他羞涩地笑了,湛蓝的眼睛里闪过一丝亮晶晶的东西,"我想了解世界,这样才能更深刻地理解萨拉热窝,我想最终我还是会回到萨拉热窝工作,毕竟这里是我的家,它只是在世界上迷路了,我们经历了太多糟心事"。奥利弗是天主教徒和穆斯林结合的后代,在他的生活中,宗教问题永远不会成为家庭饭桌上讨论的话题。

我隐约从这个年轻人身上感觉到一种全新的萨拉热窝世界主义,一种和米洛什从前的经历不同、和埃米尔当下的体验也不同的世界主义。它既不彼此分治,也不自我泯灭,它自发生长,好像有了新的天地。

"我希望,我们的孩子都会得到良好的生活"

和我分享同一盒美国香烟的卢卡,20岁,是萨拉热窝大学的"社交红人",黑山东正教徒和克罗地亚天主教徒结合的后代,他的专业是考古学和历史学,会说包括汉语在内的五国语言。瘦高个,一头金色小卷毛,眼睛黑亮亮的,搭配常常紧锁深思的眉头,笑起来忧郁又纯真,酷似智利小说家波拉尼奥。

比奥利弗更进一步,卢卡的视野和抱负让我惊奇。我们相约在波黑历史博物馆后面的铁托酒吧。地点是他选的——他觉得,我从中国来,可能对铁托存在某种亲近感。

铁托酒吧,位于历史博物馆四方形钢筋水泥建筑的延伸部分,从废弃的地下室铁托展品馆可以直接通往这里。门口停着两架迷彩绿的废弃坦克,孩子们爬上爬下,嬉戏玩耍。酒吧主体部分，有一股浓郁的南斯拉夫时代的开放自由气息，墙体被粉刷成大红色，贴满元帅的照片和剪报，《时代》周刊封面，"南斯拉夫黑色浪潮"（Yugoslav Black Wave）时期的电影海报，铁托本人一直是个铁杆影迷。酒吧供应咖啡和烈酒，每一包砂糖上都印着铁托的名字，肌肉紧绷绷的服务生吹着口哨，轻快地来回穿梭，摇滚乐放得震天响，人们在热烈地交谈。这里有一种自由的幻象。

"我非常敬仰铁托，只有他可以把巴尔干半岛变成一个整体，人们不问出身，不问来历，就可以生活在一起，那是一种世界主义的生活。铁托死了，南斯拉夫也死了。"卢卡出生时，铁托已经去世十几年，但这个年轻人所表现出的对这位领袖的怀念和评价，和他的父辈几乎没有差异。

卢卡（Luka），是属于基督教的名字，在今日穆斯林占多数的萨拉热窝，因为这个名字，他感到一种压力，"觉得自己像是加缪笔下的'局外人'，被排挤在某种文化社群之外"。和周围大部分喜欢聊欧洲流行文化八卦的同龄人不同，卢卡总是在关注抽象而难解的问题，并时常觉得寂寞。

他是大学许多文化社团的组织者，也成为许多人倾诉的对象，"有时候，当波斯尼亚人喝醉了，他们总是感到有一种迫切的倾诉渴望，他们拼命对我解释自己，希望我能写点文章、组织一些活动，来为他们申辩。萨拉热窝的媒体和政客在蚕食着社群内部彼此的信任，用种族和宗教信仰的仇恨来离间他们和他们的邻居，这些人眼见着自己在电视和网络上被妖魔化和无知化，他们感到愤怒，必须寻找合适的通道为自己申辩，远离被政治歪曲的刻板形象，他们宁可变得自我隔绝，也不愿意做任人宰割的鱼肉"。卢卡和我谈起萨拉热窝的政治现状，也有一种难以抑制的激情。

下周四他将去威尼斯旅行，这对萨拉热窝的年轻人来说，已经是司空见惯的事。我和卢卡谈起前几天结识的另一个大学生奥利弗，卢卡轻轻地笑了，他赞同奥利弗的规划，我问他自己的规划是什么，卢卡显得意气风发，"我永远不会放弃萨拉热窝，我会学更多，去更多地方旅行，获得一种国际视野，然后回来，在历史和艺术领域对萨拉热窝进行重建。对于物质生活，我当然也有向往，但我的态度是，口袋里要有钱，但是不能追逐它"。

我觉得卢卡的抱负可能有点自大，"那么你能否告诉我，你最关心的是什么？"

"抽象地说，我关心历史的真相，如何揭开谎言的面纱。具体地说，我关心如何消除无处不在的偏见和特权，'巴尔干'这个名词如何一步步沦为世人眼中'野蛮'的代名词，巴尔干如何被污名化。"

"那么你的理想愿景是怎样的呢？"我觉得他一股脑儿的理想真可爱。

卢卡双手在脑后交叉,仰起头来,对着天空初升的新月,笑得像一头小兽,"我希望,有一天在萨拉热窝,如果一个年轻人想学习哲学,不会有人对他说,'这样你就找不到工作了'。我希望,我们的孩子都会得到良好的生活,无论他是塞族人、克族人还是穆族人"。

我心想,这哪里是萨拉热窝憧憬的未来,这分明就是世界憧憬的未来。

分裂发生的时候,一种反分裂的力量也在滋长

变味的萨拉热窝世界主义也许并不是坏事,和卢卡的交谈让我意识到,在内战后满目疮痍的波黑,一股"重建"的热望正在新一代中孵化全新的可能,我稍微乐观了一些。

整个波黑之旅,我被"重建"概念触动的时刻是在莫斯塔尔,波黑的第四大城市,黑塞哥维那的地理中心,穆克联邦的情感心脏。对着那座建造原理成谜的古桥,注视着它光滑而对称的结构,我陷于久久的惊叹之中。

"莫斯塔尔"在当地语中即为"桥的城市",这是奥斯曼帝国时代作为土耳其边境小镇而建立起来的城市,因其古老的土耳其房屋和古桥而闻名,特别是那座城市因之得名的莫斯塔尔古桥。1557年苏莱曼大帝一世下令,建造一座石桥来代替木质吊桥,耗时九年竣工,在当时成为世界

上最宽阔的人工拱桥。

关于桥的建筑工事,听起来像一个和命运赌博的传奇。残酷威严的苏莱曼大帝下令,桥如果没修成,设计师立即处死。落成那天,设计师带着一口为自己准备的棺木来了,准备在脚手架完全从桥梁移走的那一刻就举行葬礼。当然,葬礼没办成,典礼倒是盛大喜悦,他成功了。然而,关于这个古代工程奇迹般的技术秘密,比如怎样在九年漫长的建造周期内让脚手架屹立不倒,如何把巨石运到河对岸去,等等,没有任何史料记载。

谁也没想到这座桥会经历和奥斯曼帝国同样的消亡命运。波黑内战期间,穆克联盟刚打完塞族兄弟,自己又开始内讧——1993年11月9日,克族炸毁了这座穆斯林的古桥。水波碧绿的内雷特瓦河(Neretva River)再次成为一道不可逾越的鸿沟,深深的河谷再次阻绝了东头穆斯林和西头克族基督徒的交流。

但这座桥还是一个历史的幸运儿。1994年,莫斯塔尔在废墟中踉跄起身,1997年,政府和民众联合倡议重建古桥。在联合国教科文组织的倡导和世界多国的资金援助下,匈牙利军队的潜水员和当地精通水性的百姓一起,跃入内雷特瓦河那湍急的水流中,一块一块捞起当年炸毁坠落的石块原料,耐心地拼接,试图恢复原貌,再一次,他们成功了。

2004年的落成仪式是一场不夜的焰火晚会。莫斯塔尔当地有跳水的悠久传统，"起跳"地点一直是这座古桥。在黑塞哥维那博物馆的影像室里，我看了一段15分钟的纪录片。画面上是那个难忘的夜晚，夜如黑漆，星如碎钻，重建的莫斯塔尔古桥在等待落成揭幕的一刻。百姓蜂拥而至，东边的穆族和西边的克族混在同一人群中，他们站在桥下，仰望桥面。两个健美的波黑男子，上身赤裸，各人双手执一团燃烧的焰火，齐刷刷从桥面最高处一跃而下，在空中优雅地做完两个流畅的旋体动作之后，以完美的姿势落入河中，民众欢呼如雷，人们抱作一团，流下真心的泪水。那一刻，数簇焰火冲入夜空，莫斯塔尔明亮如火，古桥光亮如雕。

面对历史和创伤，莫斯塔尔人选择用重建的方式来缅怀，用跳水的姿势来洗刷隔阂。今天，我站在这座古桥的中心点，抚摸它轻盈灵动的线条，目睹两岸高低错落的石头房子在赭红色的黄昏中逐渐暗淡下去，直至与背后的群山融为一体。伊斯兰月历的宣礼时间到了，东部高大的清真寺宣礼塔准时响起了诵读古兰经的声音，响彻山谷。没过多久，西部的天主教堂会响起他们的钟声。也许是比油画更真实的蓝天白云布景有惊人的自然镇静作用，我感到一种舒适的和谐感。虽然我很清楚，这座城市的现状和萨拉热窝如出一辙——有一条民族间隐秘的隔阂线，大家闭口不谈却心照不宣，就像古桥两边石头房屋上密密麻麻的弹孔一样,我无法抹杀它们的存在。每抚摸一次这样的弹孔,我的心脏就收紧一次。

巴尔干民族主义者说,他们的历史就是他们的命运。历史不放过现在,它的幽灵变成道道裂缝,切割着莫斯塔尔、萨拉热窝、波黑,乃至整个半岛。但同时,分裂发生的时候,一种反分裂的力量也在滋长。我想这种力量就是重建,重建现在,让现在弥合历史。虽然我知道,这可能不过是一个理想主义者面对巴尔干混乱的现状而产生的天真愿望。

萨拉热窝城区那道东西方文化分界线,正在失去它的象征意义。在全球化的时代,在萨拉热窝,东方和西方的界线下降为一种次生性象征,而历史和当下的分裂,正在成为新的特征。

"没有消息就是好消息"

此刻,我正坐在萨拉热窝旧城和新城的分界线上——现代美术馆和体育中心所在的大广场的露天咖啡馆,其实也不能叫做咖啡馆,不过是几排沙发椅和玻璃小桌随意拼凑在一起。广场背靠特雷贝维奇山,空旷无依,中心放置一排极简几何形状的巨大白色塑料椅,颇有几分现代主义气息。它左侧的现代美术馆常年开放,却只有一些美术作品草样和零星的南斯拉夫时期的图片展,美术馆没有经费来布展。

这个广场的地理位置是微妙的，它面对一条朝六个方向辐射的宽阔大道，在这里，历史和当下的分裂连缓冲都没有，显得这样不耐烦——广场在米丽亚茨河南侧，运行有轨电车的旧城主干道延伸至此，它的正前方，一条道路通往政府办公室、大清真寺和天主教堂，左侧两条倾斜的街道一路向西，沿途是布满弹孔的社会主义样式的房屋的断壁残垣，顺着这些呼呼漏风的废弃建筑往西走，会看见Alta、SCC、International Center等大型的购物中心。像一个逆时针的钟摆那样，再往西南角走，有两条街道，通向山丘上的穆斯林民居。在这个通往六个方向的交汇处，有一块极小极隐蔽的绿地，临着米丽亚茨河，水流到这里变得湍急。绿地上，一张涂鸦斑驳的铁锈长椅翻了起来，鸽子是唯一的客人，瓦尔特的雕像立在那里。

站在这个广场上，你会同时看到旧城和新城的存在，看见旧城的清真寺和教堂，新城的购物中心和摩天大楼。在这二者夹缝之间，还有一个逝去的社会主义南斯拉夫的石化了的理想——它当然是瓦尔特。

老一代中国人对电影《瓦尔特保卫萨拉热窝》耳熟能详，"大地在颤抖，仿佛空气在燃烧，暴风雨就要来了"，"看，这座城市，它就是瓦尔特"，这经典的台词长久地住在那一辈国人的脑海中，让国人总算是懵懵懂懂记住了萨拉热窝这座城市。在娱乐匮乏的年代，在依然存有信念的年代，中国人是崇拜英雄的，带领南斯拉夫共产党游击队进行反法西斯斗争的英雄瓦尔特，也就成为他们念念不忘的回想。

电影中的瓦尔特原型，名叫瓦尔特·佩里奇（Vladimir "Valter" Perić，1919—1945），出生于塞尔维亚，第二次世界大战期间是萨拉热窝抵抗运动的领导人。1945年4月6日，在解放萨拉热窝的战斗中被迫击炮击中牺牲，从此成了萨拉热窝的英雄象征。今天，瓦尔特上半身雕像立在这片小绿地上，大理石铸成的面容已经泛黄，露出微小裂缝，英雄紧锁的眉头之间，堆积了乌青色的灰尘，无人擦拭，也没人来到他跟前与他合影。路过的人们，几乎不能停下来看一眼。瓦尔特寂寞地伫立在河岸和废弃建筑架构起来的三角绿地上。

在一个晚上，我步行去瓦尔特的身边，抚摸他紧锁的眉头，听见流水声在深夜里奔腾，怅惘难以言明。突然记起，前几日在特拉夫尼克，遇见一个中国"红色南斯拉夫追忆之旅"的江浙沪老年旅游团，脑海中开始自动播放他们在城堡上集体合唱《啊朋友再见》[1]的欢快场景，不禁莞尔。我自告奋勇给他们拍照，被歌声的情绪所感染，居然

---

[1] 南斯拉夫反法西斯题材电影《桥》的插曲（*The Bridge* 是一部南斯拉夫彩色故事片，1969年出品，中国北京电影制片厂1977年出品了译制片《桥》），其原曲是第二次世界大战期间意大利游击队的歌曲 Bella ciao（《再见了，姑娘》），表达了游击队员离开故乡去战斗的心情。

也一起唱了起来。这些老人平均年龄60岁，他们踏着"黑山—塞尔维亚—波黑"的路线来追忆属于自己的年代——在一块他们几乎一无所知的东南欧土地上，寻找铁托的痕迹，寻找游击队的据点，试图唤醒自己青年时代对战争英雄和集体生活的激情幻想。

我预感这不过是一种美好的误解。在巴尔干半岛，在波黑，在萨拉热窝，南斯拉夫的魂魄撤退得太过迅疾，这个城市曾有的世界主义味道也在经历某种现代性理念的篡改，他们注定一无所获。但可能我错了，在去陪伴瓦尔特雕像的那个夜晚，我发现旅行团里一个老头也在那里。老头花白的头发梳得一丝不乱，拿着手机在给瓦尔特雕像侧面拍照，手微微发抖，神情是严肃的。原来，他失眠了，从酒店里溜出来自由活动，闲逛的时候就找到了这里。

我欣喜地和他打招呼，后来干脆把铁锈椅子翻下来坐，聊起天来。我问他是否对巴尔干的"红色之旅"感到失望，老头一口江浙口音的普通话说得缓慢却很有力气，"失望肯定是有的，铁托的墓前没什么人，瓦尔特蜗居在小角落。但是年轻人啊，我们总要怀抱希望。你看，在萨拉热窝，有一条铁托大街，还留下一个铁托酒吧，而且我注意到，大街上有人支着小摊在卖新年日历，那是铁托日历。总还是有人想着他的"。

"可是这不能说明任何明确的意义。铁托成为某种怀旧的纪念品,南斯拉夫的理想也死了,这里现在并不需要英雄,而更需要平静的生活。"我觉得老头的话没什么说服力。

"年轻人,平静的生活有什么不好?那些年在萨拉热窝发生了多少战争,流了多少血?我们其实也不知道确切数字,但是我们很清楚,萨拉热窝是一座和战争、谋杀、流血、牺牲绑在一起的城市,我们从电视上看见它的时候,往往代表它又出事了。所以还是让萨拉热窝安静一些吧。"老头若有所思。

"所以,萨拉热窝无消息?"

"对啊,没有消息就是好消息。"

我们和时间一起做的事情,时间也会尊重它。

奥古斯特·罗丹

没音没字歌[*]

Only the Deaf Can Hear Well

曾嘉慧

---

[*] 本计划的成果以影片形式呈现。本文为该影片的信息介绍。

水手计划 ∧ 没音没字歌

海报

技术参数

国家：印度尼西亚，中国
年份：2019

数字 / 彩色 / 有声
语言：英语，印尼语，汉语普通话

影片梗概

影片分为四个章节，分别讨论雅加达的共产主义"废墟"、印尼驻华大使的"亚非"生涯、20世纪60年代印尼左翼的在华流亡生活，以及他和巴人（王任叔）的隔空写作。本片关注城市、档案和谈话里错落无序、困惑混乱、噪音无法消除的空间。是大量的杂质、碎片和无效信息，争夺着我们今日对历史的绝大部分认识，我们应该重新学习它。

导演阐述

1992年，贾沃托（Djawoto）在荷兰谢世。从20年代到60年代的40余年，他一直处于印尼各种风起云涌的政治运动核心，是"坚定的苏加诺人"（a diehard orang Sukarno）。1965年"九三〇"事件爆发，他作为印尼驻华大使正在接待印尼使团在北京庆祝中国第16个国庆节，政变后，几百印尼左翼被迫流亡中国，他宣告辞职。亚非新闻工作者协会（Afro-Asian Journalists Association）秘书长，成为他最后的官方头衔。"亚非"的系列工作，自意气风发的万隆会议（1955）始，随着冷战大局面的变化，在70年代渐渐息声。

当开始追踪这一位长期处于火山口边缘的人时，我最初想问的是一个很普通的问题，他是什么样的人？他怎么挺过来的？我逐渐发现这个问题的失效，在干湿季节更替时，火山口长期云雾缭绕，只有石头、尘土、植被还可辨认。这部电影就是火山脚下的余烬。

制作人员名单

导演 / 摄影 / 录音：曾嘉慧
剪辑：曾嘉慧，丁大卫
制片：曾嘉慧，丁大卫
执行制片：Bram Santoso
声音：Luthfi
演出：Bapak Tri
配音：Luthfi，Owi Thontowi，曾嘉慧

导演介绍

曾嘉慧，1992年出生于湖南长沙，毕业于复旦大学中文系和伦敦政经学院人类学系。她主要拍摄和书写关于东南亚（主要是印度尼西亚）历史层累中的杂音，同时还从事编辑和出版策划的工作。

比起停在原地慢慢老去，我宁愿选择出发。去知道自己错过了什么、无法看见什么，然后以自己的方式弥补与挽回，为仅有的事物留下记录，祈祷能在持续的旅程中将每一个停栖的驿站，连接成属于自己的迁徙路径。

摩鹿加消逝

撰文　冯孟婕

摩鹿加，Maluku，这个名字同它所承载的一切，吸引着我。

那是一大片散落在澳洲与菲律宾之间的岛屿，过去也被称为香料群岛。大多数是由火山喷发形成的火山岛，虽然火山活动偶尔会给居民带来灾害，但大量的火山灰在海风的年年吹拂下，于火山四周积累成了一片富饶的沃土，孕育出栖息着凤头鹦鹉和天堂鸟的热带森林，以及让人难以抗拒的香料植物。

这里曾是吸引着15世纪的航海探险家、16与17世纪的香料商人，以及欧洲各国博物学采集者的神秘东方岛屿。东方航道为摩鹿加留下了一本本精彩的考察记录，也写下了一篇篇血泪交织的殖民历史，让这片曾经遥不可及的岛屿，透过文字与阅读跨越了空间，甚至时间。

但如今呢？当人们提到摩鹿加这个名字时，是否仍然很大一部分地，停留在那样的空间与时间里？而此刻的摩鹿加又在哪里？

1945年，印度尼西亚宣布独立，但事实上这个国土涵盖17000多座岛屿、族群超过360个、语言多达700种的新国家，还陷在一片纷扰之中，西方殖民者的势力尚未完全离去，争取独立的武装抗争四起。这个国家甚至没有一个实质统一的独立日期，在摩鹿加地区，有些建国纪念碑上写着1949年，因为荷兰人花了四年的时间才终于承认他们失去了这块宝贵的殖民地。

如今，过去的"香料群岛"（又称摩鹿加群岛，或译为马鲁古群岛，Kepulauan Maluku）被划分为两个行政区——北摩鹿加省（Provinsi Maluku Utara）与摩鹿加省（Provinsi Maluku）。千禧年后印尼开始推行地方自治，各地增设地方政府，政治分权让地方发展不再只是为了迎合雅加达政府的期望，于是这两个省份也像其他许多天高皇帝远的地区一样，在告别作为侵略、殖民与统治的受词后，开始从内部出发，重新描绘身处的这个时代的样貌。

而这个时代，香料植物已被输出栽植于世界各地，欧洲的博物学收藏热潮退去，人们更加在意采集与掠夺之间幽微的差异，生态保育组织与旅游业者纷纷在岛屿之间架起互联网，手机与网络是比飞机和货轮更快速的传输媒介。过去只存在于书中的偏远小岛，现在已是一张机票一张船票就能抵达的了，而且所到之处尽是人与无线网络。

我因为读了英国博物学家华莱士（Alfred Russel Wallace）的《马来群岛自然考察记》（*The Malay Archipelago : The Land of the Orang-Utan and the Bird of Paradise*）而兴起前往热带群岛自助生态旅行的念头。作为一位鸟类爱好者，我曾幻想自己能以赏鸟者的身份，复写华莱士160年前的旅程，去看热带岛屿上的天堂鸟、吸蜜鹦鹉和色彩鲜艳的果鸠，为当地的生态留下记录。

但现实是，现在几乎所有的资讯、研究资料都能在网络上找到，科学研究也不再仰赖到此一游的生物记录，现在的旅人也很难像过去的博物学家一样长时间驻足一地做详细的地方考察，自然环境不再是等待被研究的独立客体，而是人类如何看待其他生物的实践场域。

我想象中的摩鹿加群岛已经是一个全新的样子了，但我仍愿相信，时代和科技的进步并没有使遥远的小岛消失，它们反而是为"遥远"这个词的定义，另辟了一处新的空间——那里可能不再有神秘的原始森林，或充满神话色彩的动物，但我仍向往能像候鸟迁徙那样，虽然只能拥有短暂的停留，但每一次都抵达了更遥远的地方。

我最后仍以赏鸟为主题展开我的旅行，因为在交织于这座群岛的诸多轴线中，这是最初牵动我的一条，但我也清楚地知道，只看鸟是不可能的，旅行终究会逼你去看见许多意料之外的事。

摩鹿加消逝。旅行过程中，"摩鹿加"这个广大地理区的概念逐渐消散，那些宏大的、辉煌的过去皆已有人书写，而且已经写得很好了。我要记下的是那些只有我能记下的，那些走到这个时代的岛屿和鸟的名字。

特纳提 Ternate

早上 8 点，小型客机降落在特纳提（Ternate，又译特尔纳特）苏丹巴布拉机场（Sultan Babullah Airport）。我没见过哪座机场让草长这么高的，芒草灌木和一些小型草本植物正开着花，虽然不是我认为的一座机场会有的样子。

可我完全无法好好欣赏这初抵摩鹿加群岛的美好风光，我还在晕眩，体温跟这座岛屿一样高。

2018 年暑假，我开始了印尼群岛赏鸟之旅。我从小热爱鸟类，赏鸟这项活动在大学时期从兴趣进阶成为志业，于是我在大学毕业后延缓了研究所入学便出发赏鸟去了。一路旅行去了婆罗洲、巴厘岛、龙目岛、爪哇岛和苏拉威西岛。在苏拉威西岛旅行的最后几天，我染上了疑似疟疾的热病，间歇性地发烧又发寒，吐了好几天。回台湾休息了两个半月也检查不出什么问题，医生只说如果是疟疾，会因为潜伏所以验不出来，将来也有可能复发。

没想到就在我离开台湾时，同样的病症再度出现。在雅加达机场等候转机的那一天半里，症状一度很严重，我缩在热水机旁边因为发寒手抖个不停，甚至没办法拿稳纸杯喝水，后来被送到救护站，绝望到哭不出来，语意不清地请机场人员帮我叫救护车，做好了放弃摩鹿加之旅的准备，便悲伤地昏睡过去。

再次醒来，病症暂时退去但我还在机场，询问后才知道原来服务员英文不好，根本没听懂我在说什么，我用简单的印尼语跟他确认没有救护车会来后，便起身继续原本的行程，好像一切又都没事了。我顺利登上飞往印尼北摩鹿加省特纳提小岛的飞机，照常翻阅鸟类图鉴打发时间，跟其他旅客讨论印尼各地人脸部特征的差异。

直到飞机开始下降，所有难受的感受又回来了，走出机场时我已经没有力气跟计程车司机议价，随意在网上选了一间便宜的住处，给司机看过地址后，又陷入了昏昏沉沉的高烧之中。

我在爱妮妈妈的民宿养了两天病。在印尼，对内对外都是以亲属的称谓相称，例如对于女性最常用也是较尊敬的称呼是 Ibu（妈妈），男性则是 Papak（爸爸）。这个国家会讲英文的人口不多，但印尼语在各岛通行无阻，印尼政府透过遍布各地的电视天线和广播节目，成功地让拥有超过 700 种地方语言的国家，现在人人都使用同一种语言。

爱妮妈妈知道我生病后便常进房关心我，为我换敷头的热毛巾，见我吃不下民宿提供的炒饭，还请佣人特别帮我做了水果拼盘。因为我的病症是一阵一阵的，所以比较舒服的时候还是能到附近溜达，或在客厅里看书喝茶，跟爱妮妈妈聊天。

我很少遇到知道台湾在哪里的印尼人，每当我说出"我来自台湾"，他们往往会因为发音的关系以为我来自泰国，或在我叙述地理位置时以为我来自海南岛。

"我们这边还算是有不少观光客，也遇到过从台湾来的。"我本以为特纳提岛在香料产业没落以后，便跟着告别了以往的繁荣，没想到旅客和平价民宿都不少。

"很多人为了逃离紧绷的都市生活，会来这里度假。"她一边解释一边为我冲咖啡。印尼摊贩和住家最常喝的咖啡不是速溶式的，也不用滤纸，喝完后底部会留下一层厚厚的咖啡渣。我啜着带有颗粒口感的咖啡，告诉她我原本打算一下飞机就直接搭船到隔壁的大岛哈马黑拉，但现在既然都来了，就不甘心只坐在民宿里发呆休息。这座火山小岛过去曾遍植丁香，并因这种名贵的香料而成为兵家之地，我想到市集晃晃，看看殖民者离开后这里现在是什么样子，是否还有成堆的丁香。

黑黑干干如一截截小树枝的丁香，是由丁香树未开的花蕾晒干而得的香料，丁香树最初只生长在北摩鹿加地区的五座火山小岛上。在过去那个没有冰箱的年代，香料可防止食物腐败并增添风味，是欧洲上流社会供不应求的食材，各种热带岛屿的香料，一开始由亚洲的穆斯林商人经欧亚陆路销往欧洲，15世纪中叶君士坦丁堡遭土耳其人攻陷后，贸易通路受阻，欧洲人只得想办法直接远赴生产香料的东方岛屿寻求货源。

16世纪初葡萄牙人找到通往摩鹿加的航道后，当时统治特纳提的苏丹王为拉拢这位厉害的新角色，让其在岛上建立堡垒要塞，没想到葡萄牙人虽打着自由贸易的口号，事实上却想垄断整个丁香市场，他们将大炮对准苏丹王宫，打算建立专制政府以统治岛上居民，后来甚至杀害了苏丹国王。杀害苏丹王一事终于让特纳提居民的愤怒彻底爆发，众人群起反抗，围困葡萄牙人的要塞达五年之久，最后终于在1575年将入侵者驱逐出境。

但赶走了葡萄牙人，也挡不住海上贸易开通后接踵而至的西班牙人、英国人和荷兰人。欧洲在摩鹿加群岛竞相采购香料，香料价格因而在本地大涨，欧洲贸易商的利润因此大跌，最后间接促使荷兰人于1602年成立东印度公司。这是全世界第一家股份有限公司，也连带开启了全世界最早的股票市场，股票价格在公司成立初期就被哄抬上天。为了创造利润，东印度公司决定效仿当初葡萄牙人的做法垄断香料市场，对地方势力施以威胁加上利诱，同时谨慎避免丁香树苗及种子被走私出口。

但17世纪之后,对生长环境挑剔且栽种不易的丁香、肉豆蔻等香料,还是成功地被商人在南洋各地种植起来,摩鹿加地区的香料产业因而逐渐没落。虽然爱妮妈妈告诉我此地仍然有人种植丁香,但我在农产市场逛了好几摊都没有看到,后来还是在一间杂货店里看到一袋一袋与其他调味料一起封装的丁香,那很可能还是从外地进口的呢。

往返于民宿与各个市集之间,我都是搭乘"偶接客"(Ojek)。偶接客是印尼最普遍的交通工具之一,没有叫车App或招呼站(某些交通要道会有司机自行立下的手写招呼站牌),在路边随招随上,也不需要什么执照,只要有一辆机车和两顶安全帽,任何人都可以当偶接客司机。我第一次在爪哇岛遇到偶接客时,还不明白为什么走在街上会一直被机车按喇叭,现在知道他们的运作模式后,我甚至能在他们以喇叭提醒我之前,就用眼神示意他们停下来了。

我坐在机车后座穿越大街小巷,看着一摊又一摊宛如复制出来的路边小贩,每个摊上几乎都摆着一致的罐装饮料、咖啡包,以及由全球最大的速食面制造商之一营多食品公司(Indofood)生产的便宜泡面"营多面"(Indomie)。除了世界级的观光区巴厘岛和几个大城市的闹区以外,我在印尼其他地方时常看到整条街都在卖一样的烤鱼、肉丸汤,以及味道都一样的印尼式炒饭。回去后我问爱妮妈妈,为什么印尼人做生意喜欢卖一样的东西,难道不想让商品区隔化,创造新的市场商机吗?

"哈哈这就是印尼的风格嘛!"她一面为我冲泡全印尼也几乎是同一种风味的红茶(我后来称这种味道的红茶为"印尼红茶")一面解释:"印尼人的想法大多都很单纯啦,也很容易满足,只要商品能卖出去就好了,不会想那么多。"

"所以我觉得像你这样旅行也不错,"她看着我放在桌上的鸟类图鉴说道,"现在每个地方都越来越像了,但对你而言,还是有很多不一样的东西吧。"

哈马黑拉 Halmahera

告别爱妮妈妈后,我前往位于特纳提岛东南边的Bastiong港,从这里到隔壁的大岛哈马黑拉搭船只要50分钟。

货船张开大嘴静静等在码头,第一层船舱望上去空荡荡的,像一栋废弃工厂,也像一尾空着肚子的鲸鱼,我背着18公斤的背包伫立在它满布锈斑的舌尖,距离发船还有两个半小时,码头市集的嘈杂声随步伐从背景退去。这里是熟悉事物的边界,一个在现实概念以外、我到过的最遥远的地方。

三个月前我根本不知道哈马黑拉是座岛的名字,也不知道它在哪里。有些大城市就算你没去过也能靠着 Google Map 和旅游资讯，在脑中构筑一次可能的旅行经验；但哈马黑拉是 18 世纪的博物学者向往的陌生东方列岛，是真正意义上的远方，是匹诺曹落入的鲸鱼的肚腹，前方只有冒险，或者为逃避现实而对自己编出的谎言。

货船的第二层是客舱，有许多供乘客睡卧的上下两层大木板，我爬上上层吹着海风恍恍惚惚地睡着，再醒来时眼前是两个小女孩美丽的大眼睛。

小孩子就像充满好奇心的鹦鹉，就算语言不通也能跟你打成一片，我用破碎的印尼语、王子面和背包里的书籍介绍自己，女孩的母亲们也带着不好意思的眼神凑了过来。我用翻译软件和 Google Map 解释自己来自另一座岛屿，不过她们显然对不用加热就能食用的饼干面，以及那张哈马黑拉岛的地图更感兴趣。

女孩母亲们的手机里应该是没有 Google Map，否则她们不会把那张小小的地图一看再看甚至传阅给其他乘客观赏，仿佛这个自己生长的地方也是座遥远陌生的岛屿，然后用食指沿着即将前往的哈马黑拉岛索菲菲（Sofifi）港描绘起岛屿的轮廓。

它像个歪七扭八的英文字母 K，由四座半岛组成，相连之处的西边是北摩鹿加省省会索菲菲，道路与村庄主要聚集在最北边的半岛，而南边两座半岛交会的夹角有个地名被铅笔重重地圈了起来。

"你要去威达（Weda）？"

我点点头。

"你去那儿干吗？"度假区大多在北边，我的大背包看上去也不像跑生意的。哈马黑拉中南部地区近十年因开采镍矿而发迹，庞大的外资带来不少商人与投资客。

我打开笔记本有水彩涂鸦的一页，指着一只鸟。

"您看这只怪鸟！"女孩的母亲与来自大英帝国的博物学家都一脸困惑。

1858年10月底的某日，男仆阿里递给他高挑的英国老板一只长相怪异的鸟——鸟的大小如八哥，全身大致是灰褐色的，脚是鲜艳的亮橘色，四根诡异的白色长羽毛从翅膀前端伸出，闪着蓝绿色金属光泽的羽毛从喉部延伸到上胸，并往下伸展成两片三角形胸盾般的华丽饰羽。

"这是一种天堂鸟。"我打开图鉴。博物学家则在他著名的《马来群岛自然考察记》中写下："我这才恍然大悟自己中了大奖，这鸟足可媲美一种全新的天堂鸟，比其他已知鸟种都要出众。"

这不仅是大奖，甚至可说是他在这八年旅行东方群岛中的最大奖。那时世界已知的天堂鸟不过12种，皆来自巴布亚群岛，既缺乏完整的标本，分类地位也模糊不清，它们充满了神秘、梦幻与美丽，哪怕只是标本上少了双脚，都足以让远在伦敦的人们相信东方有岛屿能直抵天堂。

"华莱士幡羽天堂鸟。"它们被顺理成章地以博物学家命名,就如今日还存在于印尼群岛地图上的华莱士线(Wallace Line)、华莱士地区(Wallacea)和许许多多动植物的名字。阿尔弗雷德·罗素·华莱士不再只是到此一游的采集者或记录自然史一角的博物学家,他成了一扇面向生物地理学的新窗户,一座热带群岛,以及一只鸟。

"我从来不知道岛上有这种鸟。"女孩的母亲与巴占岛(Bacan Island)的鸟猎人都摇摇头。巴占岛是华莱士当时采集到幡羽天堂鸟的岛屿,位于哈马黑拉西南方,岛上的捕鸟产业直到20年前仍然兴盛。1996年,旅行家兼作家的英国人蒂姆·塞韦林(Tim Severin)乘着重新建造的19世纪马来帆船到巴占岛寻找华莱士幡羽天堂鸟时,岛上猎鸟队的队员表示从来没见过这种鸟。

塞韦林在他的著作《香料群岛之旅》(*The Spice Islands Voyage*)中写道,华莱士幡羽天堂鸟在被命名后的近乎一个世纪里仅有寥寥几笔不可靠的目击记录,以致学界曾一度认为这种鸟已然灭绝,直到1980年代中期,在哈马黑拉岛一处名为"白色大地"的森林里,才被再次证实有稳定的族群存在。后来,塞韦林跟我的指导教授以及许许多多的赏鸟人,都来哈马黑拉看华莱士幡羽天堂鸟。

"你要去做什么呢?"女孩的母亲似乎无法理解,一只奇怪的鸟可以跟人有什么关系。在我决定休学前往热带群岛赏鸟时,我去找指导教授借了一本名为 *Birding Indonesia*[1] 的书,那是一本很旧的书,其中的赏鸟资讯对于20年后的现在已经没什么用,不过我是在这本书里第一次知道"白色大地"。当时教授也问了我这个问题,但他指的是另外一个意思。

"我要去赏鸟。"这样的回答实在过于简单,但我已经没有时间跟她们解释,一只鸟是如何串联起华莱士、塞韦林、1990年代的赏鸟人、哈马黑拉岛、巴占岛、摩鹿加和我;我也来不及告诉她,现在人们已经不去"白色大地"看鸟了,塞韦林跟我的指导教授看过的那几棵"跳舞树"都已经被伐倒。

船就要靠港了。

"不,我不是在问这个……"我想起同样也是赏鸟人的教授在出发前对我说的话:"所有赏鸟人都是一样的,被鸟吸引着前往世界各地……鸟大概永远都看不完……"

"在这之外呢?你真正想做的是什么呢?"当时一时语塞地搪塞了什么话我也忘了,但那时的感觉与走下一艘停驻远方岛屿的船相差无几。

---

[1] Paul Jepson and Rosie Hanh, *Birding Indonesia: A Birdwatcher's Guide to the World's largest Archipelago*, Periplus Editions; 1st Ed. edition (1998).

港口有许多共乘计程车[1]司机喊着不同的地名，我在"威达！"前面停下来，司机领我走过尘土飞扬人声嘈杂的黄土路，我在人群中看到刚才兴奋地翻着图鉴的小女孩，她睡眼惺忪地被带下挤着陌生人潮的客船，现在几乎快要哭出来了。

司机问我目的地的细节时我正隔着马路掠过女孩面前，看着她哭泣的脸我说道"威达度假中心（Weda Resort）"，来不及给她一个拥抱。

之所以选择威达度假中心，是因为两个月前度假中心老板回复我的电子邮件："亲爱的冯，这儿有两棵天堂鸟的跳舞树，清晨时它们会在上面跳舞。大约离营地6公里。保证你一定能看到。"

其实可能的话，我会更愿意去最初发现天堂鸟的巴占岛、"白色大地"或者塞韦林造访过的那些地点。塞韦林二十几年前曾描述过的一棵跳舞树，很可能也是我的指导教授看过的那一棵，但一些记录显示从塞韦林那个年代开始，尽管有赏鸟人慕名而来，但许多跳舞树还是原因不明地被伐倒。

虽然有研究指出，天堂鸟对于求偶场的位置有很高的

---

[1] 共乘计程车，是东南亚普遍的一种交通方式，在印尼称为 kijang，由司机招揽目的地或方向相同的乘客，凑成一车分担车资。

忠诚度，就算原本使用的枝条遭到破坏，鸟群也不会完全四散离开，而是会于不远处建立新的求偶场。但光有求偶场是不够的，还得有人关注并知道它的价值，知道如何在观赏的同时保护它不被破坏，否则它在生态记录上的意义，就以另一种形式被伐去了。为了能看到天堂鸟，我最后还是来到近几年赏鸟人与天堂鸟记录"忠诚度"最高的威达。

通常，我会给自己充裕的旅行时间，以时间换取开销，投宿背包客栈或青年旅店，再自行租车赏鸟，如果某个地方鸟况好就弹性延长一两天的行程。这样一方面是为了省钱，省下的钱在必要时能请求专业鸟导的帮助；另一方面，虽是为鸟而来，但我也无法抗拒旅行中冒险与不确定性的诱惑。但这次我没得选，威达度假中心是附近唯一的旅店，也是唯一能接洽鸟导的地方。

外资经营的生态休闲度假中心虽然有每日更新的洁白毛巾、洗衣服务和丰盛餐点，但一天的开销加上两个半天的附车鸟导，让我只能把停留的天数压在四天，这意味着我得在有限的时间里，挑战自己体力与精神的极限，好面对岛上四十来种特有种／特有亚种鸟类，我需要事前做足功课，把难以靠自己找到的华莱士幡羽天堂鸟、牙白胸八色鸫和华莱士秧鸡等交给鸟导，并尽可能地记住各种鸟类的叫声。

当天晚上，鸟导旁爸爸来找我，他是本地人，有张黑黑圆圆、留着小胡子的脸，说起话来有些腼腆。他从小就喜欢看鸟，只是没想到这项别人眼中冷门的兴趣，在长大后能成为一份收入优渥的工作。在印尼，一般公务员的月薪也不过五六百美元，旁爸爸带我赏鸟半天就能收入四十多美元，如果是带团的话收费还更高。

我们约好清晨出发，度假中心会专门为欣赏天堂鸟的旅客提早一个半小时准备早餐，因为天堂鸟的舞道从日出前的黑暗中便开始了。

华莱士幡羽天堂鸟 Wallace's Standardwing

天堂鸟是许多赏鸟人心中的梦幻物种，它们在自然资源富饶的热带群岛，演化出不可思议的奇特样貌，雄鸟身上披着各种或弯或卷或仿如植物般的羽毛，它们令博物学者痴迷，也令演化学家困惑不解。华莱士当初前往热带群岛旅行的目标之一，就是渴望获得这种"世界上最美丽的鸟类"。

目前世界上有42种天堂鸟，它们各有独到的展示行为与求偶饰羽[1]。而我今天要来看的华莱士幡羽天堂鸟，

---

1 天堂鸟科（Paradisaeidae）底下的物种，取决于不同的分类系统，41到43种的说法都有，其中几个属如Lycocorax和Phonygammus并无华丽的求偶饰羽。但一般提到"天堂鸟"时，指的还是具有美丽饰羽及独特求偶行为的一群，本文中也是以赏鸟者的角度使用这种狭义（而非完全符合系统分类学）的分类。

是热带群岛的天堂鸟中唯一一种分布在巴布亚以外的[1]，也是唯一一种在翅膀的羽毛上演化出独特饰羽并以华莱士命名的天堂鸟。

旁爸爸开车载我驶过漆黑一片的森林，然后在一处没有指标或告示的路边停下。小径的入口很低调，只有一小片搭在水沟上的木板接风，有风微微地从漆黑的小径深处传来，星星还很亮，只有树梢顶上一小部分的天空升起了淡淡的微光，以及遥远的鸟鸣。

旁爸爸走在前面，抵达求偶场大约要走七八分钟，小径上有仍在熟睡的乌冢雉（Megapodius freycinet）和北摩鹿加三趾翠鸟（Ceyx uropygialis），旁爸爸会为我留意，我只要顾好自己的脚步，别被珊瑚礁石灰岩给绊倒就好。小径的一侧有树枝搭建的围栏，坡道也被踩得扎实，显示此地长期有人造访。旁爸爸说这处求偶场有九年了，但最初是如何发现的已经不可考。

雄天堂鸟在开始展示行为之前，会先反复发出尖锐的鸣叫声，相互叫嚣，吸引雌鸟。我在抵达前就先听见了天堂鸟"呜嘎嘎嘎嘎"的呼啸声，接着是翅膀拍动的噗噗声，

---

[1] 事实上，哈马黑拉岛上还有另一种天堂鸟科的鸟类——褐翅天堂鸟（Lycocorax pyrrhopterus），其外观与乌鸦相似，因此在文中未被算在以赏鸟为视角的狭义分类中（见上文）。在印尼和巴布亚群岛之外，另有两种天堂鸟 Paradise riflebird (Ptiloris paradiseus) 和 Victoria's riflebird (Ptiloris victoriae) 分布于澳洲。

但此时树冠层下还只有微弱的光线。

"到了,"旁爸爸面对着一小片较为稀疏的树林停下来,说道,"它们开始跳舞了。"我仿佛走了 24 年 27 天又一整个天未亮的早晨,才抵达这里。而这个早上,来看天堂鸟的只有我一个人。

在朦胧升起的晨光中,一棵纤细的小树正剧烈晃动着,薄雾中有鸟影穿梭枝头,沙哑的呼啸声在四周响起,一小片树林骚动起来,我感觉自己的心脏跟着森林的节奏快速跳动。旁爸爸将我拉到视野开阔的一角,我看见一簇灰白色毽子般的羽毛在枝叶间颤抖,激动的身影仿如挣扎。

华莱士幡羽天堂鸟正舞动着白色的翅膀。

求偶场是一片长约七八米的树林,树林位于一处坡面之上,部分的植被被人为清除,空出一面观赏视窗般的空间,人站在上坡处,能以接近水平的视角清楚地观赏天堂鸟。旁爸爸说天堂鸟会持续跳舞到早上 8 点,那时光线更适合拍照,于是我决定先好好欣赏它们的求偶舞。

当年因为资讯交流不易,塞韦林以为天堂鸟已在巴占岛上灭绝且长期缺乏记录,但事实上,天堂鸟直到 1952 年都有持续的标本采集记录,而且就在他展开香料群岛之旅的那几年,有一批田野鸟类学家也正在巴占与哈马黑拉岛上记录天堂鸟的生态资料,并发表了首篇描述它们求偶行为的研究:

华莱士幡羽天堂鸟身上特化的求偶饰羽主要有两处——从喉部延伸到上胸、带着金属蓝光的绿色"胸盾"（breast-shield），以及翅膀上两对白色细长、由第一与第二根次级飞羽的中覆羽特化而来的"旗帜翼"（wing standards）。

在"正式的"求偶舞道开始之前，会先有一连串"低强度"（low intensity）的展示动作。雄性成鸟快速地在枝条间飞跃移动，以划船般的姿态拍舞半开的翅膀，并反复发出高亢嘈杂的鸣叫声。此时胸盾与旗帜翼都尚未张开，只是轻轻地抖动。

而所谓的"舞道"，在动物行为学中的的说法是"群集展示"（lek），华莱士幡羽天堂鸟的群集展示被分为两个部分来描述——垂直展示（Aerial Display），以及旗帜翼展示（Wing Standard Display）。

垂直展示时，鸟儿深拍翅膀，从枝条上腾起四至十米，在到达滞空的顶点后，将翅膀维持在水平伸展的姿态，如一只被拉动的风筝，优雅地滑翔返回枝头，过程中白色的旗帜翼会向上方及后方闪动。在由多只雄鸟参与的群集展示中，当一只雄鸟开始下降，其他的雄鸟便接着腾空而起，鸟群重复轮替着垂直展示的表演，并持续发出大声的鸣叫。这种飞行展示直到1992年才被正式记录，是华莱士幡羽天堂鸟有别于其他天堂鸟，最为独特的行为。

而接续着垂直展示的是旗帜翼展示，枝头上的雄鸟会展开它翡翠绿色的胸盾，将翅膀部分伸展成水平，身体向前蹲伏，通常在枝条上呈现几乎要颠倒的姿态。白色的旗帜翼从背上耸起，一颤一颤地震动并弯曲着，其中一对通常会在展开的翅膀上方维持水平，另一对则垂直向上竖起。通常，在旗帜翼展示后会接续一小段"跺脚"的动作，鸟的翅膀继续撑着，但飞羽向后收拢，其中一只亮橘色的脚快速敲击树枝。

在反复展示与呼叫之间，天堂鸟也会时不时停下整理羽毛，并以鸟喙拉扯树叶，或摩擦求偶场的枝条。每只鸟通常有自己偏爱的地盘，它们会在固定的几处枝条上重复表演，一个求偶场中，通常由一或两只雄鸟占据主要领导的地位。

现在是繁殖季，没有三四月求偶季雄鸟争奇斗艳的场景，算是赏鸟的淡季。旁爸爸说求偶季节来临时整个求偶场会挤满人，天堂鸟虽然平时生性羞怯、警惕且难以察觉，但只要在求偶场，它们就会看不见人似的大方现身，只要树还在，它们就跳舞。

在我造访求偶场的两个小时内，仅目睹了两次垂直展示，每次旗帜翼展示的时间也不久，随着气温逐渐升高，天堂鸟跳舞的频度和强度渐渐减弱。在跳完舞后它开始整理起自己的舞台，这只霸占整个求偶场的雄鸟在它三个主要的展示枝条上，用嘴喙加上强健的脚把一片一片叶子和细枝条往下折，甚至用力将树叶扯掉，让自己之后能有更好的伸展空间。

我给了旁爸爸一个大大的拥抱，告诉他我们可以离开了。

如今人们都是来威达看华莱士幡羽天堂鸟，那株纤弱的小树和普通的枝条，都因它们而特别起来。事实上，我在出发之前就先在网络上浏览过许多鸟的影像和影片，那些背景、鸣叫声和挥舞翅膀的动作都早已熟悉，我甚至完全可以透过电脑的视窗经历一次更精彩、解析度更高的"赏鸟"。

但出发寻找天堂鸟这件事仍是重要的。我千里迢迢抵达遥远的边界，以为那里会有一只只天堂鸟在阳光耀眼的树梢翩然起舞，但伴随着旅程中的每一个步伐、每一次异国语言的问候，鸟儿纷纷飞离了博物学者曾经建造的原始雨林，我乘着现代四轮传动车而来，见到了那株我熟悉的小树。在树上，只有一只天堂鸟，为我一个人跳舞。

"这样就够了。"我对旁爸爸说，"我们还有很多东西要看，对吧？"

步上小径时我回头望了一眼，天堂鸟已离去，金黄的阳光静静地洒落整片求偶场，微风轻轻摇晃树冠，林下的光斑缓缓舞动。我感觉整座森林、整座岛，以及我自己，都快乐地跳起舞来。

华莱士秧鸡 Invisible rail

离开天堂鸟的求偶场后,旁爸爸带我一种鸟接着一种鸟看了四个小时,我马不停蹄地在一列列鸟种名录的名字后方打上勾勾。

我们先找到了稀有的牙白胸八色鸫(Pitta maxima),然后是摩鹿加翡翠(Todiramphus diops)、暗色翡翠(Todiramphus funebris)、哈马黑拉啄花(Dicaeum schistaceiceps)、摩鹿加绣眼(Zosterops atriceps)……旁爸爸熟悉几乎每一种哈马黑拉特有鸟类出没的位置,一路上我连稍微放空、欣赏植物和风景的时间都没有。

回到度假中心吃完午饭后我直接往床上一倒,一直睡到饭店员工喊我去吃晚餐。丰盛的晚餐饭桌上除了我,还有一群从英国大老远跑来这里潜水的老先生老太太,他们拿着潜水相机跟我分享威达海湾精彩的水下世界,我也秀出记忆卡里旁爸爸带我拍到的各种特有鸟类照片。

"你看见过看不见的秧鸡吗?"一位满头白发、热爱珊瑚礁也热爱鸟类的老伯伯突然用浑厚的英国腔问我。这句话乍听之下不合逻辑,但我知道他口中的 Invisible rail 指的是又被称为 Wallace's rail 和 Drummer rail 的哈马黑拉特有的大型秧鸡——华莱士秧鸡(Habroptila wallacii)。这种鸟的学名与三种英文俗名,正好反映了它的自然历史及生态。

华莱士秧鸡在1860年同一批华莱士采集于摩鹿加群岛的鸟类，由英国动物学家乔治·罗伯特·格雷（George Robert Gray）首次发表。种小名wallacii，是为纪念那位在东方岛屿留下不朽自然史记录的博物学家；而单型[1]属名Habroptila，则是希腊文"精巧灿烂的羽翼"的意思，我猜测，这是因为它们乍看之下全身漆黑的羽毛，在阳光下会反射出浅浅的、带蓝紫色金属光泽的结构色[2]。在首次发表的文献中，还附了一幅彩色插图，图中两只有着暗红色眼睛的全黑秧鸡行过一片绿色的水域，鲜红的喙与双脚十分显眼。

华莱士秧鸡以生性隐秘闻名，过去在哈马黑拉各处只有零星记录，生态习性和族群分布有很长一段时间都是一片空白。德国鸟类学家格尔德·海因里希（Gerd Heinrich）在20世纪30年代前往哈马黑拉的旅行记录中提及这种鸟时写道："我坚信没有任何欧洲人曾经看过活的这种秧鸡。"直到这十几年赏鸟活动逐渐蓬勃、鸟类调查也更加广泛以

---

[1] 单型（Monotypic）是指在生物分类学上，一个分类群中只含有一个型，例如动物学中的单型科，指该科下只有一个属。文中的Habroptila为单型属，其下只有华莱士秧鸡一个物种。

[2] 结构色（Structural coloration）是指经由干涉、绕射和散射等光学效应产生的颜色，肥皂泡沫上的彩虹和天空的蓝色都属于结构色。某些鸟类羽毛的表层，有角蛋白质组成的纳米结构，当光线照射在这些结构上时，光波长排列有序地反射回去，形成艳丽闪烁的结构色。

后，人们对这种鸟的生态才终于有了进一步的了解。

"我来这里度假快一个礼拜了，"英国老伯伯说，"旁爸爸带我去找了几次，但我都没看到。"

"要是看得到，它就不叫'看不见的秧鸡'了嘛。"他太太坐在一旁，边笑边调侃。

看华莱士秧鸡最好的时间是在日出不久以后，第一趟的鸟导行程我将这个精华时段安排给了天堂鸟；第二趟，我决定要去看看这种神秘的秧鸡。旁爸爸再次载着我在太阳升起前出发，但这次的目的地不是森林，而是西谷椰子林。

西谷椰子（Metroxylon sagu）生长于摩鹿加诸岛的低洼地，取得容易，当地人将其砍下后刮取树心（木髓部），洗涤、晒干加工后制成西米。西米是摩鹿加和巴布亚地区的主食，华莱士在他的游记中曾仔细描述了当时西米的制作过程，并估算出一个男人只要花十天就可制造出足以吃上一年的西米。但对于赏鸟者来说，西谷椰子林有另一层意义。

"它们以前并不是真的很稀少，"一路上旁爸爸跟我说起关于华莱士秧鸡的种种，"我小的时候它们还算普遍，虽然可能不容易看到，但时常能听到它们的叫声。"

"但后来环境变差了……沼泽地变少了，人们开始进到森林里……现在它们真的很难看到了。"我一边听着旁爸爸的话一边看着车外生长茂密的森林，这附近的森林很大一部分被藤蔓覆盖着，远远望去就像被一大块绿色的毯子裹住，但如果你沿着林缘漫步，就会发现有很多人为开辟的小径，在森林里形成如蜘蛛网般细而密的网络。

旁爸爸停车领我走入一条被人踩出来的小径，沿着西谷椰子林与森林的交界前进，大约走了四五十米后停了下来，前方再过去是一处开阔的溪床，早晨灰蒙蒙的光线从那里透入我们身旁的椰子林。我转身面向着一大片西谷椰子，枝干顶端巨大的羽状复叶向上抽出十多米，下方有未脱落的叶柄和带有坚刺的叶鞘层层包围，整棵植物远看优雅、洋溢着热带风情，近看则全身带刺，让人难以接近。

旁爸爸说早上秧鸡通常会从森林走进椰子林觅食，我们在交界处目击的机会最大，如果贸然走入椰子林怕会把鸟直接吓走，这样一整个早上它们可能都不来了。于是我们在椰子林外光线最好的地方安静等待。这里蚊子非常多，我用外套把自己包得密不透风直冒汗。

"秧鸡！"旁爸爸突然用气音喊了一声，将我一把拉过去，我还没来得及反应他指的方位是哪里，他马上又接着说："噢……跑进去了……"华莱士秧鸡非常机警，而且移动速度很快。但没关系，旁爸爸说这里通常会有两只秧鸡，我还有机会。我提高警觉，视线不停在森林边缘及椰子林底部移动。

没过几分钟旁爸爸又看到了，他用手指比着秧鸡移动的方向，我听到窸窸窣窣的声音正穿越我眼前的西谷椰子，一小丛新生的椰子树苗轻轻晃动。但我什么都没看到。

秧鸡脚步的窸窣声最后停在我们正前方约十米，几株倾倒的椰子树后方传来翅膀拍动的噗噗声。旁爸爸深吸了一口气，我们已经错过最佳的目击时机，但现在秧鸡离我们非常近，或许还有一个方法有机会让它们露脸，旁爸爸拿出手机说："我试试看'叫'它们出来……因为它们这个时间通常都会……"

呱—呱—呱—呱呱呱呱呱——噗噗噗噗噗——

没等他说完，树丛后便传出一阵巨大又嘈杂的沙哑声与拍翅声，声响之大想必一两百米外也能听见。我在网上预习过这种声音，但现场聆听仍然十分震撼，过去人们曾以为这是鸟用脚敲击树干的声音，所以它们又被称作 Drummer rail（鼓手秧鸡）。

"呱—沙沙沙—呱呱呱—沙沙沙——"旁爸爸用手机放出一段带着杂讯和电子音效的叫声，这招有时能激起它们想确认同伴的好奇心，因而探出头来。

"呱呱呱呱呱——"林子里的鸟回应道。

旁爸爸又放了一次鸟音，秧鸡也再回应了一次。真假鸟音就这样一来一往持续了两三分钟，直到回应的鸣叫越来越短，最后停止，转为行走的窸窣声和很轻微的叩叩声。

"它们现在正在吃饭。"旁爸爸一边解释一边谨慎地往前方慢慢走去。西谷椰子树上垂着许多未脱落的枯叶,形成视野上的阻碍,所幸它们长得不太密,枯枝落叶也多少抑制了底层植物的生长,人要游走其间并不困难。

我看着旁爸爸消失在林子里,不出几秒又很快地小跑步倒退回来。"冯!冯!你从这里往前走,小心不要发出声音……华莱士秧鸡就在前面。"

我顺着旁爸爸指的路径,非常缓慢地向前走,压低身体从几棵低矮的西谷椰子树下穿过,走到路迹的末尾,隔着几片巨大的叶子,我看到一棵拦腰折断的西谷椰子和满满一地的木屑碎片,但没看到鸟。

我杵在那儿,听着又一阵窸窸窣窣的踏步声响起。一只"看不见的秧鸡",向我走来,又离我而去。

"不……它走掉了……"旁爸爸跟了上来,站在我后头懊恼地说,"它刚刚在这里很专心地吃这些碎屑……"他指着树干髓心凹陷的部分,那也正好是制作西米的原料。

我到最后仍旧没有看到华莱士秧鸡。往回走的路上,我想起出发前指导教授丢给我的问题:"除了赏鸟之外呢?你真正想做的是什么呢?"

旅途中尽管我们已经做了许多准备,但仍注定要错过许多事物。事实上,绝大多数的旅行只能像候鸟过境一般,每一个地点都只能短暂停留。我们无法成为丛林里神秘的秧鸡,我们没有吃过西米,我们注定看不见很多重要的东西。

但比起停在原地慢慢老去,我宁愿选择出发。去知道自己错过了什么、无法看见什么,然后以自己的方式弥补与挽回,为仅有的事物留下记录,祈祷能在持续的旅程中将每一个停栖的驿站,连接成属于自己的迁徙路径。

"抱歉,最后还是没让你看到……"发动引擎时旁爸爸对我说。我告诉他没关系,我没想过能与一只稀有的鸟靠得如此近,我看见了它每日所见的风景、它喜欢的西谷椰子林,以及它吃剩的早餐;我也听见了它的行走、它的拍翅,以及它比预期还要响亮的鸣叫;还有最珍贵的,那些关于它在这座岛的故事。

"没关系,我知道它就在那里。"我告诉旁爸爸,"我是以'看不见'的方式'看见了'一只'看不见的秧鸡'。"

安汶 Ambon

告别了北摩鹿加省后,我搭飞机前往整个摩鹿加群岛的核心——安汶(Ambon)。安汶岛看上去像两座岛,之间以窄窄的陆桥连接,摩鹿加省的首府安汶市位于东南边较小的岛上,是摩鹿加群岛最大也最繁华的城市。荷兰殖民时期这里被称为安波那(Amboyna),是欧洲人在东方最早的殖民与军事据点之一，华莱士在为期八年的旅程中也数度往赴此地。

我原本打算，在机场换完钱后就直奔西部的港口，搭船到安汶东北方的大岛塞兰（Seram），没想到这全摩鹿加群岛最大的国际机场居然没有兑币所（后来才知道国际航班其实早就停运了），为此我只好前往市区，寻找Google Map上安汶仅此一家的民营兑币所。

安汶市区车水马龙，宽敞的街道上行驶着偶接客、人力三轮车、随招随停的小巴士和各式新款休旅车，两旁林立着一间间大型购物商场和全球速食连锁店。我吃了一餐久违的麦当劳，然后在一间机车行的门口找到用中文写着"兑币"两字的小招牌。

老板姓李，是在安汶长大的侨胞，经营机车行之余在店内摆了个小柜台做起外币买卖的生意。"你要去塞兰岛啊？"李老板说，"我看是赶不上了，去那儿的船一天只有上下午各一班。"虽然以整个印尼来说，摩鹿加省算是偏远地区，但若只看摩鹿加省，塞兰岛上也有几处不小的城镇，而且在印尼通常会有许多旅游书籍和网站上查不到、只为当地人所知的通勤管道，例如私人小艇或小村庄村民自组的巴士系统，我一直认为到了当地后就能打听到这类前往塞兰的交通方式。但李老板说没有，去塞兰岛除了搭飞机，就只有那两班船，我只好在安汶住一晚，顺便到附近的树林看看这座岛唯一的特有种——安汶绿绣眼（Zosterops kuehni）。

次日我再次搭上偶接客，这次载我的偶接客司机是个健谈的中年大哥，我一上车他就开始自我介绍，然后抛给我一连串问题：你从哪里来？台湾在哪里？来这里是旅游吗？你做什么工作？还有，信什么宗教？

也许有些人会认为，被陌生人询问信仰是一件很诡异或冒犯的事情，但在印尼，拥有宗教信仰就跟每天吃饭一样自然，就像"吃饱了没？"一样，是家常便饭的开场白问候语。

要理解宗教的重要性，或许看看印尼人人都会背诵的国家与宪法基本精神"建国五原则"[1]就能略知一二，该原则的第一条便是"信仰唯一上帝"。虽然这个种族宗教多元的国度并未指明"唯一上帝"是哪一位，但印尼人可以选择的"正统宗教"只有六种：伊斯兰教、基督教、天主教、佛教、印度教和儒教。每个人的宗教信仰还会被注明在身份证上。

我之前在苏拉威西得了不知名的热病，去医院挂号时，

---

[1] "建国五原则"是印尼建国首领及首任总统苏加诺（印尼语：Soekarno）于1945年6月提出的一套政治哲学，其五项原则为：信仰独一无二的神明、人道主义、国家统一、民主政治，以及社会正义。

柜台护士问我信什么宗教,当我回答"没有宗教信仰",她和她旁边的人都愣住了,他们无法理解"没有宗教信仰"是怎么回事,一脸困惑地跟我僵持了好一阵子。后来我学乖了,我母亲是基督徒,所以我通常会说自己信基督教,但如果对方已经先入为主觉得我属于某个宗教,那我也会顺着他们的意思,就像这位偶接客司机。

"你,华人……"他用简单的英文单词说道,"所以你是佛教徒?"

我点点头,问他是不是穆斯林,我想继续宗教的话题。摩鹿加省在1999年曾爆发穆斯林与基督徒的宗教冲突,后来这场持续四年的暴乱,造成印尼建国以来最多的难民,70万人流离失所,至少5000人死亡。2011年,安汶也发生了一次宗教暴力事件。这一两年,透过社交网站,我偶尔仍会听闻印尼比较保守的地区发生宗教冲突,我很想知道当地人对这类冲突的看法。

"我是穆斯林,整个印尼几乎都是穆斯林。"[1]我的偶接客司机继续用断断续续的英文说,"我们穆斯林……是非常爱好和平的!基督教徒、天主教徒、穆斯林、佛教徒……在印尼……大家都很和平。冲突都是因为钱和政治……"

我们一路20分钟比手画脚地聊到港口,离开前他

---

1 2010年的一项统计数据显示印尼人口中约有87.2%为伊斯兰教徒。

坚持要留下自己的电话，说以后我来安汶还要再找他当司机。

塞兰 Seram

我要去的塞兰岛北部村庄萨怀（Sawai），是个在 Google Map 中连道路都还没有标上的偏乡小村。规划旅游行程时，我在印尼赏鸟与鸟类保育网站 Burung Nusantara 上看到萨怀附近设有一处鹦鹉保育基地，其中主要保育的对象是塞兰岛的代表鸟种——鲑色凤头鹦鹉。而那一带也是岛上有比较多鸟类记录的地方，因此我决定就去那里了，只是在港口估计是找不到开往那里的共乘计程车，而进城找又不知道要花多少时间。我只祈祷行程不要再延迟。

抵达塞兰岛南部的城市玛索西（Masohi）后，城里的司机告诉我已经没有到萨怀的车了，我只好又在城市里住了一晚。隔天一早搭着小巴士到处打听，才终于找到一辆开往北方的车，但因为同车没有其他乘客要去萨怀，司机借此跟我多收了 15 万印尼盾（约 10 美金）。

从玛索西到萨怀的车程约三小时，离开城市与郊区后，周围的景色尽是连绵的森林，陡峭的山峦在眼前不断耸起又落下，视野所及之处除了修路工人临时搭建的工棚，几无任何屋舍，算是我这趟旅行中难得的"无人"风光。海拔逐渐攀升，正午温暖的阳光与冰凉的风一并灌入车内，我舒服地把头往车窗靠，看着公路高点附近的森林长满松萝，地衣与苔藓从地面长到树梢，整片森林由不同深浅色调的绿组成。

一路上时常有蓝喉皱盔犀鸟（Rhyticeros plicatus）飞过树梢，这是摩鹿加与巴布亚地区唯一的一种犀鸟，雄鸟的头与颈部是红棕色的，喉部为浅天空蓝，象牙白色的巨大嘴喙基部是胭脂色的，身体与翅膀全黑，十分常见也十分耐看。途中也偶尔能听见摩鹿加虹彩吸蜜鹦鹉（Trichoglossus haematodus）尖锐刺耳的鸣叫声，以及白色硕大的斑皇鸠（Ducula bicolor）突然起飞时的噗噗拍翅声。这一条横跨岛屿中部广袤森林的公路，光是乘车路过就已让我热血沸腾，我决定到了萨怀后一定要租个机车自己来跑几趟。

共乘计程车由双向道的公路转入路宽仅容一车的柏油路，这条路经过一两处山腰上的小村后，到底就是萨怀，而在临海小村萨怀的最底部，就是我要入住的 Lisar bahari 旅店。我一路上很认真地寻找网站上说的鹦鹉保育基地，但除了路边画有粉红色鹦鹉的禁止盗猎与喂食的告示牌外，没有看到任何相关的机构或路标。司机帮我问了路人，但也只得到"就在村子里啊"的回应，没说是哪个村子或地址，我想也只能明天再一处一处慢慢打探了。

Lisar bahari旅店是向海延伸而去的几排高脚屋，由木板与竹条搭建而成，屋顶铺满了晒干后扎成束的棕榈叶。最让我庆幸自己选择此地的，是眼前精彩的海洋世界。

　　我一走上搭建于海上的木板走廊，马上就被底下整片的珊瑚礁吸引住了。各种奇特、缤纷的珊瑚在旅店下方形成了一片海底花园，带有美丽斑纹或金属光泽的热带鱼悠游其间，巨大的蓝色与暗红色海星在底部的白色沙地上缓慢移动。卸下行李后，我望着在水草与珊瑚礁之间觅食的鱼群，它们流线型的身躯和不断挥动的鱼鳍，让我突然觉得赏鱼和赏鸟也有几分相似。

　　随着日光消逝，泛着浅橘黄色的天空划过许多斯兰金丝燕（Aerodramus ceramensis），我看着那些快速划过天空的镰刀形剪影，想起曾在 *Lonely Planet* 的旅游简介中读过，在这座摩鹿加人口中的"母亲之岛"（Nusa Ina）上，传说雨燕承载了人类祖先的灵魂。我享受着被寄托奇幻想象的美景，直到灵魂的啁啾声逐渐在清真寺傍晚的唤拜声中消散。

鲑色凤头鹦鹉 Salmon-crested cockatoo

　　在萨怀的第一个早晨，天刚蒙蒙亮，我就背上望远镜骑着跟旅店老板租来的机车赏鸟去了。首要目标，是看到我在塞兰岛最想看的特有鸟种之一——鲑色凤头鹦鹉（Cacatua moluccensis），并找到那间因它们而建的鹦鹉保育基地。

我沿着来时的小路，从萨怀出发，为了避免让机车的引擎声干扰某些较细微的鸟鸣，我每骑一段路就停下来步行赏鸟。早晨的路上有许多正要去上课和工作的学生与居民，大家都很热情地向我打招呼，好奇地问东问西，因此每隔一段时间，我就得放下望远镜，一再重复已经回答了许多次的问题。两三个小时过去，我几乎要把这段小路走完了，但仍旧没有看到鲑色凤头鹦鹉和它的保育基地，居民时不时的问候也让我无法好好赏鸟，心情渐渐烦躁起来。

"嘿！鸟！"正当我想着要如何对付过于热情的外在干扰时，前方不远处一位骑着重型摩托车的中年男子突然对我喊到："两只鸟！在树上！"他说的虽然是英文，但母音依照的是印尼文的发音，鸟（bird）乍听之下像是啤酒（beer），我以为是位酒醉之人，便转身不予理会。

但那位大叔仍继续用不标准的英文对我喊着："鹦鹉！绿色的鹦鹉！"一只手指向远方一棵高大的树。我狐疑地举起望远镜来一看，那树上还真有两只绿色的巨嘴鹦鹉（Tanygnathus megalorynchos），它们可能已经停在那儿好一阵子了，我刚刚扫视树林时完全没有发现。

不过比起巨嘴鹦鹉，更吸引我的是这位好眼力的大叔，以及他卡其色衬衫上一块绣有粉红色鹦鹉的布章。

这位大叔是强尼爸爸，他是马努塞拉国家公园（Manusela National Park）的管理员。马努塞拉国家公园位于长形塞兰岛的中段，面积1890平方公里，约占整座岛的11%[1]，涵盖海岸林、沼泽地与中高海拔森林等环境，我来此沿途所经的美丽森林及萨怀小村，大部分都在国家公园的范围之内。目前塞兰岛的森林几乎有一半受到伐木开发，在栖地被破坏与非法盗猎的威胁之下，这里可能是许多原生动植物最后的庇护所。而马努塞拉，在当地方言里的意思是"自由之翼"。

我指着强尼爸爸衣服上的布章，告诉他我就是为此而来，他露出一个恍然大悟的笑容，跨上重型摩托车示意我跟着他往回骑，我纳闷着刚刚一路走过来明明没有看到任何与鹦鹉有关的设施啊。

我们在一处茂密的树林前停下，附近都是居民的菜园与住家，一栋已毁损、半倾斜的小木屋让这里看起来就像废弃的私人后院，但仔细一看，那上面有模糊不清的"办公室"字样。强尼爸爸带我走上木板小径，穿越长草与树林，

---

[1] 马努塞拉国家公园于1978年由两个自然保留区Wae Nua与Wae Mual合并而成。但许多旅游资讯及地图并未更新，因此网络上可以看到不同版本的国家公园地图。

我听见阴暗的树林后方传来沙哑粗糙的咆哮声,一块褪色严重的塑胶布条上写着"Kembali Bebas",印尼语的意思是"回归自由"。

一座座铁笼架设在树林后方,笼里有折衷鹦鹉和多种吸蜜鹦鹉、凤头鹦鹉与侏儒鹦鹉。虽然门面简陋,但鹦鹉的笼舍是被细心照料的,宽敞的铁笼内被摆上许多栖枝,有人正在清扫排泄物和食物残渣,并放上新鲜的玉米与香蕉。我一走近,鸟儿们都开始紧张焦躁起来,躲到笼子角落对我大声鸣叫威吓,它们都仍有对人类警戒的野性,不见笼养鹦鹉常有的刻板行为[1]。

我走到一座关着鲑色凤头鹦鹉的大型笼舍,四只白色大鹦鹉身上染着浅浅带橘的粉红色,当它们膨起羽毛,看上去就像黄昏来临之前,天边四朵有着轻柔暖色调轮廓的积云。

"非法的鹦鹉……"强尼爸爸用不太流利的英文向我介绍,"人们喜欢养凤头鹦鹉当宠物……像这种粉红色的很贵、很受欢迎……"

凤头鹦鹉在宠物市场较常见的俗名是巴丹,通常指的是 Cacatua 这一属的鸟,它们是一群分布在印尼东部岛屿

---

[1] 刻板行为 (Stereotypic Behavior) 是动物在紧迫或不良的环境中,出现相同、重复且与生存无关的行为,如来回踱步、不断左右晃动或拉扯羽毛。

及澳洲大陆的白色中型鹦鹉，天性聪颖又爱玩，许多还会学人说话或是跟着音乐起舞，是很受欢迎的宠物鸟。因为有市场的需求，许多种巴丹鹦鹉在原生栖地被大量猎捕，那些只栖息在印尼某些小岛的种类，族群数量因此受到严重的冲击，鲑色凤头鹦鹉就是其中之一。

尽管繁殖速度快，在塞兰岛上也没有太多天敌，但鲑色凤头鹦鹉的野生族群量仍从1980年代开始骤减，根据华盛顿公约的调查记录，在1983年到1990年间有超过6.6万多只鲑色凤头鹦鹉从印尼输出，出口巅峰时期每年超过1万只，而这还只是来自签约国提供的活鸟的数据。近几十年，野生动物贸易逐渐受到关注，保育团体的施压加上相关法令的制定，盗猎问题虽逐渐缓解，但每年仍有非法走私的鹦鹉在机场或港口被查获，其中有些鸟会被送回这里。

"我们会照顾它们，然后每隔一段时间……把它们放回野外。"强尼爸爸比了一个手向前挥舞出去的动作，像鸟拍了一下翅膀。"在它们离开、自由了之后……"他将手收回心的位置，仰头向上张望，对着我也对着树梢说，"鲑色凤头鹦鹉常常会回来这里。"

"嘎啊——"强尼爸爸话刚说完，树林外便传来一阵近乎凄厉的咆哮，咆哮从树梢扩散到铁笼，笼里的鸟仿佛受到召唤一般，一只一只也跟着开始大声嘶吼，霎时之间，整座"回归自由"爆炸般共鸣起来。

"它回来了！它回来了！"强尼爸爸兴奋得像是自己的孩子回来了一样，看到前方树上的一阵骚动，立马拉着我跑过去。一声仿佛要把人耳膜震碎的粗哑嘶吼，从我们正上方的一截粗壮枝干传来，笼里的鸟也与我们一同仰头查看。

我先看到的是透着鲑红色泽的内侧尾羽，然后是铅灰色的巨大鸟喙，再来是浑圆的深黑色眼珠——一只鲑色凤头鹦鹉，正弯下身体撇头盯着我们瞧。或许是因为背景的关系，它看起来比笼里的鸟大多了。我与粉白色大鹦鹉对望了一段时间，它看我的眼神让我感觉自己像是擅闯别人家园的入侵者，因而在雀跃的同时有一点点难过。

"我们目前已经野放了快600只鹦鹉。"强尼爸爸说。虽然以印尼非法走私鸟的数量而言，"自由之翼"十几年来野放的鸟只能说是微乎其微，但这样的保育行动却渐渐感染了当地居民，强尼爸爸充满自信地说："鲑色凤头鹦鹉是我们这里的骄傲。"它们虽然在塞兰岛的其他地区仍不易见，但对于居住在马努塞拉国家公园的人们而言，已是日常风景的一部分。

离开保育基地后，我邀请强尼爸爸之后与我共进旅店提供的每一餐，一来是我想多跟他聊聊塞兰岛的鸟类保育状况，二来是旅店提供的餐点多到我一个人实在吃不完。他没有推辞，爽快地答应了，并且说接下来几天都由他当司机兼导游带我在国家公园里赏鸟。提到管理员的工作，他说自己"随时都在工作，也随时都在休息"，他不用打卡上班，也没有上司需要交代，平时除了协助保育基地的工作外，就是在各个村庄之间跑来跑去，以确保能开国家公园的门票给每年造访这里的大约500位游客[1]。

虽然强尼爸爸的英语只跟我的印尼语程度差不多，但对鸟的热情还是让我们成了忘年之交。他虽然没有望远镜或相机，但凭着十年国家公园管理员的经验，几乎记下了岛上每种鹦鹉的叫声、它们喜欢觅食的果树，甚至某些鸟每年固定的筑巢地点。而除了鹦鹉，他还知道该去哪里找琉璃翡翠（Todiramphus lazuli）和摩鹿加长冠王椋鸟（Basilornis corythaix）——这是塞兰岛另外两种我最想看的鸟。

我在塞兰岛待的日子比预期来得长。强尼爸爸带我看了许多种鹦鹉，我则教他如何辨识岛上特有的绿绣眼、吸蜜鸟和啄花鸟等小型鸟种，但不论正在看什么鸟，只要一有鲑色凤头鹦鹉吼叫着从空中飞过，我们便会异口同声、以欢呼的口吻用印尼语喊出："Kakatua Maluku！"

离开前，我用随身携带的水彩纸和颜料，将我们一起

---

[1] 东南亚的许多国家公园或自然保留区，没有单一的收票入口，而是由管理员自行前往各旅店向游客收费。

看到的几种鸟画成明信片送给强尼爸爸，并且互相加了脸书。塞兰岛 11 月底的午后时常刮起狂风暴雨，旅店的棕榈叶屋顶不断落下碎屑，那些干燥碎裂的叶子被夹进我的衣物、背包和鸟类图鉴里，在我回到台湾后的两三个月，依然能在房间发现萨怀小村的屋顶碎片，而我也仍时不时收到强尼爸爸来自"自由之翼"的问候讯息。

小卡伊岛 Kei Kecil

小卡伊岛是我此趟旅行的最后一站，提了行李后我没直接走出机场，而是在行李转盘旁的一间小杂货店点了杯"印尼红茶"，坐下来思考一个此时已嫌太晚的问题：我到底为什么会在这里？

小卡伊岛（Kei Kecil）与隔壁形状瘦长的大卡伊岛（Kei Besar）[1]，以及围绕它们周围的数个小岛共同组成了卡伊群岛。卡伊群岛往北是巴布亚岛的鸟头半岛[2]，东边则是阿鲁群岛（Aru Islands），这两者都是栖息着各类天堂鸟的博物学圣地。岛上生产的椰子油、土陶器与手凿木器也销往摩鹿加各岛，不过此地过去最负盛名的，莫过于独到的造船术。

---

[1] Kecil 与 Besar 是印尼语的"小"与"大"。有些书籍或文献中会音译为"凯科西"与"凯贝瑟"。
[2] 巴布亚岛的形状似一只大鸟，西部半岛（印尼西巴布亚省）位于鸟的头部，故又称鸟头半岛。

华莱士在旅经此岛期间，岛上居民精湛的造船手艺令他印象深刻，他在游记中写道："他们所造的小独木舟造型极美……完全用木板拼成，只因拼合得非常密贴，拼接处几乎无法插刃。较大的船可载重二三十吨，不用一根钉子或一片金属即可出海，而造船工具除了斧头、手斧与钻子外，别无其他……他们的做工如此精巧，即使是欧洲的上等造船匠也无法做出更牢或更密的接缝。"[1]

塞韦林在1996年复写华莱士在香料群岛的旅程时，第一步也是来到卡伊群岛寻找船匠，依古法重制了一艘维多利亚时代的马来帆船。据他所述，此地的造船术在华莱士离开后的140年间没有太多变化，造船匠在没有设计蓝图与施工时程表的状态下，貌似毫无章法、缺乏组织，却又"乱中有序"地如期完成他要的帆船。塞韦林将帆杆的测量数据传给英国的造船公司，船匠只凭经验以步伐丈量而出的船体结构，竟与电脑精算后的模拟图相差无几。

我于规划旅行前不久才又读了一遍《马来群岛自然考察记》和《香料群岛之旅》，由于两位伟大的探险者都对此岛着墨不少，于是我没有多想，便订了飞来这里的机票。

---

1 [英]阿尔弗雷德·罗素·华莱士著，金恒镳、王益真译：《马来群岛自然考察记》，上海文艺出版社，2013年8月版，第157—158页。

但现在这里就像整个摩鹿加群岛的缩影，充满冒险的辉煌时代已过。

我在网上随意选了一间便宜的民宿（反正这里每间民宿拍起来的风景都差不多），搭着偶接客前往小卡伊岛西北部的欧霍伊立鲁（Ohoililur）小村。一路上，柏油马路平整又宽敞，但几乎看不到几辆车。

道路两旁的视野内不见任何一座山或地势起伏，一大片看上去干燥、纤细、均质的矮树林蔓延至地平线的尽头，让我想起了澳洲北部的森林。2018年年初时我还在澳洲最北的城镇达尔文（Darwin）打工旅行，从那里往北500公里左右就是卡伊群岛，除了小岛的土壤没有那么红、林相也较为稀疏之外，将卡伊群岛视为澳洲北部的延伸一点也不为过。

卡伊群岛上的鸟种组成也与澳洲北部高度重叠，许多都是我已见过的种类，在小卡伊岛上，仅有两种特有种和四种特有亚种。所以当小兰问我为什么来这里赏鸟时，我并不像提到哈马黑拉或塞兰岛那样兴奋地介绍。

小兰是我在民宿遇到的四川女孩，20岁航空学校还没毕业就一个人游历了许多国家，一位旅行中认识的美国人邀她一起到小卡伊岛度假，她把对方当朋友，但没想到那位美国人居然对其他人宣称她是他老婆，还毛手毛脚起来。我知道后便决定跟她组队，用微信跟她换钱，离开烦人的美国佬和充满蚊子的廉价民宿，入住村里新建好的度假旅馆，两人分担一间冷气房。

卡伊群岛既炎热又无风，每天我为了贯彻赏鸟人的精神一早出门，带着一团热气归来时，冷气真是莫大的救赎。而整趟旅行下来，我积累了不少疲惫与心得，此时能与一位年纪相仿、语言相通的人分享彼此的旅行经验，也是很令人愉快。于是，在看到金黄腹绣眼（Zosterops uropygialis）和卡伊岛白尾王鹟（Symposiachrus leucurus）这唯二的特有鸟种后，我卸下了寻找鸟类和生态观察的担子，骑车载小兰去兜风。

我们从欧霍伊立鲁村沿着岛上唯一的柏油公路往北骑，穿越对流旺盛形成的短暂暴雨，抵达北部海湾边的欧霍伊戴塔乌村（Ohoidertawun）。这里的潮差很大但地势平坦，涨潮时像一片大镜子映照着天空，好似著名的乌尤尼盐沼（Salar de Uyuni）[1]，军舰鸟的飞行与人的泅泳在此交会；而退潮时连绵的白色沙滩向外延伸了三四公里，地平线尽头青蓝色的海水闪闪发光。

一位当地的居民告诉我们，可以趁着退潮步行至东北方的崖壁，那上面有古代留下的壁画遗迹。这里没有门票

---

[1] 乌尤尼盐沼位于南美洲玻利维亚西南部，是世界最大的盐沼，因水倒映天空之美景而闻名，又被称为"天空之镜"。

费、摄影费，也没有管理或维护措施，寥寥可数的几篇相关研究，也只是比较了各处壁画对于类似物件的描绘差异。欧霍伊戴塔乌壁画（Petroglyphs of Ohoidertawun）在1988年被首度发表后，就没有人再为它多说什么。

我与小兰走上柔软细致的沙滩，白沙拓印退去的海浪在我们脚下形成无数的小山丘，小兰一路拍着风景，而我数着沿途上的涉禽[1]。"你说，以前的人为什么要在悬崖壁上画画？"小兰问我。我不知道，没有人知道。我说或许以前这里不是海吧，就像这里也曾经不只有沙滩。

我们走到崖壁下方，仰头望着那些十米高的史前壁画。那些褐红色颜料在石灰岩上记录着不知是星辰、太阳或是眼睛的神秘圈圈，在那之下有许多斑驳的人影举起双臂挥舞，其中有些人手中握着用途不明的器具，头上长着细长的角，在他们前方有三个人乘着一艘细细扁扁的小船，古代的风透过壁画上飘动的头发吹来。而围绕在所有图画四周的，是一只只或深或浅的手印，那是人类在发明文字以前，证明自己存在，并向他人说明这份存在的方式。

小兰说，那些手印好像以前的人在向我们招手。我看着这些壁画，它们或许曾经写实，但如今留予我们的只剩

---

[1] 涉禽（Waders）指长脚的涉水鸟类，如鸻形目（Charadriiformes）、鹳形目（Ciconiiformes）与鹤形目（Gruiformes）鸟类，但不包括有蹼的海鸟。

下抽象、臆测与美。我们在崖壁下漫步，直到下一阵暴雨从海上来袭。

回到旅馆后，我将欧霍伊戴塔乌壁画写进最后一段旅游笔记里。小兰跟我借了笔记本翻到启程前的那几页，上面画有我计划要旅行的各座岛屿，也画有华莱士幡羽天堂鸟、"看不见的秧鸡"、鲑色凤头鹦鹉等许多我想看的鸟，这些都是我为摩鹿加群岛构筑的想象。而此刻，那些图像都已被转成文字记录下来。

"所以这些你都看到了吗？"小兰指着那些鸟。

"没有，"其实那几页水彩画中，有一半以上的鸟我最终都没能看到，而我笔记本上后来所记下的，许多也与鸟无关，它们最重要的意义是作为我旅行的引子，我告诉小兰，"但我还会再来摩鹿加。"

"摩鹿加？"小兰露出疑惑的表情问，"你是在说哪里啊？"我没注意到言谈间自己已鲜少提及"摩鹿加"这个名字，取而代之的是特纳提、哈马黑拉、安汶、塞兰、萨怀，以及小卡伊岛……但当我正要解释时，小兰已先开口。

"啊，不管你说的是哪里，最重要的是你来了。"她将笔记本翻到画着鸟的那一面还给我，摩鹿加的地图浅浅浮现在它们背后，有那么一瞬间我感觉那些鸟正从过去远远地望着我。

参考书目与资料

1. James A. Eaton, Bas van Balen, Nick W. Brickle, Frank E. Rheindt, *Birds of the Indonesian Archipelago*, First Edition, Barcelona: Lynx Edicions, November 2016.
2. Alfred Ruessel Wallace,《马来群岛自然考察记：红毛猩猩与天堂鸟之地》(*The Malay Archipelago*)，金恒镳、王益真译，二版，台北：马可孛罗文化，2017 年 5 月。
3. Tim Severin,《香料群岛之旅——追寻"天择论"幕后英雄华莱士》(*The Spice Islands Voyage*)，廖素珊译，初版，台北：城邦文化，1999 年 7 月。
4. Elizabeth Pisani,《印尼 Etc.：众神遗落的珍珠》(*Indonesia Etc.: Exploring the Improbable Nation*)，谭家瑜译，初版，台北：联经出版社，2015 年 6 月。
5. Thor Hanson,《羽的奇迹》(*Feathers*)，吴建龙译，初版，台北：左岸文化，2015 年 5 月。
6. 李美贤,《印尼史:异中求同的海上神鹰》，初版，台北:三民书局,2012 年 11 月。
7. Clifford B. Frith (1992). Standardwing Bird of Paradise Semioptera wallacii Displays and Relationships, with Comparative Observations on Displays of other Paradisaeidae. *EMU* Vol.92, 79-86.
8. K. David Bishop (1992). The Standardwing Bird of Paradise Semioptera wallacii (Paradisaeidae), its Ecology, Behaviour, Status and Conservation. *EMU* Vol.92, 72-78.
9. Gray, George Robert (1860). List of birds collected by Mr. Wallace at the Molucca Islands, with descriptions of new species, &c. *Proceedings of the Zoological Society of London*. 28: 365.
10. Collar, Nigel J (2009). Pioneer of Asian ornithology: Gerd Heinrich. *Birding ASIA*. 11: 33-40.
11. Margaret F. Kinnairda, Timothy G. O'Briena, Frank R. Lambertb, David Purmiasab (2003). Density and distribution of the endemic Seram cockatoo Cacatua moluccensis in relation to land use patterns. *Biological Conservation* 109: 227-235.
12. Ballard, C. (1988). Dudumahan: a rock art site on Kai Kecil, SE Moluccas. *Bulletin of the Indo-Pacific Prehistory. Association* 8, 139-161.

在黑暗的水域里游泳、数着数醒来的远藤,不再害怕轻浮或欢娱本身。他潜进去,比浮华世相里的漂亮面孔们投入得更彻底。

泅渡[*]

撰文　郭爽

---

[*] 文中部分引文出自远藤周作小说《沉默》、小说集《哀歌》。

是地狱吧。白炽灯二十四小时昼夜不休亮着,皮肤被照射得干涸,嘴唇早已崩裂。医用仪器的锐叫、护士的脚步声、邻床病人的呻吟,昼夜不休。偶尔,门哐啷一声推开,病人被推进,或推出。推进推出无外乎几种可能,检查、手术、放弃治疗、转入普通病房。在这里,死的几率盖过了所有。人体是物质,被插入针头和导管,从鼻孔、尿道、静脉,钢或塑料进入肌肉或静脉,传导冰冷的电流或液体。人体是物质了。意识在漂浮涣散,任由便溺在一次性床垫上蔓延。

我把手伸进惨白的被子下面,握住他的手。他的食指夹着仪器,手掌冰冷。我不松开。慢慢地,他的手温热起来。我俯在他耳边喊,爸爸,爸爸爸爸。隔着口罩、空气、他的耳道和意识混沌的世界,这声音能传到他的大脑中枢么?我继续喊着。爸爸啊爸爸爸爸。他的眼珠在眼皮底下抖动、滚动,意识在上升。爸爸,是我啊,我回来了。他的眼珠不再急速晃动，眼睛仍闭着，眼角却滑出两滴泪来。他仍睁不开眼睛。是那个黑暗的世界在拽住他吗，让他无法醒来。可是，他毕竟听见我了，认出我了。眼泪不断从他眼睛里涌出来。我抑制住自己口罩背后已经被情绪拉扯得扭曲的脸孔，用热毛巾擦拭他的脸，扫走他的泪。虽然他的身体变作了一堆物质，但这眼泪，让我确定父亲会回来，他还不会死。护士在大声讲话，让家属们抓紧时间，探视只剩五分钟了。ICU里全是混乱嘈杂。我攥紧他的手，像小时候我觉得害怕时，他会对我做的那样。

母亲让我赶快到外面去，远离辐射区。我站在房间外面，看着母亲和护工抱起父亲的身体，放到核磁共振检查仪上去。母亲套上防辐射的背心，回头冲我招招手。射线穿透父亲的身体多少次，也穿透母亲的身体多少次。年轻的时候谁曾想到，夫妻终究意味着的是这些呢。就算嘴里说着你是我的骨中骨、肉中肉，但不到暮年，又怎么可能知道两个原本独立的身体只能彼此依存意味着什么。呼吸、饮食、哀荣。一样的光一样的风拂在两张脸上。

母亲让我先回家。出了医院门，我的腿却不听使唤般径直往前走。紧邻医院的小路上，小摊贩推车卖炒米粉、糖稀饭、炸洋芋、烤粑粑。油烟味混合着淡淡的煤味，我夹在病人和病人家属的队伍里慢慢往前挪。这般乱哄哄热乎乎的烟火气。也许我该要个孩子。这念头猛地出现，就像小摊贩黑而红的脸膛一样，并不惹人注目。我任由这念头在脑海里盘桓了一会儿。可是为什么？可以有张小脸趴在父亲身边，喊外公外公你快醒醒吗？天很冷，走了一会儿我的脸已经僵了，脑子里的嗡嗡声是爆炸后的余音。

回家，刚一进门，屋子里温热的空气包裹住我，我似乎清醒了。不可能为了任何人去要一个孩子。孩子只是孩子。坐在沙发上，我对着母亲还来不及收拾的茶几发呆。烟灰缸里面散落着几个父亲抽过的烟头。他总是把烟抽到只剩过滤嘴，说了好些次也不听。我抬起烟灰缸，犹豫一下又放下了，任由烟头留在里面。母亲的护手霜也在茶几上，我拧开盖子闻了闻。这大概是母亲的味道。

客厅里的物件在提醒、暗示着我是谁，我也任由它们做主，像白天或夜晚父亲母亲和我都不在家的时刻，它们所做的那样。唱机指针跳动，水仙花盆里咕咚一声冒气，地毯上的花朵翩翩起舞。茶杯、扫帚、橘子各自律动，炉丝在电热炉里微微发红。从小我就是这么玩的，跟这房间窃窃私语。它们也触摸到我的心绪，让颜色和韵律都明快起来，想要一起笑，笑，笑。直至闹钟从茶几上弹起，打破无忧的节拍。15点30分，平时父亲该吃第二道药的时刻。我的心沉了一秒。物件们静止在半空，然后缓缓下坠。它们又静默了，只剩我独自面对这世界。

我身体里无意识的某部分，跟着父亲在黑暗的世界里漂浮、沉沉下坠。而那个体的我，则努力辨认着这些情绪或遭遇。

母亲目前情绪还算稳定，可我不知道她何时会崩溃。父亲呢，性格内向的他却躺在一堆陌生人中间，被护士插管、喂水、换片，赤身裸体曝于人前。

父亲的手机趴在桌上充电，像他躺在病床上的身体一样无知无觉。这已经是他第二次脑溢血发作了。第一次康复后，他跟我开玩笑说，感觉自己漂浮在茫茫大海里，意识和身体分离。他游啊游，想要回到自己的身体里去。后来他终于想到一个办法，从一开始数数，数啊数，直数到六百多，他醒了。所以现在，父亲又一个人在那里游泳了。快数数啊，爸爸。我小声喊着。

"对别人敞开心扉毕竟是件难为情的事。即便在小说里，他们也不可能将自己的内心世界一览无余地展示在别人面前。就像水从箩筐底下流走一样，他们在小说中至多也只能叙述自己可以抓到的故事。"

我什么也不能做。只能像水从箩筐底下流走一样，抓住那一点点能抓住的事。写作有时候也让我觉得如此。我只能守着他们，父亲和母亲。

一个月后，父亲出院。又一个月后，我搭飞机去日本。临走前父亲问，去日本做什么？一个项目，我说。为了写东西吗，他问。我"嗯"了一声，转身看看他，真是为了写出什么吗？我并不确定。

所谓真实，究竟是怎么一回事呢？到长崎的第一晚，我躺在床上打开谷歌地图。离我最近的电车站叫樱町。"茂吉和一藏两人被关入樱町的监狱十天。"三百多年前的禁教时期，这附近有座监狱关押天主教徒。这叫作茂吉和一藏的，是远藤周作《沉默》里两个因信教而被羁押的贫苦农民。而往东北方向一两个街区，就是西胜寺。西胜寺，是《沉默》里弗雷拉神父改名为泽野忠庵后寄居的寺庙。他改了日本名字、娶了日本妻子，在这里写弃教后自证的书籍《显伪录》，死于日本。

如果不知道这些，那我不过是住在一间由老先生和老太太经营的咖啡馆楼上的民宿里。我的房间只有六平米，房间隔壁的隔壁有巨大的面包烤炉，所以走廊里都是酵母和面粉的味道。房子周围是夹杂着办公楼的居民区，入夜后静谧、暗杳，只不打烊的居酒屋门口挂着灯笼，门缝里透出人声和微光。

两重真实之间有着微妙的联系。比如我还未出发前，房东田中先生就在邮件里关切：来长崎想看什么，想吃什么？我可以给出力所能及的帮助！我只好如实相告，是为远藤周作去的，而这也是我第一次去日本。他很快回复，远藤周作啊，那要去外海地区。那里有远藤周作文学馆，还有壮丽的夕阳景观。附近的村落也有一些景点可以看看。又补充说，不过那个地方不好去，如果自己开车的话会方便些。无论如何，你抵达后再决定！

我抵达后，结果却是与房东夫妇相处太过愉快，田中先生强烈建议我跟他一起去旧出津救助院送面粉。这是他两周一次的外出活动。说是面粉，其实是意大利面专用的杜兰小麦粉。来自法国的多罗神父将杜兰小麦种子引种到日本，并教会农民种植法，这些原本只能吃番薯的农民终于吃上了面。虽然跟我要去的地方极其接近，但看着田中先生唠唠叨叨的样子，我还是狠起心来拒绝了。就像我不愿意跟父亲一起出行或旅游一样，当然也不想跟田中先生一起出行。他脸上写着明显的失望，但嘴里仍说着"好吧"。

"我大概跟你父亲一个年纪吧。"

"你多大了？"

"七十一。"

"我父亲比你小九岁。不过他身体很差。"

被拒绝后的田中先生独自在和室里看电视，就算戴了助听器，电视仍开得震天响。看着他的背影我摇摇头，回自己房间去。没过多久，我出来洗漱，田中先生双腿伸进暖桌里已睡着，电视仍震天响。田中太太整晚都在做面包，脚步声在走廊里踢踢踏踏持续到深夜。

父亲出院后的那段时间我在家。白天大部分时间里，他都坐在客厅沙发上看电视。母亲出门后，我在房间里做自己的事。为了随时听到他的动静，我把几道门都留了条缝，让声音足以传到我的房间里。所谓声音，包括喝水、起身、走动前的呼喊，康复期间他每一个动作都需要人看护。抓着父亲的手将他从沙发上拉起、扶着他在客厅里走动时，我总能触碰到他肉已掉光的手臂。在ICU里躺了近二十天后，原本一百四十斤的父亲，瘦得只剩一身骨架。似乎只要轻轻将他推倒在地，就会震散开来。这种情况下，医生和母亲禁止他看书，平板电脑也不行。父亲失去了最大的爱好与消遣，偶有暴躁，更多是沉默。于是，父亲对着电视。电视里的人说话带着轻微的电流声，一点点从客厅漫进我的房间。我在键盘上敲字，敲击声震碎缓慢如水的、我和父亲之间沉默却不间断的电流。

我在做的事，无非是写小说和为日本之行做准备。在写的小说像深潜，沉得越深，它似乎越跟我最初时想的不同。我以为它关于人的精神，但它却慢慢指向爱。

"怜悯不是行为，也不是爱。怜悯和情欲一样不过是一种本能。"

远藤周作十九岁时第一次肺病发作，咳血。三十二岁时因肺结核而吐血。当时他正在法国里昂大学留学，同年第二次发病，因病情严重而入院。次年他只能放弃博士论文写作，回国治病。肺病是笼罩其一生的阴影，直至七十三岁因肺炎引发呼吸衰竭去世才算终结。他一生中最凶险的一次发作，是1960年他三十七岁时肺结核复发。这次复发差点要了他的命，转了两个医院都没治好，第二年一年内做了三次手术。致命的第三次手术前，据说远藤在病房里看见了某位探视者带来的踏绘。手术后他一度无法脱离危险，但最终奇迹般醒来，住院半年后康复回家。

照顾病重的父亲，让我对疾病的隐喻及其本身似乎有所领悟。黑暗水域里，远藤也曾在那里泅泳。手术后的远藤、躺在病房里的远藤，双手双脚也被布条捆扎在床架上吧？布条固定四肢，人像昆虫标本动弹不得。如不这样，病人无意识的挣扎、抓挠，会触及遍布全身的输液管和仪器，而那将非常危险。

这次致命的手术和术后的逃亡，让远藤在医院里住了一年。一年，我重复这个词。三百多天里一个小说家困在病房里，卧定在病床上。他的肺像坏掉的鼓风机嗡嗡响。他的手臂、大腿，肉应是掉光了。

死里逃生的远藤，在四十岁的当口走到了人生的拐角。一是他最著名也重要的作品《沉默》在他四十三岁时出版。二是他化名"狐狸庵山人"，大写幽默随笔。他也像流行作家那样，写了通俗小说，写了剑侠小说。不知怎么，名气就大得不得了，跻身日本普通老百姓都知道的少数几位名小说家之列。我读过他的一本叫《砂器》的爱情小说，是个几乎俗套的爱情故事，可里面的作者语调，温柔得如爱人注视的目光。跟远藤以往的题材相比，里面所述爱情下坠的力，也让人完全沉迷。真是捉摸不透。

行过死荫之地，却没有遭害的人，人生变得像棱镜。死固然仍是生的对立，但生之况味却不再如从前般单一。他决意要写的，是人的行为以及何为爱。

那传说中让他在病房里获得神力的踏绘，是禁教时期逼迫教徒的手段之一。将基督或圣母像刻在铜版上，令百姓践踏，以表明非教徒身份或弃教。远藤究竟有没有在术前看到踏绘呢？那铜版上基督受难的面容？他自己在小说《前日》里写过手术前在病房里的遭遇。

他想拥有一幅踏绘很久了，就算无法收藏，也期待至少看上一眼。在他手术前，某神父允诺，一幅踏绘转运收藏的途中或许可给他看上一眼。他在病房里等待，术前的惶恐啃啮着他，这时果然来了一个男人，跟远藤商量起价格来。男人从怀里掏出的，竟是边角泛黄的色情图片。昏暗画面中男人和女人相拥在一起。"明天就要动手术了，买一张避避邪……我还能给你找个女人……"男人来了两次，兜售未果，却给远藤留下了一个印着肮脏手印的圆头圆脑木头小人。

在等待手术及术后醒来时，远藤周作一直在思考践踏圣颜的人与被践踏的那张脸之间的关系。"犹如漆黑中男人和女人昏暗的肉体呻吟着相拥在一起一样，铜版上耶稣的脸庞紧挨着人的肉体，两者竟然如此令人惊讶地相似。"而重生后的周作，如此看待自己，"就像男人留给我的小木偶一样，我的人生也略微有些肮脏"。

他从小受家人影响而受洗，长大后披着教徒这件外衣，却不知道自己是不是真的合身。这种自省与煎熬，促使他不断踏入历史，也数次去长崎最贫苦的地区，去寻找那些"说不出什么来"却信教的农民。如果日本人曾那样活着、曾那样去死，那总说明了些什么。他去找那些跟他一样，会死去、略微有些肮脏的人。

"即使基督也抗拒不了这诱惑。因为他下山来找人。"

坐大巴去外海地区的这天，是个阴雨天。气温只五摄氏度上下，风劲吹。大巴在海和峭壁间凿出的盘山公路上弯弯曲曲行进。去的时候，我的左侧是海，右侧是沿山而筑的民居、瘦而薄的梯田。几乎没有适合耕种的土地。即使在偏远的九州，外海地区也贫瘠得令人心惊。这种景观甚至让我产生一种错觉，只要挡住左手面不断涌来的海，似乎就回到了小时候，我正在贵州的盘山公路上坐长途大巴。父亲或母亲抱住我的身体，我的头伸在窗外，不断呕吐。村庄里的孩子站在路边，睁大眼睛看路过的车和我从车里伸出的头。他们留在贫瘠的土地上，而我要去远方。那些黄色土壤里种玉米，茎秆高高扬着，埋在土里的是山药和洋芋。草木燃烧的味道和快速掠过的植被颜色眩晕着我，前面还有十几二十座山要爬。

这里的村子没有站在路边的孩子，没有那种惊奇带惊惧的眼睛。一座座低矮的日式房屋密集排布在山脊上，间杂神社、佛寺、墓地。也有面朝公路的简陋神龛，香炉里插满残香。菩萨脸上长了青苔，眉眼难辨。

远藤周作在长崎县所辖地区反复调查，写了小说《沉默》。

"想着信徒们在浇薄的土地上用心耕犁，看着旧石垣划分的梯田格，让人深深感受到他们的贫穷。他们在沿海的狭窄土地上无法生存，也缴纳不出年赋。麦子、小米长得瘦弱，浇在田里的稀粪散发出刺鼻的味道。"

就是这般贫瘠的土地。大概人不为了基督死，也会牛马一样轻易就死去。世世代代。而永无止境涌向眼睛的海，也只让人觉得这里是世界尽头，是某个被遗弃了的地方。

同车的乘客都是本地居民，在沿途的小村子上下车。也有穿学生制服的女孩，跟我一样从长崎市区上车，却要往偏远的地方去。偶有平整的地块，即被用作渔港或码头，剩下的是千篇一律的村庄。每隔两三个村庄，能看到超市或加油站。

"这里是穷乡僻壤，没什么可看的。毕竟是天主教徒为了躲避官方追捕居住过的地方。"

而就在昨晚,我打开电视,看到长崎本地的电视台的一档综艺节目。摄制组去拍外景,几位男女老少不一的明星嘉宾在演播室竞猜知识点。外景和知识点都关于隐匿的天主教徒的历史。就在我到达长崎的几个月前,这个原本"没什么可看的"地区,被联合国教科文组织授予世界遗产。其实只要稍加留心,从落地长崎的一刻起,就随处可见对这一荣誉的宣传和推广。

我盯着电视看了很久。外景组在村落里寻找隐匿教徒的遗迹,森森绿林和碧波万顷的海之间,那些被磨损残存的物件。在五岛的渔村里,摄制组找到一位世代相传的教徒,他在船舱内壁上发现了祖先遗留的痕迹。镜头到此戛然而止,主持人让嘉宾们竞猜,船舱上发现的是什么呢?穿和服、艺伎般浓妆的老年女艺人猜是十字架。穿学生制服的美少女猜是圣母玛利亚。漫才演员一般滑稽长相的大叔猜是《圣经》里的文字。另外两位没特点的嘉宾,各猜是十字架和玛利亚。主持人声调昂扬欢脱,一番解读后,荧屏切换为外景镜头。船舱内壁上,是一个已非常模糊但仍能一眼看出轮廓的玛利亚。荧屏上突然弹出许多彩色的字幕和弹幕,泡泡糖一样甜腻轻松的色彩,冲淡了话题的严肃性。主持人像是在给甲子园比赛宣布开赛般喊着——是玛利亚!昆德拉怎么说来着?庆祝无意义。

是这样吗？如果不是这样，又是怎样呢？

我随手搜索中国列入世界遗产的名录。遗产分文化遗产、文化和自然遗产、自然遗产三大类。长城、莫高窟、明清故宫、秦始皇陵及兵马俑坑、拉萨布达拉宫历史建筑群、曲阜孔庙和苏州古典园林等三十六项列入文化遗产。泰山、黄山、峨眉山—乐山大佛和武夷山四项属于双重遗产。黄龙、九寨沟、天山、可可西里等十三项是自然遗产。

日本的文化遗产，包括法隆寺地区的佛教建筑、姬路城、古京都遗址、广岛和平纪念公园、富士山、明治工业革命遗迹等十八项。自然遗产包括屋久岛、白神山地、知床和小笠原诸岛四项。

两国对比，并不是小学地理课本所说的中国"地大物博"而已，日本比中国更早卷入或进入世界的现代潮流，并成为其中一部分。这融汇后的部分暗影笼罩，说不好是疮疤还是隐疾。

要入选世界文化遗产，须满足以下一项或几项要求：

1. 代表一种独特的艺术成就，一种创造性的天才杰作；
2. 能在一定时期内或世界某一文化区域内，对建筑艺术、纪念物艺术、城镇规划或景观设计方面的发展产生过大影响；
3. 能为一种已消逝的文明或文化传统提供一种独特的至少是特殊的见证；4. 可作为一种建筑或建筑群或景观的杰出范例，

展示出人类历史上一个（或几个）重要阶段；5.可作为传统的人类居住地或使用地的杰出范例，代表一种（或几种）文化，尤其在不可逆转之变化的影响下变得易于损坏；6.与具特殊普遍意义的事件或现行传统或思想或信仰或文学艺术作品有直接或实质的联系。

隐匿教徒符合的是第三点，一种已消逝的文明的特殊见证或景观。也就意味着，它不合时宜、不复日常。

2016年，日本政府以"长崎及天草地区天主教徒相关遗产"的名义首次申报世界文化遗产。但联合国教科文组织顾问机构认为，该名称没有反映出当时特殊的宗教政策，建议日方调整后重新申报。日本随后修改为"长崎及天草地区隐匿天主教徒相关遗产"，并删去了两个与禁教关联性较弱的遗迹，重新报送。

申遗成功的"长崎及天草地区隐匿天主教徒相关遗产"，包括大浦天主堂、原城历史遗迹等，是日本长崎县及熊本县天草市的十二个天主教徒生活、祝祷遗迹的总称。

17世纪至19世纪，日本实行严格的宗教政策，禁止民众信仰天主教。受到迫害、追杀的教徒秘密前往长崎等地隐居，逐渐形成多个天主教徒生活的村落。

就在昨晚，电视机里，色彩缤纷的综艺节目打出一行字幕：世界遗产登陆成功！长崎、天草地区注入新活力！

综艺节目总是伴随无尽笑声，罐头笑声、嘉宾的笑声、观众的笑声。

我只想起远藤所写："除了天主教徒外，还残留着一些隐匿的天主教徒呢。据说当地人至今还称呼隐匿的天主教徒是指基督徒禁令时代秘密信仰基督教的那些人。这一基督教也在世代传承过程中不知不觉地脱离了本来面貌。明治以后，教徒中的半数在宣教士们的激励下回归天主教，另一半则在今天仍然坚守着从祖辈那里继承下来的宗教。"

浮于面上的景观，是回归了的教徒及新规则壮大的结果。那些不肯回归的真正的景观，终将消失。这一"遗产"，指向的是死。政府禁教，教徒被逼迫而死。人为的，一些人致予另一些人的死。远藤如果知道这里成了观光景点，会怎么想？我脑子里不禁浮起这个想法。

无论如何，车轮都将景色抛于身后。接近目的地时，黑崎两个字从车窗外的站牌上突然跳出来。我还在回味这两个字的似曾相识，下一个站预告是——黑崎教会。后来我想起，远藤就是在这叫作黑崎的村子，见到了隐匿的教徒。

手机震动。房东田中先生发来电邮，告诉我可以在某个靠近文学馆的地方吃午饭，餐馆老板是他的朋友。真是父亲一样的惹人烦啊，我嘀咕。田中先生得了髓膜炎后丧失了听力，平时我们说话，即使他戴着助听器，也得我大声喊或者凑到他耳边大声、缓慢地说。反倒是在电邮里，我们轻松流畅地说着话。这几乎像父亲与我了。父亲话不多，却默默读我写的那些与他有关或无关的小说，然后在某些微小时刻，透露出他比我自己写出的更了解我。

第二次去外海地区已是十天后。我在九州转了大半圈后折返长崎，并决定再去一次外海。跟第一次阴雨寒冷的天气不同，这一天是个晴天。

阳光炽烈的正午，我的背却森森发冷。从黑崎教会折返村子，再从村子往山上一路攀行，枯松神社在地图上闪烁。就快到了，就快到了。我强打起精神让双腿在陡坡上攀爬。五分钟前，路过小型工地，两个工人在操作挖掘机，可是现在，四下无人，路标指示公路已到尽头，接着我该往铺着石块的山路进深。石块上长满青苔，杳无人迹。树枝低垂，重重叠叠，并不能看见神社所在。犹豫了一下，我开始踩着石头往上爬。没走几步，左手边一大一小两块横卧的石头，有贝类外壳一样几乎均匀分布的横向纹路。这是教徒们的秘密祈祷地。周围安静得只有我的呼吸声。

前方的路更幽深了，到底要不要往前？即使是正午，浓密的树枝仍让这里显得昏暗潮湿。三百步，我默默对自己说，如果往前走三百步还见不到神社，我就赶紧跑下来。整个山头只有我一个人，晴空万里却令人毛骨悚然。

爬了不止三百步。刚开始还坚定、明确地数数的我，越过了两百这道槛后,渐渐忘记了数字。我似乎像父亲那样,在恐惧中找到了连接自己身体和灵魂的入口,只平静地向前泅渡。

低矮的日式木屋出现了。木门紧闭,门口一左一右两个石灯笼。普通得不能再普通的一间小木屋。我绕着屋子走了两圈,风吹动树枝哗哗响。这里曾经有过什么,但如今什么也没有了。

我为什么非得看它一眼?大概因为,这里最接近《沉默》里远渡重洋的两位葡萄牙司祭隐匿的小屋原型。他们登岸后迅速被教徒带到山上藏起来。传说中的那栋小屋就在黑崎村以北的山上。村民用来放煤炭的小屋里只有稻草作铺盖,虱子横行,却是他们的"修道院"。明治时期,教徒在此建立了纪念神父的神社。也就是《沉默》中两位司祭的原型。如今的木屋是千禧年后原址重建的。

我从村子走上来用了多久时间,村民和司祭就要用更久时间。我好歹还有一段公路可走,他们那时走的全是山路。

然而就在这破败的深山小屋,教徒们露宿山野、双脚受伤也前来寻找司祭。两位司祭也在这里,给这些山鼠一样只能吃番薯活着的百姓告解、祝福、洗礼。

听到卡尔倍以庄严的声音唱洗礼的祈祷词时,我的喜悦远非身处任何大圣堂的祭典所能比拟。……这个小孩有一天也会和他的父亲、祖父一样，在这面对着黑暗的大海、贫瘠而狭小的土地上，像牛马般劳动，像牛马般死去。然而，基督不是为美丽的、良善的东西而死去的。我那时候悟出：为美丽的、良善的东西而死是容易的；为悲惨的、腐败的东西而死才是困难的。

跟来时全程爬上相比，回程全都是下坡路让我的膝盖发抖。仅仅是这空无一人的幽深山林已足叫我恐惧，如若还要在这里生存、躲避抓捕、坚持信仰，想想头都要炸裂。也许是亵渎，但我的脑子里也有另一种想法出现——与其这样活着，还不如去死。远藤自然也知道这些，他只是淡淡地写："这些百姓们就像刚上主日学的小孩，脑中描绘的天国是没有苛税和苦役的另一个世界。谁也无权残酷地打碎这个梦。"

在村口的巴士站等到车，我继续往北走，去远藤周作文学馆。上车时我一眼就发现，这趟巴士上有另一个外国人。一个棕发、身形高大的年轻男人。外国人来这里，肯定都是为了看隐匿教徒的遗址。我犹豫要不要跟他说话，可是整辆车没有一个乘客发出声音。很快到站，我下了车，进馆参观。

两个小时后，我搭上了回长崎的巴士。有些巧合的是，那个棕发的外国人也在回程的车上。而且显然，他去了外海更远的地方，而没有去文学馆。这趟回长崎的巴士需要中途换乘，下车时他排在我前面数钱数了很久，我用英语问是否需要帮助，他摇摇头，让我先投币下车。我走进换乘车站的室内等待。很快，他走过来用日语问我是不是来做研究。

"算是研究吧。"我用英语答他，然后我们就一直用英语谈话。他是意大利裔巴西人，在东京当交换生，研究日本现代历史。

我说我很疲倦，因为今天一天都在山上走，路非常难走。他指着地图上几个点说是他今天去的地方。跟我一样，去了后才发现地图上显示的 1.5 公里、2 公里是多可怕的行程，全是大陡坡。连他这样身高接近一米九的壮汉都喊受不了，看来我酸软的腿和膝盖并不是不顶用。

"不过长崎的地形跟我的家乡有点像，甚至让我有点想家。"他说。

"市区都是山？"

"山，电车，每个地方不一样。东京就很平坦，但是你从地铁钻出来后，发现每个地方都差不多。"

我看着他在地图上指的地方，他去了更北面的大野和出津教会。

"你要研究日本的教徒吗？那你信不信教？"我问他。

"我不信教。"

"这可能对做研究来说是件好事,会轻松一些。"

"我想确实轻松一些。"

他压低声音说,拍到了一张"非常日本"的照片,并让我看手机。那是一座长得很像观音的圣母像,怀里抱着耶稣。

"看见了吗?"他指指圣母宝座下面。

"啊……"我轻声感叹。

"你知道,这非常日本,或者说,非常东方?"

"我想,应该说非常东方。"

圣母脚下全是硬币。中国的寺庙和景点常见的景象,信徒与非信徒投下硬币并许下愿望。远藤写过:"日本贫穷的信徒们最崇拜的是圣母,有时百姓对圣母比对基督还要崇敬,这令人有点担心呢!"

"你呢,研究什么?"他问。

"二战后的日本作家。"

"文学?"

"他们怎么去找到和讲述现代日本人是什么。"

"为什么对这个感兴趣?"

"啊,大概我想知道中国作家该如何去找到和讲述现代中国人是什么吧。"

"那为什么要来这里?因为远藤?"

"是啊,他思考历史,然后问,基督教是不是像日本人穿在身上的西装,合身不合身?"

"东亚的历史。"

"有一个说法,叫执拗的低音。"

我们陷入短暂的沉默。车在山道上摇晃着前进,我想着他拍的图片、他看到的东西,而我看到了什么?远藤收藏的油画《圣颜》闪过我眼前。

如今的胜吕已经是留着胡须的中年男人了,长着一张眼窝深陷、疲惫不堪的中年男人的脸,与自己一样,"那个男人"也有一张眼窝深陷、疲惫不堪的中年男人的脸。对"那个男人",胜吕无法用上帝这种没有实感的、暧昧的辞藻来称呼。

他问我为什么要来两次,第一次没有看完这些地方吗。我只好如实说,我需要更多细节。

"有惊喜吗?"

我歪着头想了想:"最大的惊喜可能是远藤。他居然也是个电视明星,还给雀巢咖啡打广告。"

"我只看过他的《沉默》。"

"那你能想象他很幽默很受电视节目欢迎么?"

他耸耸肩。

"但说实话,这样的远藤让我更开心。"

"为什么?"

"他更复杂了,也更真实了。"

大巴载着我们一路下坡,冲回长崎。整个大巴里只有我们两个外国人一路说话,而太阳的余晖把我们的脸映得通红。他先下车,我们隔着玻璃窗挥挥手。

我说的那最大的惊喜,是在远藤周作文学馆里,沿着他的手稿和生平展示一路向前,看过他数次生病的记录后,人到中年突然光彩多姿的人生。一个跟写《沉默》的远藤截然不同的远藤。他在东京有剧团"树座",用笔名"狐狸庵山人"写幽默小品,也写类型小说,大受欢迎。改编成影视后,成为国民偶像。照片里,远藤被女演员簇拥着,玩世不恭。走出展厅前,我回头看了看那个端着雀巢红色咖啡杯的他,说实话,我更喜欢这样的远藤周作。

一个经历了近乎死的疾病后,又痛痛快快活了三十年的人。

胜吕不喜欢信仰、洗礼这样的辞藻。这些辞藻就像约翰小林、亨利山田等日裔二世的名字一样轻薄和幼稚。不仅如此,这些词还让人觉得,那么轻易地把自己的精神世界暴露在光天化日之下难免轻率、不知自重。

在黑暗的水域里游泳、数着数醒来的远藤,不再害怕轻浮或欢娱本身。他潜进去，比浮华世相里的漂亮面孔们投入得更彻底。

飞机落地香港后已是深夜，过了最困的时刻，躺在床上我反而睡不着了。翻邮件时，看到房东田中先生的信："谢谢您的逗留。对不起，最后一顿早餐来晚了，迟到了。我感觉你就像自己的女儿，也几乎和我女儿同龄。我有很多话说、有很多问题问。我猜这是不是有点奇怪？我们俩都非常感激，请再回来。"

在长崎的那些天，只要田中先生在家，他总是有很多话对我说，侧着头用戴着助听器的耳朵对着我。有时候我不想回答了就对着他玩手机，他就不说话了。最后一天早上他睡过了头没有做早餐，连连跟我道歉。因为闹钟不知怎么被调成铃声模式了，他没法听见。

做了四十年银行职员的他，髓膜炎大病治愈后决定要换一种活法。而我是他的第一个房客。他的秘密，在这座房子的每一个细节上。教堂彩绘玻璃一般的台灯、本地女画家的水彩植物画、绘着鹤与云朵的神龛，还有巨大的面包烤炉、完美的意大利面，以及更多我还来不及知道的、沉默的理由。也许像他说的，我会再回来。

而远藤呢，从病床上醒来后，"写了近十年小说，他逐渐厌倦在人的行为中挖掘利己主义和虚荣心的近代文学。

就像水从箩筐底下漏掉那样，站在那样的视角看问题，使得我们失去了更为重要的东西"。

我迷迷糊糊睡去，梦中想着要给父亲打个电话，听听他脑溢血后遗症之一的口齿不清是否好转。不知为何，脑子里挥不去远藤在"树座"剧团后台被拍下背影的照片。高而瘦的身影走在狭窄的走廊上。走廊前端，两个女人正望着他笑。介于同事与男女之间、混杂的一种笑，以及同样的身体语言。远藤冲着门走去。睡梦中，我突然很想跟父亲说说话，也怀念我们之间沉默着的交流电。那片他泅渡过的生与死之间的水域，到底什么颜色？父亲的手臂奋力向前，破开黑暗的水面。他划了多少次手臂，才睁开眼看见了我？

怜悯不是行为，也不是爱。

怜悯 小 闷
女口味
情 欲

一样不过是一种本能。

← ─ ─ ─ ─ ─ ─ ─ ─ ─ ─ ─ ─ 远藤

⎯⎯⎯⎯⎯⎯⎯⎯⎯⎯⎯⎯⎯→ 周作

澳大利亚文学专栏

265 瑜伽课

克里斯特尔·索尼尔

Yoga Lessons

老实说,她也不确定这种内观——比如留心虚荣心和孤独感——能否真的解放自己,让她不再因为不安而假求外物。

瑜伽课

撰文　克里斯特尔·索尼尔(Kristel Thornell)
译者　闫晗

澳大利亚文学专栏 ⌒ 瑜伽课

　　珍妮是以折扣价入住酒店的：她之前和其中的一位瑜伽教练一起训练过，还因为自己也是教练的缘故，给她们带来了些客户。这也让她能跟安妮塔住同一间套房。酒店建筑的外立面是粉色的，像一只小船，并不随时间流逝而显得过时。里面，身材高挑的酒店员工踱着步：透过她们熨烫平整的白衫能瞥见她们身上的文身，还有拜无数轮拜日式所赐的筋肉起伏的四肢。铺着木地板的走廊里能闻见甜橙精油的味道，还有雅致的室内音乐［诸如胡萨姆·拉姆齐（Hossam Ramzy）和佛陀休息厅（Buddha Lounge）演奏的乐曲］。进入餐厅，可以敲响饭磬来通知备餐。食物是全素的，精巧地搭配了香草和调料。唯一真正让人感到不能由着性子来的是不准饮酒的禁令，但安妮塔也已经在来这里的路上从欧罗巴酒品专卖店（Europea）夹带了点私货：她们把几瓶里奥哈葡萄酒藏在了衣柜后面，好打起点精神。

菲利普定好在第二天晚上来找安妮塔。她会缺席当天的晚餐——如果有人问起来，就说她头疼。她会在停车场等菲利普。当她支支吾吾地说起之后该怎么安排，珍妮主动提出自己可以睡在安妮塔的车上。不过，这个想法被安妮塔否决了，因为太危险。她给的理由很充分：墨西哥人总是担心有劫车事件发生。安妮塔坚持珍妮应该和菲利普见上一面。最终，她们决定让珍妮慢一点吃晚饭，然后晚一些回到套房。在跟菲利普打过招呼之后，珍妮就回到自己的房间休息。

"太让您尴尬了。"安妮塔抱歉地说。

"不。没事儿。别担心——我有耳塞，再说我睡觉也很沉。"

不一定是实话。

"我们会非常安静的。"安妮塔又补充道，垂下眼眸。

珍妮可以想象他会为这个羞愧的、渴望的、低垂的眼神着迷到什么程度。想来都觉得不可思议：所有都是从一节一对一瑜伽课后的朦胧瞬间开始的。

珍妮转身背对安妮塔，方便她的学生换上便服。她瞥见了安妮塔丰腴的下臀线，两双古铜色蜜腿之间的细缝，白色的底裤，还有乍看之下近乎隐形的船袜。她把瑜伽垫滚起来收好，然后走过去关上了走廊里坏掉的宜家台灯。

回来的时候,她打开了顶灯。

顶灯突然亮起来,吓了她一跳。她问安妮塔:"做摊尸式容易点儿了吗?"

安妮塔之前对她坦白过,摊尸式让她感到恐慌:当她正放松着,马上要进入到寻求的宁静状态时,在这个几乎要"睡着"的紧要关头,她突然感觉没了支点——好像自己正在下坠,正朝着某种危险冲过去一样。而她在那些瑜伽课上的目标之一,就是要"克服"这种感觉。

"说实话,"她回答,声音发颤,"我今天压根放松不了。我没办法不思考。我太……"

"嗯?"

珍妮不大确定,到底是瑜伽课还是她自己的个人魅力能使她的学生们敞开心扉,让她们模糊边界感,尽情地向她倾诉。她是独女,父母离异,这种成长背景锻炼了她与人深入交流、细心观察和认真倾听的能力。这还让她能保持一种专注的社交习惯:她能够激起人们谈话的欲望,给他们的情绪以宣泄口。现在,她搬到了墨西哥,新学的西语使得一切更加新鲜有趣,她总是独自一人,因而并不介意花费额外的时间陪人聊天。她的丈夫一般没办法在晚上9点前从大学赶回来。她中断了自己比较文学专业的学习,陪丈夫到他的国家体验全新的生活,手头唯一要做的就是教瑜伽课。她不怎么喜欢出门上街:因为无论是口哨声,还是身为一个外国人——一个惹眼的、面色苍白的"家伙"的自我意识,都会给她一种压迫感。

"我能跟您讲点私事吗?就我们两个知道?"

"当然可以。你想喝茶吗?"

"有劳您了。我认识了一个人,在一个会上认识的。就在几周之前。也没发生什么——呃,但要说发生了也行。"

珍妮点燃了温茶的锅子下方的燃气;她总是要试上几次才能把它点着,突然迸出来的火苗有时还会吓到她。

"我不能告诉您他的名字,因为他挺有名的。先叫他菲利普吧。"

但在几分钟之后,安妮塔还是说出了他的全名。珍妮承诺自己会保密。菲利普出身政治世家,是波西米亚贵族的后裔。他家在波朗科有一套祖宅——他将来会继承这里,里面据说有全拉丁美洲最大的私人图书馆。平时,他会写一些新闻专栏,也会在一些电台节目或是电视名流讨论会(探讨的话题包括华雷斯城女性的困境、瓜达拉哈拉书市的贵宾,等等)里发声。他还是一位成功的作家,写了一系列历史小说:这些书或许算不上经典的文学作品,但也在文坛占有一席之地。它们受众广泛、考据严谨,并且十分扣人心弦。珍妮对这个名字有印象,但却没怎么留意过他的书。

"我倒不觉得是因为名气,"安妮塔说,"毕竟我也见过有名的人。我总觉得这些人都非常糟糕——很虚伪,像黑洞一样。但我被他诱惑了。他像个爱情专家一样引诱着我，让我沉溺进去。我之前都没想到我会吃这一套。"

室外灯光昏暗。粉色的叶子花抵着窗户，显得极具异国情调。整个画面像是某部上色了的黑白老电影里的热带背景的一部分。隔壁庭院里的狗低声哀叫。恼人的声音有时会持续不停。可能有人把这只狗拴在了什么东西上，然后它把自己缠住了。

"他总能让我感觉自己很特别。我从来没有这样迷恋过一个人。我真的太傻了。"

安妮塔四十来岁，身材健美，有一头柔顺的、染得乌黑的长发。在珍妮看来，她有种张扬、大胆的美：就像她已经决意在最后的燃烧中竭尽全部一样。为了孩子，她仍然和分居的丈夫住在同一屋檐下。但是他们的房子已经在市场上挂牌出售了。

"你们是怎么认识的呢？"

他们相识在一次媒体晚宴上——不过安妮塔差点没去：因为她太累了，也并不大饿。他们面对面地坐在了一张圆桌前；但是桌子特别大，两个人没办法正常交谈。可能是意识到了这点，也可能是想无声地打个招呼，他们笑着挥了下手。那时候，尽管他的长相很有辨识度，她还是没能完全认出他来。他比她大了十岁左右，外表上却看不出来。

"我们对视了好一阵子。"

他曾在事后告诉她,让他特别注意到的并不是她自以为流露出的、不加掩饰的神情,而是她没有跟他对视这一点。他记住了她垂下眼眸的样子。

"然后就上菜了,我不得不跟身边的女士聊上几句。但我看见他一口气喝掉了白葡萄酒,又让服务员斟了一杯。他没吃完他的柠檬挞,我也没吃完我的——因为实在是太甜了。"

安妮塔起身离开时,他也同时站了起来——他起身的姿势非常优雅,像位表演家一样展现出自己六英尺多高的纤长身材。

他走近了她:"我们被分开了。"

"啊……?"

"我们被桌子分开了。"

"哦。对。"

"您是做什么的呢?"

他默认她知道自己是做什么工作的,而现在她也确实认出了他。她说自己是墨西哥城一家报社文化版面的记者。他从她嘴里套出了她希望有一天能写点别的——可能是小说——的想法。他还随口提了句自己已经跟一个不是作家的女人结婚了——就好像他非得很快地说出这个事实,然后好转移话题。有人过来通知他该离开去参加安排好的行程了。

离开之前，他拿起了桌子上写着安妮塔名字的座位卡，向她确认道："这个是您吧？"

她点头。他把卡片递给了她，还递了一支笔方便她留下联系方式。她写了自己的邮箱。他把卡片拿回来揣进口袋，转身离开了。

"他的动作太自然了，"安妮塔对珍妮说，"如果没有足够多的经验，肯定是做不到这么自信的。"

珍妮听着，交叉的双腿上放着一杯姜茶，想着肯定是自己刚做前侧拉伸时把右腿的一块肌肉拉伤了。那种间歇性的轻微痛感更类似于酸痒。

晚宴后的第二天晚上，安妮塔收到了菲利普发来的第一封邮件。他告诉她，自己刚参加完一个宣传活动回到家，身心疲惫，正打算来杯杜松子酒。这种从他家庭生活的闲暇传来的问候太撩人、太惬意了。珍妮能想象出这样的场景：他坐在自己的电脑前，脸在暗处，没被台灯投下的一圈灯光照到，心思全放在饮酒作乐上。这个公众人物费力地想在私人生活中落脚——因为他试图在这点上引起安妮塔的注意。他说自己对她一见如故。

尽管觉得他对别人很可能也用过"一见如故"这个词，而且他认为的她或许也只是他希望她所代表的东西——又一个熟透待摘的女人，但安妮塔还是觉得有必要客套一下，说自己也有相似的感受。珍妮听出安妮塔在努力地否定着一个事实：她被菲利普说她似曾相识的话吸引了。

她的邮件几乎是立刻就有了回复。他提到了一本他正在阅读的传记，还有接下来一天的计划：做园艺活，散步，在巴黎咖啡馆简单地吃点饼干、喝点牛奶咖啡当作晚餐。他说他喜欢在巴黎咖啡馆用餐：因为那里的布置很复古，服务生的身上散发着坚毅的魅力，带着一种属于幸存者的、沉淀下来的庄重。他搜到了她的文章，读了几篇，觉得她写得非常出色。非常期待阅读更多（全部！）她写的作品。她有没有代理呢？如果没有，他或许能向自己的代理美言几句，把她推荐过去。

他附上了自家花园的照片：一片铺了砖的区域，尽头一端摆了些盆栽植物。照片上最生动的是红色的天竺葵和两个紧挨着的黑色金属座椅。他向她分享他的习惯、他的家庭生活。这些充实了她的想象：她不再把他看作刻板印象里的名流，而是一个更加复杂的人。令她困扰的是，他能这么快敞开心扉很可能是精心设计过的结果——他也同样能非常迅速地再把心门合上。

但就现在而言，他每次都会及时地回复安妮塔的消息，就像他一直在注视着她一样。大部分时间他都在谈论他自己，但也有那么几次，他会问她：你也还好吗？？或许，即便两个人之间只是逢场作戏，随着关系的深入，他们也还是发展出了纯粹的兴趣和渐增的感情。

终于，他在邮件里写道：我想知道什么时候能够再见到你。

那之后的三天，她都一直沉默不语。她既震惊，但又没有那么震惊。她恍惚、紧张，既受到肾上腺素的支配，又抱有幼稚的希望。她希望什么呢？她唯一确定的是：想着他，想着他要跟她见面的强烈决心，还有他卸下心防的努力，想象他皱起的眉头被像纤指一样的酒意抚平——这些都让她在早已拥挤不堪的心房里，开辟出了一片明亮的空间。她发觉他已经占据了自己的全部思绪。在那段沉默的日子里，她很难入睡，时不时地下定决心不再理他。那期间她读完了两本他写的书，像是在一阵窒息后猛然呼吸到氧气一般贪婪地读着。她很难客观地评价这些书，但她很欣赏它们透出的耐力、自律和巧思。最后她不得不承认，自己脑子里想着的全是两人见面可能发生的情形。

她双膝发着颤，胃部痉挛着，但还是抛弃理智选择了疯狂。她发送了邮件：我不知道我们该在哪见面，要怎么见面。要见面太困难了。

他是个已婚的名人，而她严格来说也是已婚的。他们承担不起私会被曝光的风险。

他回复道，我懂，相信我。我懂的。但我们必须看看我们能做点什么。

安妮塔取消了下一次瑜伽课的预约，珍妮猜她可能是后悔告诉自己这个秘密了。但她的学生几天后给她打了电话，提议两个人外出远足，一起爬特波兹德科山[1]。她们之前从未这样交往过。虽然珍妮不太确定把师生变成朋友是否明智，但她一直想进行高强度的训练，因此还是同意了这个提议。

安妮塔开着车，没怎么说话，但却控制不住地露出灿烂的笑容。她们把车停在了山脚的基地附近，做了几个体前屈运动、几个平衡运动热了热身。为了保护腿部那块不听话的肌肉，珍妮的膝盖一直保持着微曲。台阶上露水很重，非常湿滑。她们顺着石阶向上爬，走了一阵之后开始小跑起来。内啡肽不断分泌，盖过了体力运动带来的乏味感。跑步让人愉悦：思绪被蒸馏得只剩下了本能意识——只能感觉到身体在动，氧气溶入血液。

登上山顶时，两个人浑身是汗，但心潮澎湃。她们坐在金字塔的边上，晃荡着双腿。阳光刺眼，空气却凉爽宜人。一只长鼻浣熊悄悄凑过来，在她们周围嗅了嗅，想看看她们有没有落下什么吃的。她们用随身携带的水瓶喝着

---

[1] 译者注：位于特波兹德科国家公园（Parque Nacional El Tepozteco），是墨西哥著名的考古遗址。山顶有阿兹特克文化里龙舌兰酒神的神庙——特波兹德科金字塔（Pirámide del Tepozteco）。后文中提到的迪坡斯特兰镇（Tepoztlán）在德波兹德科的山麓。文中注均为译者注。

芙蓉茶，在市场买到的大锥桶装的粗制黑糖几乎没怎么减弱茶叶酸涩的口感。茶叶在透明的水瓶里显出深铁锈红色，让珍妮联想到了人类为了建造这个金字塔可能付出的牺牲。

安妮塔松开别着的发卡，放下了盘起来的粗辫子，说："我知道自己只是他一时的消遣。即使不是，也好不到哪里去。"

一阵刺痛感让珍妮想起来她还有块拉伤了的肌肉。决定慢跑上山似乎还是太鲁莽了。照顾好身体对珍妮非常重要，因为她的收入完全取决于能否胜任各类瑜伽体式。她认识的另一位瑜伽教练和她的两个学生——一个是前舞蹈演员，另一个有定期跑步的习惯，都需要调治身体的慢性损伤。她觉得她们的情况很有可能也会发生在她身上。

安妮塔继续讲她的故事："但是吸引他的注意，并且觉得他也非常想要吸引我这一点让我感觉自己还活着。说实话，在我的生活里，像这种好像是为我准备的东西并不太多。很长时间都是这样。不过这也算不上是'为我准备的'。这么想是不是太自私了？我已经好几年没这么激动过了。我也说不好为什么。可能这件事让人激动正是由于它的愚蠢和虚幻，因为一切基本都是在我们的脑海里发生的。"

"你们还没见面吗？"

"嗯。但我们一直在讨论该怎么才能见上面。在墨西哥城是没办法见面的。"

"在库埃纳瓦卡[1]呢?"

"也不行,他在那里也有名。他家在那里有个度假屋。"

"迪坡斯特兰呢?或者这附近的什么地方?"

"或许可以吧。"

"阿马特兰[2]有一家酒店提供瑜伽静修服务。"

"嗯。"安妮塔开始用不安的手指梳理头发打卷的地方。"如果能参加下一期的瑜伽静修,我也许就能找个诚实点的借口离家外出了。"

去静修的前两天,安妮塔给珍妮打了电话,声音压抑、低落——她有一天没收到他的邮件了。一整天了。自从他们开始邮件往来,这种情况还是第一次发生:他连续一天没回复她的消息。他改变主意了吗?他是不是不想见她了?是不是他们的故事——法国人会这么讲——还没真正开始,就已经结束了?珍妮觉得这是每个故事结束后都会有的伤感。这也是为什么,孩子们在听完睡前故事后总会恳求:再讲一个故事吧,就一个,求您再讲一个故事。因为要承认故事结束,太令人苦恼,也太悲伤了。

但是转天,安妮塔又在电话里告诉珍妮:菲利普早晨

---

[1] 墨西哥莫雷洛斯州首府。
[2] 迪坡斯特兰镇的一个社区,距离镇中心约15公里。

发了邮件，然后自己在回信中对他昨日的反常不由自主地表达了惊讶。在回复她的邮件里，他很确定自己前一天发了邮件——肯定是发错人了。安妮塔猜测他在说谎。她还猜测，一个像他这样的语言大师和演讲专家、一个诱人堕落的人，肯定清楚当他收回挂着甜言蜜语的鱼钩时，会给人带来怎样的冲击。但话又说回来，难道他没有疏远她的权利吗？

在邮件的结尾，他写道：我非常抱歉，mi cielo。

（珍妮私下认为，这里的"mi cielo"应直译成"我的天空"或者"我的天堂"，"我的宝贝"是次优的译法。）

他之前没对她用过爱称。这个称呼流露的缱绻柔情打动了安妮塔：她只想躺下来，睡在花言巧语编织的摇篮里。她喜出望外，但又忐忑不安。在被他培养得上了瘾又尝过了徒劳等待的滋味之后，她的这种不安感就更加强烈了。

到了阿马特兰之后，安妮塔的双颊就一直红润润的，她的瑜伽也是珍妮见到过最利落大胆的。她毫不犹豫地起跳、倒立，简直让观者胆战心惊。开始，她的两脚摇摇晃晃的。随后，她蜷缩起脚趾，又伸展开，稳住了身形，粉色的脚趾肚以一种紧张的对抗姿态指向天花板。她保持着倒立，下背的曲线变了形，发红的前额因用力而皱起一条坚毅的曲线。但她放下身段、保持优雅的努力却仍旧使得她整个人闪闪发光。

第二天傍晚，随着太阳落山，瑜伽练习课正好结束，整个工作室盈满了紫色的余晖。天光逐渐暗下来，珍妮依旧留在室内。她背倚着普拉提球向后弯腰，拉伸着她的腰大肌和股四头肌，同时用泡沫滚轴前后按摩着她的髂胫束。然后，她按照跟安妮塔的约定一个人去吃了晚餐。在路过的一条走廊里，她注意到地上有一串爽身粉被踩留下的脚印。

她走进餐厅，但是忘记敲饭磬了。周围的人仅仅是用眼神谴责了一下，她却觉得非常羞愧，好像自己触犯了比这个没什么约束力的条款更严重的禁忌。她磨磨蹭蹭地走过放着沙拉、咖喱、水果、薄荷水和花草茶的自助餐台。

终于，她回到套房，敲了敲门，轻声地说："是我。"

没人应门。大约过了一个空拍那么久，安妮塔突然开了门，招呼珍妮进来。房间里的光线很暗。烛光在沙发旁的黑陶金丝烛台上摇曳。

"晚上好，"菲利普用法语说，"很高兴认识您。"

现在珍妮看见他了：一个被幽潭般的阴影包围着的、拿着杯子的高个子男人。

"晚上好，"她用法语回答，"我也很高兴认识您。"

"喝杯酒吧，"安妮塔说。"他带了点龙舌兰来。您喝过龙舌兰吗？这种酒需要细品才行。"

珍妮无法判断，菲利普内心是否因为她能以同样的语言回答他的俏皮开场而感到惊讶。他未露声色。

他继续用流利的、略带口音的法语问她："您来自……？"

"魁北克。"

珍妮曾主修过法语，很热爱她的专业。有时她甚至能冒充法语区的人，至少在交流不多的前提下可以糊弄一会儿。总要费劲避免被当成卑不足道的、美洲之外的外国人太让人厌倦了；编个谎反而更轻松些。

安妮塔笑了起来。"我跟他还有个共同点：我们高中都是在法国国际学校读的。我们也是刚刚发现，太神奇了。"

她被取悦了，也太希望能取悦别人了。她穿上了为这次见面特地准备的蓝色丝裙，胸下用一条细皮带系紧，显得比平时还要高挑。

她给珍妮递了一杯龙舌兰，补了一句"我先失陪一会儿"，朝洗手间走去。她的手放在臀部，似乎这样做能修正她的臀型。

珍妮沉思着抿了一小口酒，感觉到菲利普正在习惯性地打量着自己。而她除了记下他的身高、身形还有卷上去的衬衫袖子以外，就不知道该怎么从身体的角度评价他了。这倒不是因为光线太昏暗了，而是她还没学会怎么评价男人——怎样带着情欲打量他们；而即便有了这种才能，她首先思考的也是自己是否对男人有吸引力。

"有点意思。"她说的是酒。

"您喜欢这个味道？"

"喜欢。"

酒的口感甘甜黏稠，有点像蛋清。

菲利普放下杯子，坐到了沙发上。他盯着洗手间的门，珍妮也是。他们两人之间隔出了一段距离。

"所以，您是位来自魁北克的瑜伽老师。"

"没错。"珍妮用法语应道。

她本来是可以澄清的——她并不只是个瑜伽老师，不是他所想象的那种瑜伽老师。但她又怎么才能解释清楚呢？她感觉自己无法被定义归类：又自由，又没有价值。

"我没法想象我做瑜伽是什么样。"

"是吗？"

几乎所有见过他的人都会对他的书奉承几句。他会怀念那些溢美之词，还是更享受放下工作、隐姓埋名的状态呢？（他在安妮塔还没向珍妮坦白之前就拜托过她，希望她在聊到他时只用名字、不要提到姓氏。）他往上推了推眼镜。

"再加点酒？"

"不用了，谢谢您。"

他又坐回了沙发里，跷着二郎腿：胫部叠在膝盖上，一个膝盖正对着她,但伸得不远——这个姿势让他的臀部肌肉非常紧张。他的股骨和躯干都很长,所以很难在倒立类体式中保持平衡。在龙舌兰酒和这几天瑜伽练习的作用下,她身体发暖、思维活跃。她移动了下身体的重心,腿上的那块肌肉又有了不舒服的感觉:这种感觉更像是某种痛苦或者局限的前兆,像是某种过度敏感的症状。珍妮努力地想象自己在一片覆盖着白沙的美丽海滩上,做着经典的放松动作。但她还是没能成功地转移注意力。

安妮塔终于回来了。烛火上上下下地跃动着。她坐在珍妮和菲利普之间,紧挨着他们。珍妮注意到了她身上的麝香香水味,她光泽滋润的嘴唇,还有从她的大腿传过来的暖意。

"我想先休息了。太累了。估计躺上床就能睡着。"

但实际上,她还挺清醒的。

"您不再来一杯酒吗?"安妮塔问。

珍妮从她的声音里听出了慌张:她似乎没有把握能跟菲利普独处一室。她像是一位新娘,紧绷着,露出听天由命的神情。

"不了。"

珍妮喝完了她的龙舌兰,站了起来。喝进去的酒就像是叠着的巨大物体伸展开了一样,窜至身体各处。

"晚安。"他们对珍妮说。

他们的注意范围缩小了，心思只围绕着对方。珍妮走得很干脆，却大意地没把房门关严。她看着她的小床出神——床上有叠好的被子，还有个用来垫脑袋的枕头。然后她把视线转向了玻璃门，又转向了泛着阴森光泽的阳台。她把被子从床上拽下来，盖在了肩膀上，然后抓紧了要掉到床下的枕头。

十四年后，在纽约的格拉莫西酒馆，珍妮和菲利普面对面地坐在了一张小桌前。上次跟他见面还是在阿马特兰那家酒店的走廊里。她不清楚安妮塔后来怎么样了。珍妮和安妮塔在那次瑜伽静修后又见了几次面——但都是在瑜伽课上见的，而且都对那个微妙的插曲避而不谈。在那之后，珍妮和她的丈夫搬回了美国居住。她的丈夫受聘于一所大学，她自己则攻读并拿到了第二个博士学位。完成学业后，她曾在一家文学代理机构工作过一段时间，而最近，她刚入职了一家著名的杂志社。当她的编辑要求她采访菲利普的时候——因为她是小组里西语讲得最好的——她犹豫了。她对他曾经是什么样的人、六十多岁又变成了什么样的人感到好奇。但想到他可能会认出她，她还是差点儿拒绝这个备受关注的任务。但那也不大可能，难道不是吗？之前那次他们全程都没怎么交谈，更别提还是用法语、在昏暗的环境下交谈的。烛光只照亮了他们的半个身子。而且，在中间这几年里,她的样貌也随年龄自然而然地发生了变化。她的头发比之前更短,金色也更淡了些。

他立刻对她说:"我觉得您很眼熟。"

他是不是也对安妮塔这么说过?还没等她想好要怎么回答,服务生就来到了桌前。菲利普没怎么考虑,点了一份清蒸鱼配菠菜,她也点了这道菜——尽管她本来倾向于点个更营养些的。犹豫了一下,她加了一道有苦味叶菜的前菜。

服务生问他们:"就点一份吗?"

他耸了耸肩。

她礼貌性地笑了下。

"点鸡尾酒缓解下气氛?"他提议,"然后来点儿葡萄酒怎么样?夏布利酒可以吗?"

"当然可以。"

他们两人中间放着一台录音机,还有一个笔记本——虽然她用不上笔记本,但那是她除了小刀以外的另一个重要道具。在他们小口喝着杜松子酒奎宁水的时候,她发现岁月还是影响到了他,尽管这种影响仍然颇为克制。他比她的父亲略微年长一些,却仍然像个年轻人一样纤瘦笔挺。她发现他是惯于被人注视的。他的目光冷静、直接,显得非常老练,好像他只是在安静地等着别人给他画完肖像一样。他颧骨上的肤色并不均匀:她看见了几处深色的斑点。

尽管如此,他的外表却更有魅力了,甚至可以称得上英俊。至少上次她没发现这点。她还对他的工作、他的名气和随之而来的权势有了更深的了解。当初在墨西哥,她并不能真正地体会到名气能带来什么、滋味如何。就像是在奢华的餐厅里吃的第一顿饭一样:菜在某种程度上是让人满意的,有的菜比之前吃过的都更美味,但它们的分量和样式却由不得人决定,也不一定管饱。同时,你还会害怕得喘不过气来,唯恐搞砸了什么事,把自己是个蠢人或者冒牌货的事实暴露出来。

她话不多,西语奇怪地变得非常生涩——这是前几年都没有过的情况。但也不大要紧:他是那种喜欢自问自答的受访者。

他告诉她:"有时我会有很严重的失眠症状。我的身体很难受,头脑却能意外地保持清醒。就像我琢磨、看破了一切,并掉了下去……如果您本身就是个爱刨根问底的人,那还是别追究得太深入比较好。您觉得呢?"

她摆弄着笔记本的封皮。

"或许是这样的。"

"不知道该不该告诉您,我经常会质疑我的整个……用'工作'这个词合适吗?听着没有'使命'那么夸张。"

他的语调总是既伤感又戏谑,让人无法辨明这些话到底是不是出自他的真心。即便如此,他还是通过展露自己脆弱的一面说服了她。她明知道这是带有目的性和操纵性的，但还是受到了触动——就像观看一场感人的舞台演出后被触动了一样。他聪慧、悲伤的形象打动了她。

他接下来的话出乎她的预料："您喜欢我的书吗？"

"啊，我对您的书印象很深。"

她十分细致地读完了《渠边的玫瑰》。将近十二个小时置身于那个充满了野心和追逐的钟形罩之内。不过，她并不觉得那本书特别令人满意。他努力地赶在为时已晚之前弱化作品的商业性，写得更难于界定、更深刻。这是个可敬的挑战——尤其考虑到他不再年轻了——他还是娴熟地把挑战接了过来。然而，整本书却显得有些过于自得：太装腔作势了，毫无生气。阅读的过程中，某种带着怜悯的尴尬感总让她走神。

他望着窗外阴暗的街道："不知道几百年之后还有没有人读我的作品。但那又有什么关系呢？"

他叉着菠菜，餐叉碰在盘子上发出了很大的声响。她被这个声音惊了一下，然后明白了，现在能诱惑到他的只有让他的作品有个好名声、在他身后流传下去，或许一直以来都是如此。

他记起她来了吗？是不是他只是假装忘记了那个秘密的夜晚，放任它悬在两个人之间，仿佛某种朦胧的情氛？

在阿马特兰透过虚掩的房门，珍妮不确定她看到的是什么。是坦诚，是狂喜，还是某种形式的遗忘？他们仍在沙发上，但变了位置。安妮塔仰躺着，蓝色的裙子在大腿上方，脸转向一边。菲利普低声地说着话，像在唱一首富有魔力的歌谣。他很温柔，但也许只是在说自己接下来要做什么。他高贵的姿态让珍妮感觉，他很可能会像只猫一样擅长从柔情蜜意悄然转向冷酷无情。终于，他脱掉了安妮塔的裙子，抱起她翻了个身，像个女孩一般轻松熟稔地一下子解开了她的内衣。

珍妮轻手轻脚地爬上了阳台的吊床，想起了自己躺在火车卧铺上的奇怪感觉。暴露在夜晚的空气里她冷得发颤，把被子盖上又觉得闷热。她觉得自己需要去趟洗手间，但她又不能回到房间里去。她刻意留意自己的呼吸——这种节奏不适宜入睡。于是，她开始了想象：半是对刚才所见的回忆，半是对这一切的玄想。睡意终于袭来，但她却被梦境困扰，睡得很不安稳。她翻来覆去，尝试忽略膀胱憋涨的不适。她偶尔能听到声音——某种她叫不上名来的动物发出的一记拍打、一声轻泣。

"我觉得跟您认识好像有五千年之久了。"在街上等出租车时，他这么对她说。"虽然我总是对大部分人撒谎，但这句是实话。"

"是吗？"

天空下起了细雨。他们两个人都没带伞。他的胳膊轻轻擦过她的。他邀请她同乘一辆车。如果不是腿上的肌腱炎更严重了，她本来是不会答应的。但她现在不能走太多路，如果要走，也必须时不时地停下来休息。她还记得走远路时那种要散架了的感觉。

"您真的喜欢我的书吗？"

中午喝酒也没把他变得邋遢：如果要说有什么变化的话，也是酒提炼了他，让他更加果敢了。是否有可能他不仅好奇她将在访谈里如何描绘他，还想要了解她个人的看法呢？他是否把她当成了一个会在将来对他有利的人——用公认的成功所带来的光环、激发的能量，或是一种能挑动欲望、打动人们并让他们心甘情愿被收服的影响力？

"我认为这本书很勇敢。"

"不是客套话？"

"不是。"

他是否知道自己的魅力已经维持不了太久了，没办法再像之前那样轻易地捕获人心了？当然，男性性功能的衰退要晚于女性，对名人来说更是如此。但缓慢的衰老却有可能给自尊带来更大的打击，也更令人恐惧。珍妮已经走到她性魅力的边缘了。她发现自己之前一直都非常害怕所谓的"身体巅峰期"，现在也是如此。但是这种害怕已经发生了变化。她现在更乐于接受性爱；也更明白其中的危险：陷入爱河，以及为了生活顺意而沉迷幻想的需求。（她是从自己的经历中总结出这一点的：她与之前的教授曾有一段短暂的情事，关系结束让她感到痛苦，和她想象中安妮塔最后面临的痛苦一模一样。）

"您相信幸福吗？"

"当然不信。"他说。

最后，安妮塔的寂寞一定会比认识菲利普之前感受到的更难熬。当她离开了他给的药，脱离了对浪漫关系的渴求，从多巴胺、肾上腺素以及她的迷恋调成的鸡尾酒中醒过来的时候，她的戒断反应一定非常强烈。恶心，钝痛。那么多的快乐一下子崩溃了。故事结束了。

菲利普会想起安妮塔吗？——想起她穿过的、被他弄皱了的海蓝色裙子，想起她大腿上柔软的光泽，想起她控制自己不发出声音，想起她尽管努力地让自己怀疑，却还是有可能幻想过的两个人的未来——能永远分享最真实的自我，在极度的喜悦中彼此融合的未来。

那个下午阴雨沉沉，出租车里闷热而潮湿。

"我真的觉得在哪儿见到过您。"

"我懂，"珍妮说，"我也真的觉得我见过您。"

过去的几分钟里，她一直在内观着自己的身体，像她在瑜伽课后引导学生们做的那样：观察她的感觉、想法和情绪。老实说，她也不确定这种内观——比如留心虚荣心和孤独感——能否真的解放自己，让她不再因为不安而假求外物。她希望在为时已晚之前尽可能变得幸福、变得强大。菲利普拿出了他的手帕，轻轻拭去落在太阳穴上的雨水。他的手指轻颤了一下，她看得心头一阵发痛。她想扭过头，咬他，或吻他。珍妮攥紧了手，让它不再颤动。她绷紧，放松，拉长了这个瞬间，在告诉司机她的目的地之前。

杨键

人,依靠什么样的尺度才能称为人。

Ⅲ 诗 歌

295　你看见我妈妈了吗？

杨键

Have You Seen My Mother?

你不在仁爱里你就是自暴自弃

你有排比的激情而无婉转的智慧

人依靠什么样的尺度才能称为人

你看见我妈妈了吗？

撰文　杨键

你看见我妈妈了吗?

门上的钟馗像被风雨撕破,
无声息地挂在门上。

我救不活你了,
一条龙被碾成粉末。

我是一滴冬之泪,
是两点春之泥。

他们要来毁庙了,
我有一颗爱人的心。

老哇子鸟在天上叫,
如同骸骨笑。

因为杜鹃花是拼命红,
受苦的梅花顺流下。

我是芦苇的灰,
是一滴雷之血。

自我降生之时

自我降生之时,
参天大树即已伐倒,
自我降生之时,
一种丧失了祭祀的悲哀即已来到我们中间。
月亮没了,
星星早已散了,
自我降生之时,
我即写下离骚,
即已投河死去。

奇树图

岁月如一头无法调伏的狂暴野兽
来过走过活过的人在一座纸做的桥上都是露水一场

所以

河面上飞着戴孝的白鹭
在称之为你的寒冬里树木美丽

所以

梅兰竹菊四座坟前
跪满了各色人等
数也数不过来

所以

我们在澡盆里洗着刚出生的婴儿
如洗着墓碑

所以

这些鹿一样的犯人在漫天飞雪中不知能否游到对岸

所以

你看着爸爸妈妈如看着墓碑
你看着妻子儿女如看着墓碑
你默然无语也犹如痛哭失声

所以

你被罪过演着
被美演着

一脸死灰地
在针尖上舞着

把头颅别在腰间
别在轻重缓急之间

所以

在那光阴的舞台上
星星也照耀过了
树叶也落下过了
死也能那样妩媚

所以

我是你研的墨
你是我开的花

那已经离去的人还魂来与你相拥
在黑暗里旋转

所以

墓碑啊
墓碑说

在我这里

树

因此成为

奇树

坟

这样美的春夜，
真的不舍得睡去。
我想起小时候捉萤火的事情，
那萤火忽闪忽闪的，
又飞远了。
我想起年轻时参加一个人的葬礼，
大伙儿都围着他，
而他是我小时候没有捉到的萤火，
又飞远了。

坟

你的嗓子是淡淡的,
有月光之影,
如小时候见过的萤火,
不着一尘一埃。

你只是把那菊花在鼻尖闻一闻,
不着一尘一埃。
你的生卒在同一年同一日,
你的荣枯在同一年同一日。

你在那钟里面长叹一声,
因为你很久没有听见它的声音了。
白色啊,在这里彷徨的白色,
天色将晚了,你为什么不承认?

你在月影之下舞着,
忽然间变成一个女性,
你来同那曙色诀别,
同我们诀别。

坟

初春的傍晚,
只喝到微微醉时便告收场。
这时,
才重回了八九岁,
跟着茫然的人流,
一个村子一个村子,
看龙灯。
一股怜爱之心因此满溢。

坟

有一年,
在江边,
十几头牛,
好像白色的化石,
在眼前移动。

我再定睛望江水,
江水在移动,
却像无声的幽灵。
唉!
一切都过去了。

坟

我已经很久没有祭神了,
因为我忘了我的出生地。

坟

1970年的时候,
我九岁,
妈妈去上班了,
因为恐惧,
我把妈妈的黑色连衣裙穿在身上。
今天想起它,
为它做一座坟。

坟

升起的太阳,
在纸钱的灰里,
荒寒而幽深。
我们的家,
也在那纸钱的灰里。
荒寒而幽深。

青莲

今天的雨落在宋代的一尊木佛上
是活着但已经是荒草,是人但已经没有人的高度
排着队的犯人如一支箭射中谁谁就是一条长河
我的坟在那颠倒的黑白里如同在五百罗汉堂
中心消失连最核心的等级也没了,离善太远,离本性那就更远
你是所有力量中最大的力量连神力也只好暂时隐匿因此许多名字在墓碑上出现
什么样的白茫茫都在你的白茫茫里消失
你是雪
你的坟高过了夜空
文字在火里保存死写就了我们
烟是个千年之物
一棵松树的空白在哪
一个乡间的老妇之美原是山河之美
秋天越浓蟋蟀的声音越好听如同家人的陪伴
你若想美你就得无用
你若想有伟力你就得有松静之力
种子都送到了农场
你不在仁爱里你就是自暴自弃
你有排比的激情而无婉转的智慧
人依靠什么样的尺度才能称为人
火还在其实已经熄灭

一口碗的平实还有吗

种子与泥土相隔万里

在那大逆转里弹性岂能失去

有人变成了霜天亮时再无踪影

长久的黑暗使你有另外一双眼睛

你终将会变成琥珀因为字会变成灰烬

群山的色泽如同百衲衣

一切你所害怕的都在回归到树心里

你永不归来也永在归来

铁锅里的饭只差最后一根柴火

你还可以是夸父吗

如同泪水重返眼眶

如同云鹤重返大地

小时候的凉床真的是太古之凉

妈妈是天青色的，在一张古画里，给我摇着扇子

说谎的人是我们的主人公

天地间一片古意

因为溺死的母亲已经归来

你是祠堂粗壮廊柱的信奉者

没有人救你

这才传来了天籁

一根稻草

我只有一根稻草,
得靠它度过长夜,
枕着它,
我不仅得到了温暖,
还出汗了,
这是神迹吗?

荒草

妈妈童年的时候,
蚕是圣物,
在我们小时候,
蚕是玩物,
现在很少再能见到它了,
古时候是真的结束了。

荒草

杂技演员孤零零在舞台中央倒立,
几棵水杉树孤零零立在县大院。
窗台上的墨水孤零零干了,
一只蚯蚓孤零零在土里游着。

孤零零,
如一件紧身衣,
如一根军用皮带。

孤零零,
怎么办?

荒草

她十七岁,
那样认真地唱着一首感恩歌,
在这一首走音走调的感恩歌里,
用尽她十七年的力气。

荒草

只是一张春游的照片,
坐姿、站姿,
都很公社化,
一律的清瘦,
在浓浓的灰色里。

荒草

得放弃了所有去飞行,
得在细弱的飞翔里,
飞成虚无才能有透明。

如此强硬地,
融入雪,
星光灿烂之地。

你不得不为了更多人摆脱**苦痛**和**悲切**而工作,这是**必然**和**必要**的。

巫昂

〜 随笔

319 仅你可见

巫昂

Only Visible to You

345 瞬间五则

唐棣

The Moment: Five Principles

一个写作的人如果仅为了记录自身而写作,那很快就会写完,写到枯竭和无聊的程度,你不得不像写《安魂曲》的莫扎特一样,为了更多人摆脱苦痛和悲切而工作,这是必然,和必要的。

仅你可见

撰文　巫昂

斯巴达男人的男子气概是后天培养的

亲爱的 X 先生，

今天我的工作没有安排得那么密集，我略微拿了一些时间查找健身的资料，最近的重点是腿和腹，前两年腰肌劳损，职业病说是，我的职业抽象，病倒是挺具体的。热疗了整整一个冬天，我个人迷信热疗，觉得世上没有一种病不能通过热疗而治好，包括心病，热乎乎的水，热乎乎的心肠，热乎乎的食物，热乎乎的豆袋，这都行，你在冬季跟一个人手拉手，对方的手热乎乎的，这就能让一路上的时间比较好打发。

舒适地死去和煎熬地活着相比，我选择好好锻炼身体。基本上去年初夏以来，每天耗费在锻炼身体上的时间，一个小时到三个小时不等，健身垫随身携带，进了山也不例外。朋友送我来这里，不得不帮我搬运好几箱子书，还有健身垫，他问有没有带钓鱼竿和老头乐，我说缺个会做饭的老头儿，老头儿又倔、话又少，但是会做饭就行，他建议网购一个人工智能老头儿。

我要是有个儿子，就想给他起名斯巴达，巫斯巴达，这样。崇尚很好的形体，和体质，反正灵魂啦，随机配送，精神属性呢，万不得已可以下载一些。实际上，斯巴达人是残暴的人族，他们会去把被他们视为奴隶的希洛人大白天在田间杀死，还专门选那些精壮男子去杀。他们还会把希洛人灌醉，跟小鸡崽儿一样在公开场合肆意凌辱，甚至希洛人会被一年一度地鞭笞。鞭笞和鞭挞不同，鞭笞是种刑罚，鞭挞本来也是拿鞭子抽的意思，后来成了励志用的中性词。

斯巴达人自己也抽自己的人，但不是为了羞辱，每年在神殿里头，也要把自家男孩儿们送出来，用鞭子抽上一抽，是为了锻炼他们的意志。斯巴达男孩，得不怕黑，不怕死，不怕疼，不怕饿，不怕受虐，不怕孤独，不哭不闹，不挑食……还要培养各种竞技手段，总之，这样强加训练出来的男人，冷血，铁血，热爱武功暴力。

如此说来，我真是个反人类的母亲，儿子是虚构的、抽象的，坏主意是具体的、生动的、政治不正确的。

我们曾经开过类似的玩笑，关于要不要合伙制造个孩子，那时候我太年轻了，不知道这意味着什么，你也觉得斯巴达是个不错的男孩的名字。因为你骨子里也是个斯巴达，徒手攀岩什么的玩得溜溜的，我记得你在玉渊潭公园过桥，基本上不要走桥上的石板路，偏要从侧面的小石楞沿徒手悬空攀爬过去，我挺崇拜这种奇怪的行为的，这是我们脑子里都残存着斯巴达因子的铁证。

我喜好行动敏捷胜过迟缓松弛，喜好猴儿过山一样的敏捷，轻功飞檐走壁什么的，确实好啊，要是能够拿着一大碗热汤面,半夜里飞檐走壁,还包着头只露出两只眼睛(一只也行),那就是我的英雄。男子气概,无非如此,雄的雌的,有点儿这种男子气概都挺不错的,跟人生气,一角敲碎了的碗飞过去,取了人家的首级,这种中式斯巴达,我也喜欢。

越说越不像话了,还能不能做个好人了呢。希望你火速忘掉我是个好人,往坏的怀抱里钻。

2018年1月29日

我住的地方是孤零零的一座楼

亲爱的 X 先生,

照例汇报今天的生活,今天起床后极其慵懒,怎么说呢,10点多了还在地上找感觉,冲了一袋挂耳咖啡,喝了一个小时没喝完,借故不想喝的意思,山里没有面包买,所幸有山东呛面大馒头,五个馒头四块钱,便宜得你很想买上一箱子晒成馒头干。馒头蒸热,就着放凉的咖啡喝,穿上羽绒服坐在阳台上,阳台一侧已经破败,一边墙上露着灰,钢筋水泥的内结构暴露出来,不知道是不是被哪里飞来的炸弹炸过,但我在墙上没有发现枪眼儿。

有的话就好了。

这里离车站，最近的，走路也要半个小时，还得快步走，我没有走过，在一个村子附近，我住的地方是孤零零的一座楼，楼里有看不见的住家，偶尔夜里有人开着车回来，车灯照在楼下，如果好奇心很强，可以跑去看来者何人，是一个还是两个还是全家，但我从未真的跑去看过，灰白的楼，一二三四五层，我住在五层，顶层的倒数第二间。

你听我这么描述起来，是不是感觉我住在精神病院啊，除了入口处没有形同牢房的防护铁门，但是有个不大不小的院子，院子里有个木屋，本来打算做成供人住的木屋，后来也就荒废了。我在阳台上见过两三只流浪猫找吃的，那里放着垃圾桶，实际上，打扫卫生的人很少来，几乎一个礼拜才来一次，有些食物从这周放到下周，恐怕也要放烂了；但最近气温低，食物冻在里面，跳进去找吃的流浪猫可能会有所收获。我掰碎了一整块馒头，从楼上给它们扔下去，它们也抢了起来，吃完了三只猫一起抬头看我，我们在暮色中对视了不短的时间。也许是山里的时间被拉长了，一秒与五分钟无异。

到了接近中午，你可以感觉到外面的雾气渐次散去，这里聚集的雾气往往是城市里的数倍，浓雾笼罩的时间，向窗外看，你会误以为自己生活在一个天上的浮岛。我一直在放鲁宾斯坦（Arthur Rubinstein）弹的肖邦21首夜曲，一整天。带来了一只很不小的蓝牙音箱，像个飞碟悬浮在半空中,肖邦与鲁宾斯坦的雄雄合体就在其间,鲁宾斯坦的演出视频我常常看,他在钢琴上的手指那么肯定,这种肯定像是已经对钢琴所象征的国土有着全然的认识,已经无数次步行过、丈量过、抚摸过。

22岁或者23岁的时候,是我对肖邦痴迷到令人发指的时间段,当然了,还有莫扎特。我从二手家电市场买了一套音箱放在宿舍里,后来常常被同走廊的人在门上贴条,很不客气地提醒不要扰民。一个喜欢听古典音乐的小年轻是很可怕的,转过年去,我去北京音乐厅找了份兼职,正经八百地听起了音乐,上班那个月恰逢北京国际音乐周,听过阿格里奇(Martha Argerich)的现场,还有麦斯基(Micha Maisky)的现场。

在音乐厅工作的那段时间,我常常在漆黑一片的音乐厅里睡午觉。无限的寂静里面,耳朵因为过分安静出现了很多琐碎的声音,幻听随之而来,半梦半醒之中,会感觉有海浪声,或者某个人喃喃自语,极度安静的环境里面,蕴含着最大的喧闹。

夜晚如期而至,我要去看看流浪猫们来了没有,还留了一个馒头给它们吃呢。

2018年1月30日

人性的放逸和自我原谅,简直是与生俱来的

亲爱的 X 先生,

今天是我 44 岁生日,从头天半夜开始,宿的同学们就开始在群里和小窗里面开派对。有人要提着蛋糕,坐上很长时间的汽车来找我,我本来觉得这样太夸张了,失去了闭门不出也不见人的意义,她说她不是人,是个天使,这也太娇嗔了,好吧,你能拒绝一个天使的好意吗?

在天使到来之前,我打算给你写封信,然后,专心致志地对付天使,天使会带着火焰枪和狙击炮来吗?

这些天,我陆陆续续读完了赫贝特(Zbigniew Herbert)的《带马嚼子的静物画》,一个作家写画论写得这么具体、生动,倒也不错,不过《带马嚼子的静物画》那幅画儿本身,我不太喜欢,超写实主义的画风,并没有特别的感染力。荷兰画家我喜欢博斯(Hieronymus Bosch),他那近乎超人类的想象力和无穷无尽的空间感,他是上帝派来显示脑洞和神之谜语的。通常而言,神一边感染人,一边讽刺人,一边显示他的神奇,一边收回他的成命。有一段时间,我恨不得买个放大镜来好好看博斯的画儿,那无穷的细节里蕴含了一切,有和没有的,在和不在的,天内和天外的,思维够得到的,和够不到的。

然后是尼德兰画派里的扬·范艾克（Jan van Eyck）兄弟，他们那种精准、肃穆和克制极了的鲜艳，他们最擅长的是表现金色、金属材质的东西，和衣服上的金线，简直让人目眩神迷。而且，能够把尘世的人提高到圣徒的地位，细节是那么丝毫不肯胡来。然而精神层面，即便是画贵族，这些贵族也不是肤浅而庸常的肉身。他们赋予了锦衣玉食者灵魂层面的东西，将神性还给人，是他们最厉害的部分，因为人在神性里面不感到拘束，本质上是很难的，人性的放逸和自我原谅，简直是与生俱来的。

我犹豫了一下要不要说梵高，但梵高难道不是全人类的默认选项吗？不需要专门提出来。梵高技法层面最难得的就是放松，他是个真正的浪漫主义者，自由自在的茨冈人似的灵魂，某种深入骨髓的朴实无华，他在疯狂之上撒上了凝固，凝固了的疯狂变成艺术品之后，不仅没有杀伤力，而且构成了一种新鲜而激烈的美。人们很难逃开这种美的吸引，会忍不住驻足，这跟蒙克（Edvard Munch）给人的观感有点儿像，那些画儿有因为疯狂和激烈带来的能量，像是一个人传染给一大群人的瘟疫或者病症。

梵高和蒙克是情绪化的，哈默休依（Vilhelm Hammershøi）是去情绪化的，巴尔蒂斯（Balthus）是控制你的情绪的，博斯呢，啥叫情绪？

无论如何，我还是容易迷醉于形形色色的宗教题材画作，在大都会博物馆，能够让我长时间逗留的全是基督教题材的作品，百看不厌的圣母受孕启示，永远不觉得有问题的三角构图，拙朴到近乎一个泥瓦匠的乔托（Giotto di Bondone），他把人物比例拉长了，似乎在说：啊，天和地之间能够承受得起的，必须是一些长一点儿的人，现有的人太短了。

多可爱，一个可爱的大叔。

2018 年 1 月 31 日

写诗多数情况下并不是谋划的结果

亲爱的 X 先生，

这么多年，我一直在剔除自己生活中纯度不够的东西，比方说世俗层面的事物，普通人的生活更质朴和真实，但是不要像个普通人一样沉溺于世俗生活。任何关系，当它有吸引力的时候，一定是有它的理由，当它露出不堪的一面的时候，立刻请它离去。任何消耗元气和时间精力的事都不需要再多做一点点，我已经没有时间再去对自己不感兴趣的事情感兴趣了，好像是加缪说的？他总是说大实话。

我喜欢脑际一片清明，坐在电脑前，哪怕什么也不做，陈博士教给我一种新的不伤害脊椎的坐姿，正在实践中。

从过去的U盘找出来很多短篇烂尾楼，用修改它们来预热（预热期会不会超过半年啊？）也是不错的。正在继续写一个短篇《然后他们就在对面接吻》，题目……来自我的一首诗的题目，包括《对地窖说》，或者《给我们一人来一张一块钱的彩票》，都是写过诗，觉得也合适写个短篇。

最近还要写一篇赫拉巴尔的比较大的书评，总觉得他是我2018年最好的新年礼物，一多半国内出版过的他的书，我已经读完了，至少有几本是值得未来重新再读不止一遍的，也许有一天会出他的全集，也值得在书架上放上一套，作为终极陪伴。值得在书架上放上一套全集的作家，都是经得起考验的，永远也不会感到厌倦。我可以列出一个长长的名单来，当然了，契诃夫，陀斯妥耶夫斯基，当然了，索尔尼仁琴和我永远也读不完的《古拉格群岛》。

东欧的硬实，俄罗斯的深邃，美国对旧有事物的否定，拉美的勃勃生机，诱发人犯罪的文字，是非常有意思的。我这两天正在读的是《巴黎评论·作家访谈3》，这里面有艾略特，有金斯堡，有索尔·贝娄、奥兹和奈保尔……艾略特的《荒原》是赫拉巴尔的精神源泉之一，然而艾略特说自己写诗并没有特别用意，写诗多数情况下并不是谋划的结果，是一种既成事实后，人们无穷尽的阐释，带来的复杂动机。

诗人多数情况下是无意识工作者，是无心为之。

已经进入了2月份，第一个季度到了蛋黄的位置，山里的生活我已经逐渐适应了，这种单调里面，也有自己的乐趣，我还没有到一个时刻感受着周边事物的衰败和凋丧的人生阶段，事实上，北方更容易带给人四季清晰的界限。每天早起黑白灰，傍晚转为灰褐，夜里也并非漆黑一片，你总是可以在夜色中分辨出略有建树的深蓝，甚至幽暗的铁锈红来，这是树叶不复存在后，大自然自己对光和影的调配吧。我把工作台转移到可以看到山景的一面来，白天光线激烈的时候，拉下卷帘，如果是阴天，可以好好地看一下那一大片，无穷无尽的山野，山顶上还有雪堆积，上一场雪没有全然化掉。这房子虽然简单，但不是简陋，该有的都有，我甚至在厨房找到了一把很好用的厨房剪，可以用来剪大葱的头儿，还有芹菜。

步行去村里人买菜的小集市，买到了水芹菜，一点儿里脊肉，还有蘑菇，感觉今天可以做个咸粥喝喝。

2018年2月2日

至高无上的创作都在于，你忘掉了自我，的那，点儿，可怜的，存在

亲爱的 X 先生，

忘了跟你说一说天使来了以后都发生了一些什么，首先，天使带来的蛋糕冻成冰坨子了，我们等了很长时间，它变软了一些，才拿切菜的刀切开了，天使很沮丧，觉得自己搞砸了，作为普通人的我不得不安抚了天使一通。

天使说："这次任务完成得不太好，我保证在你45岁生日那天，用一只保温箱把蛋糕装好，我会开车，但是没有车，到时候我租个车来。"

缺根筋的天使可能以为我下半生都要住在这里吧。

夜里，我们一起坐在虚拟的火塘边，一边喝大麦茶，一边剥核桃吃，我口头描述了火塘的长宽高、造型、制作的材料、使用的时长，天使相当配合，站起来烤火，又坐下来烤，脸上展示了满意的表情。

"你最近，最大的烦恼是什么？"天使问我。

"可能就是形容不出烦恼的模样吧，卡拉扬（Herbert von Karajan）说，这是穆特（Anne-Sophie Mutter）转述的：'如果你觉得自己人生的一切目标都已完成，那是因为你的设定太低了。'我对烦恼的设定特别高，如果不是次日需要自己亲自去火葬场躺到那个炉子里，都不值得真的烦恼。"

穆特是我的女神，她特别喜欢嫁给比自己大二三十岁的老丈夫，说真的，她选择丈夫的品位特别不错，年纪虽然大，但是脸上透着真正的聪明和善良。第一个是DG公司的法律顾问温德里希，那时候她才27，而温德里希已经54了。五六年后，温得了癌症去世，一个月后，她在柏林爱乐举行了一场纪念亡夫的音乐会,我大概是25岁的时候看了那场音乐会的视频,25岁能够体会什么生死离别,无非是觉得纪念亡夫太悲切,也因此记住了她的演奏曲目。后来她嫁给了普列文,40岁那年,新丈夫大她33岁,挺好的,离婚了还常常在一起演出,录音。按着这个规律,接下来穆特要么独身终生,要么找一个真正的父亲相依为命。

她说自己每次演出都是心与脑的争斗,心索要情感,脑需要冷静。德奥系的无论文学还是艺术,都是将情感深埋在冷静之中,这是至高无上的美,我称之为"热烈胶囊",一次也不要热烈,全是冷静,火山在平日如此,人在多数时候如此,如果有一个开裂的口子,那也不是永远的,恢复到冷静期,时刻都是人的基本职责。

人需要有一个很大的内在世界,穆特配得起卡拉扬,也能够差不多可以跟梅纽因(Yehudi Menuhin)、阿卡多(Salvatore Accardo)平起平坐,她和小泽征尔(Seiji Ozawa)后来一起做的纪念卡拉扬的演出,真是充满了情感的魅力,心跑出来了,但是冷静没有丢,技术的精准和控制没有丧失。一个真正的艺术工作者无非如此,即便情感左右了你,你也不是个傻子,也不能做任何丧失准则的事。

至高无上的创作都在于,你忘掉了自我,的那,点儿,可怜的,存在。

你充分地融入了更大的存在,没有边界的存在,和妄念不存在的存在。

就写到这里吧,我要跟天使一起去做一件更大的事儿,我们要去爬山,亲自量一量山的高度。

2018 年 2 月 2 日

我喜爱的大部分作家,在三四十岁的时候已经死了

亲爱的 X 先生,

我喜爱的大部分作家,在三四十岁的时候已经死了,我猜测写作并不需要熬到五六十岁才进入黄金时代,我曾经幼稚地认为在第一根白发出现的那天就可以去死了,结果至今没有出现,我的毛发依然浓密而黝黑。跟过去不一样的是,我拥有了发自内心的平静,在不平静的时间内,总可以找到重新回到平静的一些简单的方法,比如,坐到电脑前,先是无所事事地坐着,后来,终于找到理由打开了文档。

我总是想到外婆走的那天,早晨 8 点多,她还吃了大半碗面线糊,她吃的时候确实是饿了,生命即便是临近终结,也还有饥饿感。她一生为他人活着,说起来,既是一个基督徒,也是一个普通而纯粹的圣徒,她常常把最好的东西给予他人,请外地来乞讨的乞丐坐下来,给他们一张桌子,一只碗一双筷子,有饭有菜,好好吃饭。在人的诸多品行里面,厚道是最好的一种,比聪明和有趣还重要。一个写作的人如果仅为了记录自身而写作,那很快就会写完,写到枯竭和无聊的程度,你不得不像写《安魂曲》的莫扎特一样,为了更多人摆脱苦痛和悲切而工作,这是必然,和必要的。也许在写作中,足以洞察自身存在之虚无缥缈,并在虚无缥缈之中,对随时可能到来的死亡的倒计时,有一种变态的期待,所有你所历经的,你所熟知的,你路过的,和意识到的,都像大杂烩的食材一样,来到穷人的这口大铁锅里,你弯腰曲背,想要去捞一只肉丸子,捞到碗里却已经是烂糊糊的一团。

最好的工作成果,最终都是神假借你而出现的一个理由,你作为凭借物,连署名权的给予都是太过隆重了,我所经历过的那些似乎还过得去的写作过程,都像是有人在耳边窃窃私语,像一种口授而非原创,像草稿的复印,像所有的早已经存在,经由某个具体的人而显现,显影剂是什么?是我识字且锲而不舍地认识比具体的字更深入的事物,这个过程非常有意思啊,可能需要耗费剩下的,不知道多久的生命。

我知道自己极有可能在第一根白发出现那天,给了自己一个新的设定:我等骨头感到酥脆的那天再去死吧,而骨头酥脆那天,也许下一个设定是身体的蜷缩和弯曲。绵延不绝地求生的欲求，在睡醒后深感庆幸的一刻出现，最近今年宣布绝笔的菲利普·罗斯（Philip Milton Roth）说，他这50年在公寓的房间中蜗居，寂静如同居住在水池的池底。他终于可以老到不用再写了，而85岁，可能也不是一个好的年龄，作为一只池底的青蛙。

我喜欢的大部分古典作曲家，在三四十岁也都死光了。

天使帮我带来了我买的书，全是柏拉图的，淘宝还可以买到历朝历代的柏拉图的书，商务印书馆收在汉译世界学术名著丛书里的两本《会饮篇》和《游叙弗伦·苏格拉底的申辩·克力同》，上海译文的《苏格拉底之死》和《柏拉图对话集》，还有一本英文版的《斐多》，很久不看英文书，我打算放在床头当安眠药使。

山里的生活静谧而悠长，我没有决定哪天离开，也许可以考虑永远不离开。

2018年2月4日

所有的夜晚都值得好好去过，这是一个深陷黑暗的时刻

亲爱的X先生，

有一次，我们谈起了政治，你说你无论如何算得上一个普世论者，你主张让专业人士治理国家，但是学政治经济学的人，国际政治的人，政治学的人，算得上是专业人士吗？让他们先当个科长行得通吗？没有一个学科是培养政治家的，所有的政客在成为政治家之前都是自学成才，他们构成了所有政治里面肮脏的因素。

专业人士普遍喜爱独善其身，想要把自己手里这点儿活儿干好就行，不愿意管理他人，组织他人做一件繁琐的、需要日复一日进行的事情。喜好组织工作的人，人格大部分向外，热情而单纯，他们未必是权力欲有多强，而多数情况下都是老好人。能够有领袖风范的人，大部分比较善于了解人，知道每个人的不同，也能够调配人这道菜，不会导致菠菜和豆腐做到一起据说会产生毒素那种恶性的事件。无论如何政治是必须在人堆里完成的，远远没有书房或者一个小作坊来得简单，都是需要浴血奋战，然后使暗劲儿。你是男人里面鲜有的对政治几乎没有丝毫兴趣的人，你更像一个热爱大自然的贾宝玉，对于仕途经济毫无概念和感觉，这是一件好事儿，对你自身而言。

别人可就急了，据我所知。

昨晚我去散步，那天跟天使爬山，我们捡了一些当时看着觉得挺好看的石头儿，回来洗了洗，什么呀，完全没有任何姿色，放在哪里都不对，天使瞬间又很不开心，觉得一路上的兴奋都白费了，作为普通人的我不得不又出面安抚。发现天使情绪化起来，比凡人严重，他们会一而再再而三地自责，自责到恨不得给他一根绳子上吊，瞬间平复了那种糟糕的心情。

我去散步，仔细观察了周边的地形地貌，这里不出产漂亮的石头，植物的形态倒是可以，有一种超过石头的风姿，即便没有树叶，也能够做出种种姿态来，有的配合山的形状，有的配合远处房舍的形态，有的基本上就是自己逍遥。我慢慢摸索出一条散步的最佳路线，从房子所在的院子走出去，沿着车行线一直走到大一点的路上，那也是柏油路，然后再斜拐上山，那有一条坡度不大的山路，可以陆陆续续走上半个小时，再和缓地从一条下山的路拐下来，又走上大约半个小时回到正道上。

其间，没有车也没有其他人，路上可以看到山里的景致，没有很大的风的时候，是不错，如果傍晚出去，也不算非常冷，散完步一身热气，回家做晚饭。我早饭吃得非常多，晚饭喝点粥，夜里还要拉伸拉伸自己，把身体从前弓变成后仰。

所有的夜晚都值得好好去过。这个星球有一部分进入了阴影之中，这是促使你深陷黑暗的时刻，在黑暗和灯光里面，灰暗的心情不会导致什么，灰暗是助燃剂，让你深思熟虑，比起白天，比起那些痛苦的时刻，想要去死的时刻。

相比之下,我总是觉得夜里好过一些,可以逐条、依次走入内在的隧道。

你今天过得怎么样?野外的风大吗?

2018 年 2 月 5 日

然后他们就在对面接吻

亲爱的 X 先生,

我正在写一个新的短篇《然后他们就在对面接吻》,我想起了在我刚开始写小说的那两年,有个写小说的朋友跟我说,你的小说里总是显得"我"太好了,"我"得是个更复杂的人才行。所以,看着他们在对面接吻的我,在这个小说里简直就是特别不咋的。

才四千字,她已经睡了好几个男人了,接下来简直不能想象,可能要开始睡女人了吧,也会睡尸体嘛?一个失控和开挂的人物太有意思了,不听使唤,坏孩子,糟糕透了,绝望极了,这是我如履薄冰的人生向往的东西啊。

我不能告诉你太多接下来会怎么样,这个气会漏了,跟一只气球一样,一个小说刚开始写,不能告诉别人太多,连我自己都得保密,我不知道明天会发生什么。神秘感多好,表面上它们只是几行字,实际上是无限的不可知,无限的活着的秘密,秘密隐藏在一片山坡,和一棵树上,以及树落下的阴影里头。今天,或许是昨天,跟N先生讨论小说开头的写法,N先生是个年轻的小说家,据他说,他过着群居生活,跟一群活猴子生活在一起,因为跟一只公猴子抢被子,导致了落枕。他问我通常怎么开头,我找了几个自己小说的开头给他看,总结出,基本上就是日常生活的切片为开头方式,一个男人从房间那头走过来,拿起手机看了一眼,跟同在房间的女人说:"我们该去银行了,跟中介约的10点半在浦发银行见。"

我喜欢小说的开头不要太煞有介事,不要起点太高,稀松平常一点儿,不费力气一点,像是羽毛球的发球,一下子把对手扣倒,后边没得玩儿了,没有来来回回的回合,没有博弈推手,妄自菲薄的怨叹。开头并不需要来一段儿咏叹调,或者特别高深莫测的紧张极了的一句话,一句对话做开头也挺好的,比如说:"我走了。"

开头都不难,脖子比较难,也许,也许都不难,难的是魔鬼一样的恒心,我甚至觉得所有的卡壳也都是伪命题,都是自己的经验局限,是害怕深入,是在纸张的边缘进入了幻境,想要跟啤酒泡沫来一杯,想退回到自己看得见摸得到的世界,回到普通人的生活里,从鞋子里掏出来一小颗砂子,把它抖出去,然后接着走路。写小说是一种近乎无耻的冒险,它是一个没有边界的湖,没有岸,也不知道水的深度,你手足无措地进入那个湖,作为一个不会游泳也没戴救生圈的人,你随时可能溺亡,死状即便在水底看来也惨白又凄怆,你在下沉的过程中一定记不起来自己是怎么稀里糊涂地到了这步田地。

写小说还是一个一旦身陷,便需要持续不断地进行下去的事情,好像没有写小说者收尸小组,如果有,每个城市都还是有不少偷偷摸摸在写小说并时刻从临界点跑回来的人,脱北者。

这两天没有你的消息,你是进入了没有任何信号的区域了吧,希望今天可以回到正常环境里来,并争取给我打个微信电话。

2018年2月7日

她能干出很多我想干而干不成的事儿

亲爱的 X 先生,

在《巴黎评论·作家访谈3》里读到这样一段话:"诗歌就是感觉的一种节奏化的表达。感觉是一种从内升起的冲动——与性冲动一样,几乎也同样明确。那个感觉从胃部某个凹陷产生,升至胸口,通过嘴和耳朵溢出,之后化为浅吟、呻吟或叹息。"金斯堡说的。

前两天,有个本来学画画出身,后来写过诗、最后做乐队的 L 先生跟我聊起了怎么写诗,我觉得一切好的诗歌,从技术层面,都不是失控的,诗人的情绪和情感在背后起了决定性的作用,他要让你嗨就让你嗨,让你丧就让你丧,让你感觉这句话简直美妙绝伦就美妙绝伦,脏乱差就脏乱差。诗歌的节奏当然是存在的,跟喘气一样,舒缓和松弛之后,必有让你莫名紧张的一句话,甚至半句话,这种紧张感是某些词或者词的组合造就的,一种场景或意象也可以。紧张感是泛指,或者说引起注意的句子,或者你阅读时不得不放慢速度的句子。

河水遇到河道狭窄的地方,流速会变快,遇到开阔处,则舒缓有度,河水是这么具体的、折磨人的存在,它本来只是一股必须持续不断有所去向的水,然而,最后形成了有节奏感的景观,成为一种自带韵律的存在。

沿途的地质条件就是它的诗人。

光用音乐来比喻诗歌的节奏,总不太对,诗歌有时候可以停留在画面重建的定格上,或者有所行动的连续画面上,像电影了那就,我想,所有的创作样式都可以互相参照,互相模拟,互相形容,用 A 来说明 B,B 来讲解 C,但是最终,彼此都是不可替代的。这就是为什么,我既然选定了文字工作，就不再对其他创作样式开太大的窗的缘故，你在写作之余偷偷地画个速写什么的，那是放松娱乐，但成为画家是玩的嘛？

一说到写诗，我都不知道怎么说才好，我好像不善于说诗，写诗像是一个人的私房钱，一种隐私，小说相比之下倒是可以肆无忌惮地说，天天说。《然后他们就在对面接吻》进展顺利，我得到了第一人称的第二种"我"，一个无知无畏的，又丧又绝望的女孩儿，一个人格分身，特别不错。啊，一直期待自己是真正的太妹，喝海量的酒，不醉，打架也能在一线，骂人张嘴就来，撕逼立刻白热化，像电炉丝一样滋滋冒泡，最好能跟高压电线一样，弄得对方触电身亡。时间是疯狂的野马，动静特别大的东西，它随时可能完蛋，我只能在这里空发牢骚。

天使发来微信，问我几时出山，要跟我一起去看话剧，还有形形色色的事情要让我去办，天使的脑洞总是很大，居然想做个翅膀那么大的生日蛋糕，挂在树梢上给我，明年。我说，明年没准儿你回天上去了，谁知道呢。

是啊，我们从来不知道明年会发生什么。

马斯克把一只火箭发射上了天，他有个 SpaceX 的计划，要在火星上建立一个八万居民的城市，人都是从地球上慢慢搬过去的。这简直就像是你的计划啊，你总是在为这类事情操心，操碎了心，当然你不是一个民间科学家，也不具备制造火箭的能力,任何构想,如果都能成行,我们恐怕早就在天上生活了很多很多年了。

2018 年 2 月 10 日

如果有那么一天,我是说死生契阔

亲爱的 X 先生,

快过年了,我姑且回到了家里,等着团圆饭吃一吃,过一点儿有烟火气的生活,跟家人厮混厮混。今天早上,我在半梦半醒之间听帕尔曼(Itzhak Perlman)的《辛德勒的名单》,猛地又回到梦中,像是在火车站,混乱的、人潮汹涌的月台,惊慌失措的我(其实是个男孩儿)四下张望,跟亲人们彻底离散,死生契阔的意思,我是要被送往集中营吗?那最后的葬身之地,我的亲人们又被送到哪里去了呢?从此我们如何再能见面?

泪水像地下的泉水一样上行,但现实生活中,我没有哭,没哭成,这样的清晨,应该起床喝杯热水,舒展舒展筋骨,然后吃早餐,然后跟母亲大人嘀嘀咕咕一会儿,听她讲咸粥米心透了就可以吃了,吃的时候撒一些胡椒粉,可以提味,所谓的梦,随它去吧。

如果有那么一天，我是说死生契阔，唯一能够做的就是面对吧，或者把自己藏在大衣柜里几天，抽屉里几天，烟道里几天，在街上晃悠几天，在银行等候桌椅上坐几天，吃花生米几天，喝红枣酸奶数日，随时发呆一个礼拜，身心分裂数年……

大过年，生啊死的不吉利，不提了。

我正在读一本正经书，《希特勒的哲学家》，一本围绕着希特勒的哲学家们的系统排列，血统论，人种学，强力意志，这都能够在属于它们的土壤中发生，我读了一半"坏"哲学家，还有一半，无论如何，没人能够身处其中而清醒地明辨自己的处境，或是非。我们能够吗？我们可能比他们还瞎，还盲从，还自以为是。盲点与雷区，还有一些附庸风雅和潮流的好习惯，都会把人变成非自己的存在，这个名单里，也有我很喜欢的哲学家，诸如那个被概括为倡导悲观哲学的叔本华。

这些天我痴迷形而上的存在，我的工作在过年期间没有办法彻底停止，每一天都要延续，量不大，但尚未停更，在这个暂居地，我又成功地把工作台边上堆满了书，有位朋友白送我一套亨利·米勒（Henry Miller），其实亨利·米勒是个严肃到不能再严肃的作家，你光看他的黄色桥段怎么行，你还得看到在书里都读些什么人的书，他在书中站在陀氏的肖像前：

"唯一能清楚理解的只有痛苦和固执,一个偏爱下层社会的人,一个刚从监狱里出来的人。我陷入沉思,终于我看见的只是一个艺术家,一个不幸的、史无前例的人物,他们每一个都是那么真实,那么令人信服,那么奇妙且神秘莫测,是疯狂的查尔斯和所有的那些残酷、邪恶的大主教们加在一起也无法比拟的。"

你打算怎么过年,野外也有过年的风俗吗?是不是所有人聚到一起,大喊一声:我们要回家!然后四散?这样倒挺干脆的,谁也别跟谁同行,有人要真的回家,也许有人要出家,有人去找他的情人,有人寻求丢失的私生子,有人去庙里,有人到 NASA 排队上天堂。你千万带好你的零钱包,看住你最喜欢的那只飞去来,还有召唤狗的口哨,我希望你这些天过得轻松愉快,找回你的翅膀插上,如果电池还没耗尽的话,我年后应该寄些性能好的电池给你。

哈利路亚。

2018 年 2 月 13 日

分秒变化的表情里写着特别永恒的故事。

瞬间五则

撰文 唐棣

随笔 瞬间五则

我们和时间一起做的事情，时间也会尊重它。

——［法国］奥古斯特·罗丹（Auguste Rodin）

一

知道法国摄影师亨利·卡蒂埃-布列松（Henri Cartier-Bresson）关于摄影的著名词语"决定性瞬间"时，我还并没有接触过他的任何作品，包括文字。

那是在一次乘坐地铁的行程中，我挤在人群中，意外发现一张独特的脸，可当我举起手机要拍的时候，那张脸已经不见了。高峰期人流巨大，我还是不肯放弃，再次在地铁上的某个角落找到那张脸时，表情已经完全和大家一样了——是那张脸上前后写着的内容，在这个瞬间天差地别。不是美与丑的意思，人的样貌很多时候反而是恒定的，我一直认为样貌是人除了性格之外，最死板的一部分。转念想到很多有价值的,甚至是面部肌肉不由自主流露出来的深情只发生在一秒而已。前一秒与下一秒都不对,于是这个瞬间对视觉艺术是有决定意义的。我个人的经验是认为分秒变化的表情里写着特别永恒的故事。也是那次出行,我走出地铁,等人的时候在一家小书店无意中翻开了一本布列松的书。

当时,我已经在读书写作之余,尝试拍了不少电影短片,非常关注一些有趣的创作观点。其实,"决定性瞬间"出自法国红衣主教雷兹(Retz)的回忆录,本来,布列松还只是把其中一句"世界上任何事物都有其决定性瞬间"作为书的题记。整本画册还没有名字,美国出版商发觉这句话结尾的词很好,建议书名就用这个。布列松点头的瞬间,可能也是认为,这个词虽然有点晦涩,但还是抓住了时间的稍纵即逝的本质。

后来,我在工作中接触了不少布列松和其他摄影师的作品,越来越感觉到时间本质影响之下的一个事实——生活中免不了错失,感情更是充满了遗憾,这些情绪往往都是通过表情、神态在一张图片中释放出来。摄影还是一个掩盖的艺术,也是一个留住时间的手法,就像油画。一笔一笔地覆盖,最终成为新的事物。新的事物来自旧的时间,其实我们拍照的原因,说白了也就是关照记忆吧。

历史上有几部关于摄影的电影,比如说电影《地球之

随笔 瞬间五则

盐》(*Il Sale Della Terra*)，布列松最好的朋友，同样伟大的摄影师塞巴斯蒂昂·萨尔加多（Sebastião Salgado）一生都在路上，换句话说，眼前呈现的这些照片组成了他的人生，他也一直完成着某种与记忆相关的使命。

萨尔加多前期社会写实风格的摄影曾令人感慨生命脆弱——皮包骨的少年、饥饿的儿童、死亡的人群……大地布满死亡气息，历史触目惊心，黑白照片里的血色凝重，没有对这些惨状的放大，而是录入了一个个严肃的质疑。当具体的苦难展现在眼前，透过那些照片，我们似乎理解了萨尔加多后期，也就是电影后半部分的走向。充满了"救世主情结"，我一直无法比布列松更好地形容他带给我的震撼，那些作品"不是用画家的眼光构思的，反映的其实是一个社会学家、经济学家、战士的眼光"[1]。那个时期的摄影人，很少追求瞬间，他们追求永恒，不靠构图，而是靠近真相，直至堆积成山的尸体和几十万难民把镜头塞满，多次的非洲之旅最终让萨尔加多绝望地说出这句话："我的灵魂坏掉了，至此我再不相信任何人类的救赎。人类不应该像这样活着。"

这个电影也让我重新找到自己的一些图片来看。有时

---

[1] [法] 克莱蒙·舍卢、朱莉·琼斯编著，秦庆林译：《观看之道：亨利·卡蒂埃—布列松访谈录 (1951—1998)》，中国摄影出版社，2016 年 3 月，第 119 页。

候,我觉得自己的照片和他人的照片没什么区别?为什么要区别呢?某些时刻,一张图片会让我陷入惊恐,因为自己的某张图片,更直接地说,一段记忆和别人的故事重叠了?相似的构图、色彩、人物,包括背影中几分陌生又几分茫然的脸庞。

一切经过审美修饰的图片都带上了日常的审美。而艺术的审美与日常的审美逆向而行。然而,艺术可以是过程,照片却可能只是结果。我们看到什么,就代表曾发生了什么。

布列松说:"每次按下快门,都是保存消逝之物的方式。"

一切终将过去,我们写下与拍下,或者电影上讲述的任意一件东西在这一秒开始成了记忆的一部分,这就是时间对摄影、电影的限制。

我曾看过法国导演史蒂芬·布塞(Stéphane Brizé)在2015年拍摄的一部叫《市场法律》(*La loi du marché*)的电影,这是这个导演到目前为止拍得最好的一部电影了,因为除了失业这个社会议题,它还有些神来之笔,这些不可复得,在未来的几部电影中鲜有闪现——患有痴呆的儿子问母亲:"你知道,在这样一个空罐子里能装多少水滴吗?你能把多少水装进一个空罐子里?"母亲猜了几次,最终直达核心。其实,只需要一滴水就够了。因为一滴水之后这个罐子就不是空罐子了。

就是说装满空瓶子的故事已经与水滴无关了。这是一个非常观念的东西。一件事的改变,比一个人的改变有时候更迅速。人类有更多牵绊、限制,而事就是事,在必要的时候它可以抛弃人,不受所控,按自己的路子走,这就是故事自己的生命。人对所有事物都是一种限制。因而我们无法解决人的问题,但一切问题都是因人而起。比如我认识一个水过敏的女孩。以前只知道水对人的重要,现在才知道再重要的东西都会有反作用。"水过敏"的学名叫"水源性过敏症"。我关切地问她的第一个问题是喝水怎么办?对方说少量的水没事;洗澡呢?对方又说洗的时间要短,洗澡之后身体会浮起红斑。真不可思议!水对她成了问题,就像记忆、瞬间等,这么平凡的事情会成为某些人一生的执念。

一个不成问题的问题,就这样成了问题,成了艺术问题。

二

苏联导演塔可夫斯基(Andrei Tarkovsky)把拍电影的过程比作"雕刻时光",雕刻最需要的正是时间。无数瞬间积累到我们几乎无法察觉,它依然会流逝。我们改变的,永远只是一小部分。就是这一小部分生活,一小部分艺术,一小部分真实,一小部分虚构,使我们走向艺术。我们能怎么办？艺术不是一个结果，追寻的过程像品茶，和时间比慢。事情还有另一面，时间瞬息万变，我们活在变化中，时刻警惕又终会失去，这就是大部分人的样子。

我记得少年时代就认识一个外号叫"电影"的女孩。不知道为什么她叫电影。现在想一想这个女孩从各个方面都具备了电影的特性，虚无缥缈，真实可触；她片段式地伴随我的小部分青春，但整个青春都有受此影响。那个时候，小县城只有一家电影院，普普通通的少年们黄昏时聚在影院门口等着看电影。

这个女孩也是我在等待看电影的人群中认识的，她家住在电影院旁边，我几乎每次都会在人群中看到她给几个人讲即将开场的电影故事。然后，大家就特别开心。这种开心是电影给的，那个时候，我们的生活单调乏味，拥有漫长的时间，不知道去干点什么。

"当我们画画时，我们有的是时间，照相时就没有。"还是布列松的名言。拍摄就是寻找瞬间，发现瞬间，决定瞬间，最后"决定性瞬间"这个词语在摄影师朋友心中和"雕刻时光"变得一样神圣。也许，我们都曾有过什么都没有，只有时间的记忆。直至我们长大后发现了瞬间，它决定了照片的历史，也决定了镜头的本能——什么吸引着你的目光。

我个人以为，摄影不是你对事物越来越有兴趣的过程。

电影却可以逐渐吸引你，因为里面有对人物、对景象、对故事的塑造。电影本质上是虚构的，照片至少保存了片刻的真实。其实，电影和摄影放在一起谈论是有点欠妥的。我们走上街头，一切朝你涌来，没有时间考虑这些。

这时候，记录下什么，当然足以反映创作者的内心活动。

新近一些日本的街头摄影大师备受欢迎，我最近就看了不少森山大道的作品，直接而勇敢，即使焦灼、匆促、偏见等等也都纷纷展现出真实的力量。那些粗颗粒、高反差恰恰是对生活的真诚回应。黑白分明，态度强硬，直视那些人，那些街区。

"至少，我们把看到的一切告诉你。"

光是摄影的灵魂，我们在照片上看到的所有东西都是光赐予的，包括电影中的光线叙事。那些人物出没于光和黑暗的夹缝之中，那些演员游走在真实与虚构的边缘。事实上，都在告诉你看见了一部分，必将忽视了另一部分。刚才提到我们的摄影，就是观察的局限，视觉艺术里写满了我们的疏漏史。

英国人 J. A. 贝克（John Alec Baker）写过一本《游隼》（*The Peregrine*），我记得其中有一句话是"最难看见的，往往是那些最真实的事"。看见的另一面是看不见。电影和文学、摄影呈现的是暂时的看见。发掘看不见的事物才是好作者存在的标志。

"一张桌子上放着台打字机,冰箱里只有咖啡、啤酒和波旁酒,墙上挂着女儿的照片。两盏微弱的小灯,到处是踩死的蟑螂,碗橱里还有脏兮兮没洗的锅。"这是美国作家理查德·耶茨(Richard Yates)生命中最后一年在波士顿的情形。我认为,66岁去世的耶茨的一生符合大家对好作者的想象。我忽然觉得大家更愿意想象看得见的孤独,"雕刻时光"对我们有着吸引,漫长的时间,长久的专注,带来最接近孤独的瞬间。

作家耶茨在《十一种孤独》最后一篇里提到"窗户在哪里?光线从哪儿照进来?"笔锋一转,又写"上帝知道,伯尼,上帝知道这里当然在哪儿会有窗户,一扇我们大家的窗户"[1]。耶茨提到了"大家",这段让我觉得他的孤独,贯穿一生的孤独,是因为"大家"。

我在很多街头摄影作品中看到了太多张孤独的脸了。这个时代,孤独是一个比真实更有趣的主题。在一本80年代的摄影集里,我把目光久久地驻留在一张电影院门口的照片上。很多孩子,很多张天真的脸,每张脸上都带着微笑。大家聚集在一起,可以完全不懂电影作为艺术的那一面,电影依然会成为他们追女孩的暗号,女孩在他们心中就是

---

[1] [美]理查德·耶茨著、陈新宇译:《十一种孤独》,上海译文出版社,2010年1月,第235页。

一部一部青春片……作家阿城说得对,"对于生活,经验就是真实"。

三

有一次,报纸记者问布列松的成长环境时,他回忆起关于阅读的一些往事,如他母亲在他小时候经常把文学挂在嘴边,喜欢读小说。而他父亲一直厌烦小说中的心理描写,甚至与他母亲大闹,可到了生命末期,竟然对马塞尔·普鲁斯特(Marcel Proust)着迷起来。

你看!时间改变了看似不可动摇的东西,连布列松都觉得,时间神奇地让一个任何人都无法劝说的固执老头就这样改变了。

时间的同步,有时候更能让事物可信。尤其在纪录片中"一镜到底"首先意味着事实层面的时间连贯,其次才是艺术层面的人物调度。之前,我曾说过纪录片《北方的纳努克》(Nanook of the North)里那个著名的捕海豹场面,这是当年很多观众无法忘怀的一幕。这个电影以惊人的真实著称,当冰天雪地里的爱斯基摩猎人纳努克,手持叉子、向洞口俯身、耐心等待的全部过程都出现在一个镜头之中,我们"同时"感觉到了人物的紧张情绪。当我们与电影产生这种"共时"关系,一定会更"相信"。现在很多电影人在电影前期准备时，都会试着与观众"共情"，更直接地表达"同时达到一个特定的情绪"。最早，长镜头受到重视不是因为艺术的追求，而是因为法国理论家巴赞（André Bazin）认为它尊重了时间的进程。

前几天，整理电脑里长期积累下来的图片，我看着一幅地铁门口的图片，忽然想在这里讲一下它背后的故事。这张图片虚焦了，特别模糊，外人看到这张图片估计只能从艺术层面谈论它与时间的暧昧关系。

可我一眼就认出了具体的时间，时间具体到2016年5月8日下午，一个老人从身边走过，走向地铁，速度极快，目不斜视。他甚至超越了所有年轻人，这可是一个本该悠闲的下午2点43分。一切出现在我镜头中时，我异常激动，当我急速地举起相机……老人超出了快门速度。我什么也没拍到。而我不能让他再走一次，这不是电影，摄影似乎是更尊重生活一些。所以，电影之外，我还是喜欢拿着相机四处乱走。这次经历让我更理解了"瞬间"——我们在电影拍摄现场，把"再来一次"挂在嘴边，完全是因为没意识到一件残酷的事情，那就是它已经结束了。

而摄影是什么？我相信布列松所说"那是一种对时间的永恒抗争"。留下哪一个瞬间，与错失掉什么是不可预料的。你看着事物消失，所有想说的都在曝光之后，成为"你在此刻"的证据，就像我与走路速度非常快的老人,无声地交流过。与时间的战争很可能,还没有打响,已近结束。

1936年,布列松也曾带着自己的摄影照片找到了法国导演让·雷诺阿(Jean Renoir),后来他在电影《乡村一日》中做了雷诺阿的第二助理。电影的拍摄不太顺利,整个时间都在雨季中耽搁了。很多安排好的事情在演员的表演中完全没有导演最初跟他描绘的动人瞬间出现,糟糕的天气除了影响到电影,还让布列松因为避雨走进了雷诺阿的别墅,他在那里看到很多空空如也的画框上落满了灰尘,"就像当时战争带来了某些悲剧般的情绪"。就在那个瞬间,布列松意识到自己不会做一个导演,他说,"因为一名伟大的导演对待时间就像小说家一样,而摄影记者的工作更接近纪录片制作人"。小说家可以在很多时间里斟酌词语的位置以便产生非常不同的效果,而纪录片制作人始终是焦虑不安的,因为时不待人。

瞬间决定了最显而易见的看法,也许这个看法未必是真理,然而它因为一些情绪,触动了很多人。

后来有一次,我和剧组的一个上了年纪的制片主任趁拍摄间隙聊天,不知不觉说到时间的话题。拍摄过程永远都是等待,等灯光布好,等演员到场,等化妆完毕,等道具师复原上一场的道具……最后,时间所剩无几。我们坐在一片嘈杂旁边,帮不上任何忙。制片主任指着不远处忙碌的年轻人说:"原来我也这么拼命,日夜连轴,现在年纪大了,还是有点恐惧。"

我觉得这不是怕死,谁都知道人类的结局就在那里。原来看书时对美国历史作家玛丽·瑞瑙特(Mary Renault)笔下的少年亚历山大印象深刻。尤其是作家写这个少年首次厮杀前内心的恐惧,十分真切。后来,神对他说:"令人不死的是每一个超越恐惧的瞬间。"也就是说,恐惧是常态,产生于瞬间的信念会令人勇敢。历史就是无数个死亡与无数个超越恐惧的瞬间组成的,超越恐惧的瞬间意味着活着。

人的历史也是一样,"我很难谈论过去,因为我已经不再是过去的我了"。布列松拒绝回忆过去。也许,时间会改变我此刻的说法,所有文章谈论的事情也许都会被另外的观点引用,你的经历就那么多,但我更相信可能没有哪个时候的我更努力地想象着这样的问题了。

四

2016年9月,艺术家蔡国强在伦敦的泰晤士河上做过一个作品叫《伦敦大桥垮下来》,这个创意是不是一种对严肃的反抗呢?反抗者的姿态是这么天真好玩。我隐约记得蔡国强笑着说(大意):"可能大家都想看着某种坚固、强大的东西毁掉的一瞬间吧?"后来,我为一部电影看景的时候,趁大家午休,自己走入了一个小书店,我看到作家福克纳的一句话:"我所创造的那个天地在整个宇宙中相当于一块拱顶石,拱顶石虽然小,万一抽掉,整个宇宙就会垮下来。"

走出来的时候,我又想起了自己在写作的时候,曾想象过整个宇宙垮下来的瞬间,或者所有东西都没有了的瞬间……特别恐怖。的确,人的脑子没办法回忆起很多事情,记忆就是这么个稍纵即逝的产物。我记得的东西远比我忘记的少,而且时间越久越分不清真假——那是真的吗?我有这样想过吗?这句话是某个人说的,还是自己在某本书上看的?如此种种。

这就是场记存在的理由吧,他们客观地记录了时间,而我似乎只记得某个瞬间,然后从他们打响的一个个场记板画面上,对应准确的素材。而写作时,我必须自己面对这种巨大的疑惑。没有证据的生活就这样进行着。有人说相机就是眼睛,其实原理是这样的,拍摄下来的真实也并不是真实,眼见未必为实。我曾多次谈论"真实存在吗",相机取景器里栩栩如生的事物,只是瞬间曝光的结果。

"所有最古老的事物,最终都会变成最新的事物。"摄影师杉本博司(Hiroshi Sugimoto)更感兴趣的是其中可能蕴含的新知识,那么我常常想,最平常的问题最终是否也会成为最神奇的问题？

相机与人类肉眼所见有很多地方相似，最大的不同在于，"相机虽然能记录，但却没有记忆"。所有为了追寻记忆而做的事都证明，它的复杂与简单。它可以包罗万象，没有限度，亿万斯年；也可以是一秒钟感动，电影和文学都是有时间限制的，尤其是电影，两个小时，一场风情。

而我们记得住的往往就是一个瞬间的情绪。法国导演维姆·文德斯（Wim Wenders）有一次到日本和世界级服装设计师山本耀司一起为一个工作开会，开完会两人坐车回酒店。在回去的路上，车驶到高架桥下的路上，文德斯忽然问耀司："你一定遇上过这样的工作吧？就是那种你明知注定要失败，却又不得不去完成的那种工作。"那一瞬间，耀司瞪着眼睛，久久不知说什么。

这就是最让人心情发生微妙变化的瞬间，这个瞬间让我记住了不仅属于自己的无奈，山本耀司的书也曾写出了"自己"。

还有我很喜欢的电影《刺客聂隐娘》。刺客的身份决定他大部分时间是不出手的。伺机而动，埋伏的时间远长于行刺的瞬间，"杀人于无形"才是刺客的最高价值。"隐"是整部电影的悖论，隐就是看不见，而电影更多的是表现看见，让你看见，美国作家康拉德在小说《黑水手》的序言里写到过，"我试图要达到的目的，是通过文字的力量，让你们听见,让你们感受到,而首先,是让你们看见"。

据说,美国导演斯皮尔伯格16岁观看大卫·里恩(David Lean)导演的《阿拉伯的劳伦斯》(*Lawrence of Arabia*)之后有了放弃当导演的念头,是因为电影里的一个瞬间震撼了他。少年斯皮尔伯格看见了什么?

他指的是军官劳伦斯第一次穿上长袍时拿出匕首,照镜子一样看着自己的脸,那时他很高兴。他的笑容伴随着随风吹起的长袍,这是一个伟大的电影瞬间。后来,他在战场上,击败土耳其人。他做出同样的动作,匕首上照出的是他满脸鲜血的样子,没有笑容。

当然,这更是一个令人心惊胆战的人物成长过程。我看这部电影时大概也十七八岁。那时不懂,现在想一想,似乎他的人生也是处于黑暗与光明的摇摆中,一方面轰轰烈烈,一方面孤单落寞。笑容与战栗留在黑暗里最终成为观众心底的光。很多人谈论《阿拉伯的劳伦斯》,我也相信它讲了很多众所周知的战争、历史、种族、平等这些议题。我从未想过它要讲的东西可能很简单,只是一个英国陆军情报官劳伦斯在问:"我是谁?"

一个终极问题在电影里出现之后,随之而来的是:"我要干什么?我要去哪里?"电影《阿拉伯的劳伦斯》就是在这一系列简单而永恒的问题中进行的。这是我每次观看电影都十分严肃的原因,我不把电影当作生活的调剂。我觉得好电影一定会带有某些值得被记录在案的黄金般的瞬间。

这些瞬间让我了解电影。原来我一直觉得《刺客聂隐娘》讲的是刺客这个职业的失败与人类情感的成功。一个武功绝顶的刺客无法动手杀一个人。为何下不了手？这才是最动人的地方。导演侯孝贤拍这部电影的时候就说过："一个人，没有同类。"看上去，这是讲孤独的电影，其实我有一次失眠的时候想到它或许是讲某种"明明知道，却不得不这样"的心情，比如聂隐娘明明可以杀了田季安成为一个真正的刺客，却放弃了所学，远走倭国。类似于文德斯和山本耀司车上谈话里说的那种心态，不是什么都可以做的，而是明知道可以，却选择不做。这是人性里最有意思的地方。

所以，我就认为福克纳口中的"整个宇宙垮下来"的瞬间，虽然令人伤感，却也不是完全无意义的。为什么这么说？

前面提到过导演文德斯的发问，当山本耀司淡淡地答出"没错，我遇到过"时，我几乎看到了载着文德斯和他的汽车正急速冲上高架桥，耀司直勾勾看着前方渐渐升起的天空。

五

一个记忆里的瞬间也是一种身临其境，此刻你才能体会生活（电影）里的节奏，高低起伏，急缓深浅，所有事其实也就是你脚下"一条蜿蜒向前的道路"。我们追求的是从此走过去，哪怕一片漆黑，最后大梦初醒。因为"唯有关在这黑暗箱子里的时光，我们才能忘却对日常生活的倦怠，全心遨游于一个全然陌生的世界"（杉本博司语）。

那个世界是梦与现实的混合，我们是梦里最惊恐的一瞬间，自己小时候每次在电影院看电影，都和午夜梦回差不多，被电影里突然响起的枪声和故事惊人的反转，惊得几乎大叫出声，走出电影院时还捂着嘴，缓不过神来。

这段好玩的记忆决定了我对电影和生活，始终带着一种孩子般的游戏心态，即使这是一项艰苦、严肃的工作。尤其在拍摄现场，看到监视器里"回放"画面的一瞬间，一切又都回去了。

回忆小时候家里每次停电，我都会拽着母亲的衣角哭泣。现在却经常在黑暗的环境下工作。真有意思！我没想到自己爱上了黑暗中的感觉。"电影院是给意志薄弱的人独自饮泣的地方。"日本作家太宰治的意思，可能只是说黑暗给了怕黑的人释放天性又不会被看见的机会吧。

爱上黑暗的原因，我觉得自己未必如此，我只是好奇这么多人书写黑暗的动力在哪里，或者说，我眼前的黑暗中到底会发生什么。也许，就是这种好奇心作祟，在小学四年级的时候，我跟母亲哭着喊着非要买一个台灯。在很长一段时间内，我都觉得那束简单而偏黄的钨丝灯光创造了一块更有意思的地方。

最初，我靠近电影的方式就是在这束灯光下阅读。现在，十几年过去了。电影给了我什么？这是我关于电影的第一本书的名字，这句话也是我问自己的。我以为，自己不是一个给答案的人。我也不和自己谈论这个话题，谈论也是一个古城，这么多年里和不同的作家、导演、编剧、美术、摄影师等等，大谈读书、电影、摄影、艺术，开始都很激动，口沫横飞，最后又都神奇地绕回人生。回到"人生"话题之后，我们的话也越来越少，逐渐进入沉默。

"人生"在这里已不是多年前我认为的那样，是一个大而空泛的词语，它是具体的二十四帧、深焦镜头、大全景、定格动画、平行剪辑，或纳博科夫（Vladimir Nabokov）、彼得·汉德克（Peter Handke）、《茫茫黑夜漫游》、《进入黑夜的漫长旅程》……有一个词语叫"如影随形"，我就觉得，这个词太适合形容文学与电影。好作品不是青天白日，按我的说法是一定都笼罩着一层影子，有了阴影就生出了线条，说明某处有了光，这样我就能"看见"了。

2008年，我开始拍摄第一部短片时只是随光而行，脑子里很简单。光在风景中变化，在人物脸上变化，在他们的谈话中变化……因为害怕瞬息万变，我必须专注。一个走神，也许就再也追不上光了；一个耽误，也许明天就得把摄像机还回去了。那一年，我家附近公园刚刚筹建，几个朋友来此游玩。我忽然想拍点什么，于是走出房间，借来摄影机。我们在那条环绕着湖泊的公路上，走到后来，天就黑了。现在，每次重看那部短片，我都还能想起拍摄天黑之后，内心的激动与紧张越来越严重，紧绷到呼吸困难的瞬间。

我就这样开始了对时间、光线最初的专注，就像布列松说"摄影是一种精力的集中"。

题外话。关于电影的话题，人人都可以从不同角度解释。谁都知道没有真正解决的可能吧？ 1895年12月28日，法国的卢米埃尔兄弟（Auguste and Louis Lumière）放了《工厂大门》《拆墙》《火车进站》《婴孩喝汤》《水浇园丁》这些最早的电影。那是在一个咖啡馆的地下室，黑了灯之后，只有不大的舞台上有点光，历史上第一批幸运的"电影观众"聚精会神地，看着眼前的"动画"，后来一辆火车朝着他们驶来的瞬间，吓得他们有的拔腿就跑，有的则往椅子下面钻,有的下意识地把雨伞打开,有的瞪大眼睛无法动弹,有的在声嘶力竭地喊叫……这是作为一个热爱电影的人,对人类历史上第一场电影放映效果的想象,124年前的激动与紧张,在这个瞬间,与我如此亲近。

◯ DIARY

003 Notes from the Outbreak Zone

Xiao Yu

△ THE SAILORS PROJECT

029 The Pamir Highway and the Wakhan Valley

Liu Zichao

115 No News from Sarajevo

Bai Lin

185 Only the Deaf Can Hear Well

Zeng Jiahui

189 The Vanishing Maluku

Feng Mengjie

237 Crossing by Water

Guo Shuang

◮ SPOTLIGHT ON AUSTRALIAN LITERATURE

265 Yoga Lessons

Kristel Thornell

| | | **POETRY**

295   Have You Seen My Mother?

Yang Jian

≈   **ESSAYS**

319   Only Visible to You

Wu Ang

345   The Moment: Five Principles

Tang Di

文章摘要

Article Abstracts

One-Way Street no. 24
An End to Isolation: Special Issue on the Sailors Project

Through the Sailors Project (水手计划), *the One-Way Street Foundation awarded grants to writers and artists to spend up to a year on travel-related creative endeavors. Five of the pieces presented in this issue are the results of this initiative. The name of the project comes from Walt Whitman's "Poem of Joys": "To be a sailor of the world, bound for all ports."*

Notes from the Outbreak Zone, by Xiao Yu

The lunar new year holiday of 2020 began and ended under the shadow of an epidemic. In a few short days, a new virus swept from Hubei to the rest of China and beyond. Xiao Yu was visiting his family in Wuhan, the center of the outbreak, when the city was put under a draconian lockdown. As the illness spread and the situation deteriorated, he kept a diary of everything he witnessed, a personal account of a disaster that affected millions. His "Notes from the Outbreak Zone" provide a record of the experiences of a generation and a warning for the future.

The Pamir Highway and the Wakhan Valley, by Liu Zichao

Liu Zichao, a travel writer who has previously visited Southeast Asia and

Central Europe, took a road trip across Central Asia from Dushanbe to the Pamir Mountains to learn more about this often-overlooked part of the world. He examines the region's painful history and present, devoting attention to its current inhabitants—their poverty, hardship, and hope—as well as to the travelers and volunteers who pass through. The difficulties Liu encounters on this remote and winding road become a reflection of Central Asia's isolation.

No News from Sarajevo, by Bai Lin

A seasoned observer of the Balkans, Bai Lin set out on a month-long trip to Belgrade and Sarajevo, where she met with people from a range of ethnicities and backgrounds. She keenly observes how complicated historical issues have left the region struggling to find its way. Beneath the surface of a "new cosmopolitanism" lie the simmering tensions of demolition and reconstruction, separatism and union, nationalism and globalization.

Only the Deaf Can Hear Well, by Zeng Jiahui

Filmmaker Zeng Jiahui's documentary is the result of a year's worth of interviews, filming, and research in Southeast Asia. "Only the Deaf Can Hear Well" explores Jakarta's communist "ruins," the Afro-Asian career of Indonesia's ambassador to Beijing, and the lives of Indonesian exiles in 1960s China. Making extensive use of archival images, documents, and correspondence, Zeng offers a corrective to our disjointed and incomplete understanding of that period and reexamines our approach to the study of history.

The Vanishing Maluku, by Feng Mengjie

As a college student in Taiwan, Feng Mengjie developed a fascination for birds that led her to study ornithology. In this refreshingly original essay, she travels to the Maluku, the tropical archipelago in Indonesia formerly known as the Moluccas or the Spice Islands, to retrace the steps of the nineteenth-century British naturalist (and fellow bird-lover) Alfred Russel Wallace. Her record of the region's ecology uncovers birds of paradise, lorikeets, and colorful fruit doves.

Crossing by Water, by Guo Shuang

A research trip took on an unexpectedly personal significance for Guo Shuang. Shortly before traveling to Nagasaki to study the Japanese writer Endo Shusaku, she had helped nurse her gravely ill father back to health. As she immersed herself in Endo's world, she brought along her pensive mood and musings on love and mortality. Guo traces the eventful life of the author of Silence, exploring how he struggled with doubt in the search for faith and recovered his vitality after teetering on the brink of death.

Yoga Lessons, by Kristel Thornell

In this story, Kristel Thornell, the author of a novel about Agatha Christie, weaves a different kind of mystery: Jenny, a yoga instructor, forms an unusual bond with her student Anita, who's had an extramarital affair with a prominent public figure. The affair cements the two women's friendship, and years later, when Jenny crosses paths with Anita's one-time lover, she can't bring herself to speak to him. With nuance and ambiguity, Thornell explores women's experiences of their bodies and longing for love.

Have You Seen My Mother? by Yang Jian

Cemeteries, headstones, water lilies, straw, weeds: mournful images dominate these poems by Yang Jian, infusing them with an air of longing and grief. At the moment when life slips away, the irresistible sorrow of "Have You Seen my Mother?" offers an occasion to reflect on human nature and existence, and to renew life's courage and love's strength.

Visible Only to You, by Wu Ang

In a series of ten letters to an anonymous correspondent, Wu Ang reveals a rare intellectual talent: the ability to find beauty in everyday life. Ordinary words take on a literary, almost musical charm, thanks to Wu's sensitivity to life and art. What at first seem to be highly personal experiences contain flashes of striking relevance.

The Moment: Five Principles, by Tang Di

After beginning his career as a writer of fiction, Tang Di tried his hand at film criticism before eventually making films himself. His background in the very different worlds of image and text gives him a unique aesthetic perspective. Here he starts with Henri Cartier-Bresson's line that photography is capturing "the decisive moment" and develops his own understanding of what the "moment" means: "good films always have a few golden moments worthy of preserving."

撰稿人

晓宇，牛津政治学博士。

刘子超，作家，译者，旅行者。毕业于北京大学中文系。先后供职于《南方人物周刊》《GQ智族》、牛津大学路透新闻研究所。现自由写作。著有《午夜降临前抵达》《沿着季风的方向》，译有《惊异之城》《流动的盛宴》。

柏琳，原《新京报》资深记者，现为独立记者，写作者。曾对阿摩司·奥兹、帕慕克、彼得·汉德克、阿列克谢耶维奇等120多位中外文化知名人士采写深度访谈。著有《双重时间：世界文学访谈录》(即将出版)。主要关注后南斯拉夫时代的巴尔干半岛现状、新民族主义和新民族战争等问题。

曾嘉慧，1992年出生于湖南长沙，毕业于复旦大学中文系和伦敦政经学院人类学系。主要拍摄和写作关于东南亚（主要是印度尼西亚）历史层累中的杂音，同时还从事编辑和出版策划的工作。

冯孟婕，1994年生，台湾大学森林环境暨资源学系毕业，森林所硕士班研究生。目前旅行于马来西亚与印度尼西亚等地从事赏鸟旅行与自然书写创作。

郭爽，出生于贵州，毕业于厦门大学中文系，曾就职于《南方都市报》等。小说、非虚构作品发表于《收获》《当代》《作家》《上海文学》等刊物，出版有小说集《正午时踏进光焰》、非虚构作品《我愿意学习发抖》。

克里斯特尔·索尼尔（Kristel Thornell），1975年生于澳大利亚悉尼，曾居意大利、墨西哥、加拿大和芬兰,目前常住美国。2009年,索尼尔凭借小说《夜幕街景》(*Night Street*)荣获澳大利亚沃格尔文学奖。此后,她又获得多项文学奖项,作品亦进入格伦达·亚当斯奖和克里斯蒂娜·斯特德小说奖最终候选名单。2011年索尼尔进入《悉尼先锋晨报》评选的"澳大利亚最佳青年小说家"之列。

闫晗,北京外国语大学英语学院硕士研究生,研究方向为英美文学(20世纪英美诗歌)。

杨键,1967年生于安徽马鞍山。曾先后获得刘丽安诗歌奖、骆一禾诗歌奖、袁可嘉诗歌奖、华语传媒诗人奖。出版过诗集多部,多次举办过水墨个展。

巫昂,诗歌、小说、随笔都写,先后毕业于复旦大学中文系和社科院文学研究所。曾供职《三联生活周刊》,出版有《我不想大张旗鼓地进入你的生命之中》《瓶中人》等书。2015年创立了宿写作中心,现居北京。

唐棣,河北唐山人。2003年开始写作,2008年起参与电影制作。第十届FIRST影展复审评委,现为香港《字花》首位内地专栏作家。至今已出版短篇小说集4部,随笔集2部,主要作品有《遗闻集》《西瓜长在天边上》《电影给了我什么》等。主要电影作品包括电影长片《满洲里来的人》,影像作品曾获新星星艺术节2014年度实验奖。即将出版札记集《我,一个电影漫游症患者》。

《单读》荣誉出版人

龙 瑾	昕 骐	唐 胜	苗 蕾	袁小惠	宋 莉
白晓萱	杨 茜	邵竞竹	徐苗溪	肖洪涛	阙海建
言木斤	祝 兵	朱晓舟	刘思羽	刘小军	何海燕
霍 冕	李顺军	管 洪	吉云龙	傅晓岗	王树举
菜 菜	唐 莺	叶晓薇	小 花	蒋和伶	禹 婧
杜 燕	梅 卿	王炜文	唐静文	谢礼兰	安 木
喻庆平	徐 铭	路 内	鲍鲸鲸	綦郑潇	吉晓祥
陈 硕	孙博伟	黄 岩	侯芳丽	荔 馨	俞 萍
王剑光	任浩宁	王学文	薛 坤	贝 塔	张 蕾
刘红燕	苏七七	廖 怡	章文姬	李润雅	潘露平
王元义	王 滨	刘 颖	张 维	王作辉	恩 惠
吴俊宇	李 峥	洪 海	尤 勇	涂 涂	童 瑶
冯婷婷	王小冬	宁不远	桃 二	段雪曦	郭旭峥

粥左罗　武卓韵　关小羽　王小妤　徐　舸　杜　蕾
杨怀新　桑　桑　光　妹　冯　丹　帅　初　孔晓红
郭东晓　王大江　姜　静　冯欢欢　张　华　李　峰
李　莉　马那若菲　王一恒　闫　蓊　李伟峰
吕墨杨　余　勇　张　茜　伍　瑾　张若希　张海露
孟　哲　景　上　刘婧璇　刘　婷　董涌祺　董怡林
刘　伟　高晓松　梁　鸿　姚　晨　祁玉立　西　川
张宇凌　俐安心语　福璞美术馆　白鹄艺术　雁楠山人
小明胜意　Soulsaint Wong　JOYOU 悦随文化
上海彩虹室内合唱团　李浩宇李浩翰　铁钢 TIGER
Rick Yang　MUWU Studio　文域設計謝鎮宇

（以上排名不分先后）

图书在版编目（CIP）数据

单读.24,走出孤岛/吴琦主编.
-- 上海：上海文艺出版社，2020.5（2022.7 重印）
ISBN 978-7-5321-7612-0

Ⅰ.①单… Ⅱ.①吴… Ⅲ.①社会科学－文集 Ⅳ.①C53

中国版本图书馆 CIP 数据核字 (2020) 第 049951 号

发 行 人：毕　胜
责任编辑：肖海鸥
书籍设计：李政坷
内文制作：陈浩庭

书　名：单读.24,走出孤岛
主　编：吴　琦
出　版：上海世纪出版集团　上海文艺出版社
地　址：上海市闵行区号景路 159 弄 A 座 2 楼　201101
发　行：上海文艺出版社发行中心发行
　　　　上海市闵行区号景路 159 弄 A 座 2 楼 206 室　201101　www.ewen.co
印　刷：山东临沂新华印刷物流集团有限责任公司
开　本：787×1092　1/32
印　张：12.25
插　页：32 页
字　数：160 千字
印　次：2020 年 5 月第 1 版　2022 年 7 月第 3 次印刷
ISBN：978-7-5321-7612-0 / I.6057
定　价：52.00 元

告读者：如发现印装质量问题，影响阅读，请与出版社发行部门联系调换。